月蝕島の魔物

田中芳樹

JN091220

19世紀、活気に満ちたヴィクトリア朝のイギリス。クリミア戦争から生還したエドモンド・ニーダムは、しっかり者の姪、メープルとともに大手の会員制貸本屋に就職する。ようやく仕事に慣れはじめた矢先、作家アンデルセンとディケンズの世話を押しつけられてしまう。個性豊かな二大文豪にふりまわされるニーダムたちに、さらなる難題が。月蝕島（ルナ・イクリプス・アイランド）の沖で発見された、謎の帆船を見にいくとディケンズが宣言したのだ。かくして不吉な噂に満ちた月蝕島への旅がはじまった……。ヴィクトリア朝怪奇冒険譚三部作開幕！

エドモンド・ニーダム
物語の語り手。三十一歳。ミューザー良書倶楽部《セレクト・ライブラリー》の社員。穏やかな性格だが、クリミア戦争では騎兵として従軍、激戦を生き延びた勇者。

メープル・コンウェイ
ニーダムの姪《めい》。十七歳。明るくしっかり者。ジャーナリスト志望で、叔父《おじ》といっしょにミューザー良書倶楽部で働いている。

ハンス・クリスチャン・アンデルセン
デンマークの童話作家。五十二歳。内気で泣き虫で善良だが、自分のマイペースな言動が周囲をふりまわしていることに気づかない。やたらと背が高く、やたらと足が大きい。

チャールズ・ディケンズ
イギリスの作家。四十五歳。豪放磊落《ごうほうらいらく》で面倒見がよい。小説家としてだけではなく、ジャーナリストや俳優としてもその才能を発揮している。

メアリー・ベイカー

放浪癖のある元気な老婦人。実は、四十年前にイギリス中を騒がせた、「カラブー内親王《ないしんのう》事件」の張本人。

ケネス・ジョージ・マクミラン

「北方通信《ノーザン・コミュニケート》」のアバディーン支局長。

リチャード・ポール・ゴードン大佐

北スコットランド随一の大地主で月蝕島《ルナ・イクリプス・アイランド》の主。

クリストル・ゴードン

ゴードン大佐の息子で剣の達人。ハンサムでプライドが高い。

月蝕島の魔物

田中芳樹

創元推理文庫

THE DEVILS

OF THE ECLIPSED ISLAND

by

Yoshiki Tanaka

2011

本文扉裏挿画＝後藤啓介

目　次

月蝕島の魔物

第一章

氷山に閉じ込められた謎の帆船のこと
生還した兵士が姪と再会を果たすこと

I

波が静まるにつれ、霧が深くなってきたようだ。

捕鯨船《ほげいせん》セントクレア号は、イギリスの北方海域を、西から東へ向かっている。より正確には、スコットランド地方の沖、ヘブリジーズ諸島と呼ばれる一帯である。

甲板《かんぱん》上に立つ船長は、赤い髭《ひげ》をはやした顔をしかめ、白い息を吐き出した。厚く織りこまれたセーターを着こんでいても、寒気が身にしみる。

「六月だというのに、この寒さは何だ。まったく今度の航海は不景気なことばかりだな」

帰港の期日までに、大きくもない獲物《えもの》を二頭しとめただけだ。出資者たちのいやみを予想すると、船長の気は重くなった。

午後十時である。イギリス北方の海上では、夏至《げし》に近いこの季節、太陽はまだ完全に沈んではいない。霧が薄まると、白い銀貨のような太陽が西北の水平線上に半分ぐらいは見えるはずであった。たよりない陽光でも、ないよりはましだ。島々の間に岩礁《がんしょう》や浅瀬も多く、海流も複雑で、霧が深いと難破のおそれがある。船長の父親もそれで死んだのだ。

航海士が歩み寄ってきたので、船長は、霧にかすむ近くの島影《しまかげ》を指さして尋《たず》ねた。

「あの島は何といったっけ」

「たぶん月蝕島《ルナ・イクリプス・アイランド》でしょう」

「ああ、そうだったか。灯火《あかり》もついてないな。まったく、近づく島まで不景気なこったぜ」

月蝕島。

キリスト教がイギリスにもたらされる以前、つまり千年以上も昔のことだが、ピクト人だかドルイド教徒だか、よく実体のわからない古代人が、この島に神殿を建てたといわれている。月蝕《げっしょく》のたびに祭りがおこなわれ、生贄《いけにえ》がささげられたともいわれているが、くわしく知る者はいない。ついつい無人島だと思われがちだが、百人ほどの住民が漁をいとなんで細々と暮らしているはずだ。

「また一段と寒くなってきたな」

「あちらの方角から霧と冷気が流れてくるんですよ」

航海士が指さしたのは、西北の方角だ。船長が見ると、灰色の濃霧のかたまりが、亡霊の群れのように渦を巻きつつ海上を移動している。ますます船長の気は重くなった。

「あちらの方角に何か冷気の源があるのかな」

「氷山ですかね」

「ばかをいうな、いくら何でも六月だぞ」

船長はもう一度、大きなくしゃみをした。帰港したらすぐ、つぎの出漁の算段を立てねばならない。このままでは出資者たちがとても満足しないだろう。出資金の返済をせまり、船を売ってでも返せ、などといい出しかねなかった。つぎの出漁で成果をあげて、やつらを納得させねば、彼は愛する船をうしなってしまう。

いきなり、船長の頭上で大声がとどろいた。

「左手に氷山！」

マストの上から、見張りの水夫が叫んだのだ。

船長と航海士は顔を見あわせた。ひと呼吸おいて、船長はマスト上の水夫をどなりあげた。

「バカ者！　いまどき氷山がこんなところまで流れてくるか！」

すでに甲板上では水夫たちが騒ぎ出していた。

「氷山だ」

「いや、帆船だ。帆船が見える！」

セントクレア号は百二十トンしかない小さな船だ。その左側の舷側《げんそく》に群らがって、口々に水夫たちが叫びたてる。船長は舌打ちした。

「どちらが本当なんだ。よく確認しろ。だいたい氷山と帆船のどちらかわからないなんて、お前らの目はどうかしとるぞ！」

「どちらも本当です、船長」

航海士の声が妙に低いので、船長は内心たじろいだ。おりから吹きつける風が、一段と強い冷気を運んできた。無意識に身慄《みぶる》いして、船長は目をこらした。霧が渦巻き流れ、それが走り去ると、信じられない光景が見えた。

「ばかな……」

ようやく船長は咽喉《のど》から声を押し出した。

「こんなことってあるか、信じられん」

それきり声もなく、船長は、舷側の手すりをつかんで立ちつくした。

上ったばかりの月の光をあびて、白々とかがやく巨大な壁がセントクレア号に近づいてくる。海に浮かぶ氷の島。たしかに氷山だった。同時に、透きとおった氷の壁の向こうに、帆船の姿があった。三本のマストに帆が張られ、セントクレア号の四倍ほどもある大きな船だ。それが丸ごと氷につつまれている！

「氷山の中に、帆船が封じこめられているんです、船長」

航海士のささやきに、無言で船長はうなずいた。「見ればわかる」といいたいところだが、声が出ない。

いつのまにかセントクレア号は氷山を左手に見ながら、並んで走っていた。舳先《へさき》にくだける波は、それこそ氷山の欠片《かけら》のように冷たくかがやく。

「も、もしかしたら、エリバス号かテラー号じゃありませんかね、ほら、あの有名な」

声の主《ぬし》は最年長の水夫だった。一同は静まりかえった。「まさか」と小声でささやいた者がいるが、他の者は声をのみこみ、恐怖に満ちた視線を氷山と帆船に向けるだけだ。

エリバス号とテラー号。

それは十二年前、西暦《AD》一八四五年に、北極への探険に出発したまま行方不明となった二隻《せき》の軍艦の名だった。海軍大佐ジョン・フランクリン卿《きょう》以下百二十九名が乗りこんで、はなばなしくグリーンハイス港から出帆し、グリーンランド西方の海峡から北極海へと進入して——それっきり消息を絶ったのだ。

「フランクリン探険隊、行方不明！」

このニュースはイギリス全土を騒然とさせた。一八四七年に第一回の捜索隊が北極へ派遣され、以後くりかえし捜索がおこなわれたが、フランクリン大佐一行を発見することも救出することもできなかったのだ。

フランクリン探険隊が北極の雪と氷のなかで全滅したことは、もはや疑いようがなかった。当時、エリバス号とテラー号の名は、イギリス人なら子どもでも知っていた。

「いや、ちがう」

船長がうめいた。

「あれは現代の帆船じゃない。百年……いや、二百年も三百年も昔の型だ」

気まぐれな霧がまた立ちこめてきて、船長をいらつかせた。

「もうすこし氷山に接近しろ！」

「これ以上は無理です。船底に傷がついたらおしまいですからね」

氷山は、全体の九割が海面下にある。海面上に出ているのはごく一部で、しかもそれが大型帆船をまるまる一隻、封じこんでいるのだから、海面下の部分がどれほど巨大であるか、乗組員たちは想像して慄《ふる》えあがった。もし接触して船底に穴があいたりしたら、小さな捕鯨船などひとたまりもない。

「しかたない、では氷山を迂回《うかい》しろ。周囲をまわって、大きさだけでも確認するんだ」

セントクレア号は右へ舵《かじ》を切り、ゆっくりと氷山の後方へまわりこんだ。霧が月光をあびて氷山にまつわりつき、この世ならぬ光景だ。

海面上の部分だけでも、氷山の大きさは、高さ百二十フィート（註：単位についてはあとがき参照のこと）、周囲千五百フィートと推定された。半時間かけて、セントクレア号は氷山のまわりを何とか一周したのだ。熱心に、氷山のなかの帆船を観察していた航海士が、望遠鏡をおろした。

「船長、あれは昔のスペインの船じゃありませんかね」

「たしかか」

「いや、子どものころ絵本でスペイン無敵艦隊《アルマダ》の船を見たことがあって……どうも、よく似てるもので」

「いいかげんなことをいうな。無敵艦隊の船が何でいまごろこんなところにいるんだ。しかも……」

何と言葉をつづけてよいかわからず、船長は口を閉ざしてしまったが、いずれにしてもセントクレア号の船員たちが結論を出すのはまだ早すぎた。誰かが氷山を指さし、大声をあげた。

「おい、あのままだと島にぶつかるぜ」

氷山はゆっくりと、だが確実に、月蝕島《ルナ・イクリプス・アイランド》へと向かっている。海流に乗っているというより、まるで自分の意思にしたがって動いているように見えた。

やがて氷山は動きをとめた。月蝕島の断崖までまだかなり離れているように見えたが、氷山の海面下の部分が海底に着いたのだろう。

船長はズボンのポケットから懐中時計を取り出した。時刻はすでに十一時になろうとしている。

「とにかく、ダーネスに帰港する。このことを報告して、あとはお役所まかせだ。海のことだから、海軍が何とかするだろうよ」

「わかりました」

「ダーネスまで、どのくらいかかる?」

「夜どおし船を走らせて、明朝五時には」

「よし、いそぐんだ」

セントクレア号は氷山と謎の帆船と月蝕島を置き去りにし、帆に風をはらませてイギリス本土へと疾走していく。

Ⅱ

こうして事件は始まった。西暦《AD》一八五七年六月のことだ。当時イギリスはヴィクトリア女王の即位からちょうど二十年、「太陽の沈まぬ大英帝国」として隆盛をきわめていた。すくなくとも、私をふくむ多くのイギリス人はそう信じていた。

　この文章を書いている私は、姓名をエドモンド・ニーダムという。一八二六年にロンドンで生まれた。一八五七年、三十一歳のとき、この事件に関係した。そして現在、一九〇七年に、この文章を書いている。八十一歳の老人になった私が、記憶と記録をもとに、ちょうど五十年前の事件を紙上に再現しようというのだ。

　イギリス全土をさわがす怪事件だったのだが、真相を知る人はすくない。もともとすくなかったのだが、現在では私と姪のメーブルだけが健在で、他の人はすべて死去した。だから私が事件の全容をあきらかにしても、迷惑を受ける人はいないだろう。

　私はべつに名声を欲《ほっ》しているわけではない。だから沈黙したまま墓にはいってもよいのだが、六十七歳になった姪が、私に執筆をすすめてくれた。というより、半分けしかけたようなものである。

「おじさまが書かなかったら、あの不思議な事件も、その裏に何があったかも、消えてしまいますよ。きちんと思い出せるうちに、ペンをにぎるべきだと思うけど」

そういわれて、私は、小さな書斎の古い机に向かっているわけだ。

一八五七年には、さまざまなものが地上に存在しなかった。ドイツもイタリアもまだ統一されていなかったし、電灯も電話も、ガソリン自動車も飛行機も、国際赤十字もノーベル賞も、ダーウィンの進化論も、狂犬病の予防注射も、印象派の絵も、この世にはなかった。この五十年間で、世界は大きく変わった。今後五十年間でもっと変わるだろう。願わくば、よりよい方向へと変わってほしいものだが……。

いや、未来を語る前に、過去にもどるとしよう。

私自身の人生を、まとめて長々と語ってもしかたないが、最小限の記述は必要だろう。私は寄宿制の学校を出たあと、ロンドン大学に所属するキングズ・カレッジに進んだが、父の死で学費がつづかなくなった。中退して、小さな出版社で雑誌記者をしていたが、一八五三年にクリミア戦争がおこると、翌年、騎兵《きへい》として出征《しゅっせい》した。

一八一五年にナポレオン一世がワーテルローで敗北し、セントヘレナ島に流されて以来、ヨーロッパは平和だった。革命だの暴動だのはあっても、国家どうしの戦争はずっとなかったのだ。それが、黒海《こっかい》の覇権とやらをめぐってロシアとオスマン・トルコが争いを始め、ヨーロッパの列強がトルコに味方したのである。

一八一五年には、イギリスとロシアが同盟を結んでフランスと戦った。ざっと四十年後には、イギリスとフランスが連合してロシアと戦うことになったのだから、時代とは変わるものだ。

主戦場は黒海北岸のクリミア半島で、私は思い出すのもいやなほど苦労した。多くの戦友が死に、私自身も負傷して野戦病院にはいった。そこでナイチンゲール女史の看護を受けているうちに、戦争が終わった。そう、いまや世界中で知らぬ者はいない、あのフローレンス・ナイチンゲールだ。当時は三十代半ばで、「愛と平和の天使」というより、きびきびしたしっかり者のお姉さん、という印象だった。

クリミア戦争の歴史的な意味については、もっともらしく述べたてる人がいくらでもいるだろう。だが、この戦争で最高の名声を得たのは将軍でも提督でもなく、ナイチンゲール女史だった。その事実が証明するように、兵士たちにとっては、悲惨でばかばかしいだけの戦争だったのだ。

クリミア戦争が終わったのは、一八五六年の三月である。ロシアが譲歩して、パリ条約が結ばれた。傷つき疲れはてた兵士たちは、続々とそれぞれの祖国へ帰りはじめた。

さまざまな事情があって、私が祖国イギリスの土を踏むことができたのは、一八五六年七月のことだ。一年と十カ月ぶりの帰国だった。

ドーヴァーに入港する船は、私をふくめた帰還兵で超満員だった。彼らはほとんどが傷病兵だった。戦争が終わっても、負傷や病気のために野戦病院を出られず、帰国が遅れていたのだ。

思い出すのがいやと述べたが、五十年以上たっても、思い出すと怒りがこみあげてくる。

クリミアの戦場はひどい衛生状態で、コレラや赤痢《せきり》が蔓延《まんえん》していた。薬品どころか食糧も不足しており、敵も味方も、戦死者より病死者のほうが多かったのだ。私もずいぶんひどい目にあったが、生きて帰れただけ、死者たちよりはましだった。

船が接岸するより早く、岸壁《がんぺき》にひしめく人波が見えた。女性や老人の姿が多いが、子どももいる。夫や息子、父親や恋人の帰還を迎える人々だった。船上でも、頭に包帯を巻いた者、片脚をうしなって松葉杖で身体をささえる者、失明して戦友に手をひかれる者など、野戦病院がそのまま移動してきたような光景だった。彼らは舷側の手すりにひしめいて、自分の知った顔が群衆のなかに見えないか探していたが、やがていっせいに笑声をあげた。

「おい、ネッドというやつがそのへんにいないか？　えらくはでなお出迎えが来てるぜ！」

私は背伸びして、帰還兵たちの頭ごしに岸壁をながめた。笑声の理由はすぐにわかった。出迎える群衆の頭上に、プラカードが高々と突き出ているのだ。

そのプラカードは、いやでも目についた。何しろ、ばかでかかったのだ。横が五フィート、縦が三フィートはあった。そして、赤く書かれた文字も大きかった。

お帰りなさい《ウエルカム・ホーム》！
ネッドおじさま《アンクル・ネッド》！

どきりとした。私の名はエドモンドで、愛称はネッドである。あのプラカードの主は、私を歓迎しているのだろうか。いや、ネッドなんて、べつにそれほどめずらしい名ではない。他人を迎えに来ているのかもしれない。

そう思いつつ、私の胸には期待が生まれた。

船上からロープが投げられ、船が接岸すると、渡し板がかけられた。帰還兵たちは先を争うように、渡し板を踏み鳴らして上陸していく。私も、人波にもまれながらイギリスの土を踏んだ。感動の余韻にひたる間もなく、押されながら、例のプラカードへと近づいていった。

人々の頭の上で、プラカードは前後左右にゆれていた。あんなに大きいのだから、それをかかげている人間は、さぞ重いことだろう。私の周囲では、「ジョン!」「ベティ!」などと呼びあう声が飛びかい、人々が抱きあい、涙と笑いが渦を巻いていた。いくつもの頭にはばまれて、プラカードの主はまだ姿を見せない。

「前に出して、前に出して!」

若い女性の声がして、大きくゆれたプラカードが、前に立つ老人の頭に触れた。山高帽《やまたかぼう》が飛んで、つやつやした禿《は》げ頭が七月の陽光にかがやいた。老人は憤然《ふんぜん》とし、片手を頭にのせたまま振り返って叱りつけた。

「気をつけなさい、あぶないじゃないか!」

「ごめんなさい、ごめんなさい、でも、わたしを前に出してくれないと、もっとあぶなくなるわよ!」

プラカードがまたしてもかたむいたので、危険を察知した人々があわてて左右にしりぞいた。こうして私はようやくプラカードの主と対面することができたのだ。

プラカードを右肩にかつぎ、あぶなっかしい足どりで出現したのは、十五、六歳の少女だった。明るい緑色のボンネット帽をかぶり、それによくあう緑色の夏服を着ている。帽子は半分ぬげかかって、明るい褐色《かっしょく》の髪がかなり出ていた。額に汗が光っている。両眼は髪より濃い褐色で、頬はあわいバラ色をしていた。美少女といってよい顔立ちだったが、それよりも、夏の光が結晶化したような生気にあふれている。
五、六歩の距離をおいて、彼女は私を見つめた。大きく見開いた目を、かるく細め、また見開く。あきらかに、過去の記憶と、現在の私の姿とを、照らしあわせているのだ。彼女は大きく息を吸って吐き出すと、決断したかのように問いかけた。
「ネッドおじさま？　いえ、ミスター・エドモンド・ニーダム？」

このとき私のほうも、古い記憶をたしかめて、信じられない思いを口にしたのだった。

「もしかして君はメープルか？　あの小さなメープルなのか」

かわいた音がひびいた。少女が両手を放したので、プラカードが石畳《いしだたみ》の上に落ちたのだ。そこに誰かが立っていたら、足の甲《こう》をプラカードで打たれて、さぞ痛い思いをしただろう。

「やっぱりネッドおじさまだ！　痩《や》せて、汚れて、くたびれはてているけど、でも、本物のネッドおじさま！」

泣き笑いの表情をつくると、少女は、両腕をひろげて私に飛びついてきた。すっかり体力のおとろえた私が、よろめいてあやうく踏みとどまるほどの勢いだった。

「お帰りなさい、おじさま、お帰りなさい！」

私は何とか少女の身体を抱きとめ、できるだけおちついた声で応えようと努めた。

「ただいま、メープル……」

こうして私は、成長した姪と再会したのだった。地上にただひとりの、私の血族と。

Ⅲ

再会した私とメープルがまずやったことは、プラカードの処理だった。近くの安ホテルで調理用ストーブの焚《た》きつけにするはずだった板を、たのみこんで借りてきたのだという。そのホテルの料理人は、気の好さそうな初老の女性だった。礼を述べるメープルに対して、

「おじさんが生きて帰ってきてよかったねえ」

といってくれた。さらに私をつくづくながめて、

「とにかく生きて帰ってきただけで、たいしたもんだよね」

といったが、どうやら他にほめようがなかったらしい。

それがすむと、あわただしく私たちはドーヴァーの駅に向かった。私が祖国の土を踏んだのは正午すぎだったが、午後一時三〇分発ロンドン・ブリッジ駅行きの切符を、メープルはすでに買っておいたのだ。

メープルは午前七時発の列車でロンドン・ブリッジ駅を出て、十一時にドーヴァー駅に着くと、すぐ帰りの切符を買ったのだという。

「帰還兵と出迎えの人たちとで、切符売場は大混雑になるでしょ？　どうせ必要になるんだから、先に買っておいたのよ」

聡明な姪のおかげで、私は、切符売場に列をつくることもなく、二等車の座席に着くことができた。事故や故障がなければ、三、四時間でロンドン・ブリッジ駅に着く。日が暮れるまでに、悠々とわが家に帰れるはずだった。

列車が動き出すと、すぐメープルがバスケットをひざの上にのせて開いた。

「昼食《ランチ》にしましょ、おじさま」

私は考えた。もしわが軍の司令官がメープルの半分ほども有能だったら、兵士たちは飢《う》えと寒さに苦しまなくてすんだろう。バスケットの中身は、コールドハムとキュウリのサンドイッチ、それに瓶《びん》入りのオレンジジュースだった。サンドイッチはもちろんメープルの手作りだったが、こんなおいしい昼食は何年ぶりだろう。

「曾祖母《ひいおばあ》さまが亡くなったことはご存じね、おじさま」

「うん、野戦病院で手紙を受けとった。弁護士のカースティンさんから」

メープルの曾《そう》祖母というのは、つまり私の祖母だが、一八五五年に八十五歳で死去していた。高齢だったから死自体はしかたないことだが、それを知らされたときには、臨終に立ちあうこともできず、異郷の野戦病院でお粗末《そまつ》なベッドに横たわっている身がやりきれなかった。

　カースティン弁護士からの手紙には、まだ重要な事実が記されていた。祖母にはささやかながら遺産があったのだ。

　その理由は、いま私たちが乗っている鉄道にあった。一八四〇年代、イギリス全土で鉄道建設がおこなわれ、鉄道会社への投資が一大ブームになった。地主や資本家はもちろん、平凡な労働者やメイドにいたるまで、鉄道会社の株を買い求めた。そして九十五パーセントの人は損をしたが、五パーセントの人だけが利益をあげたのだ。

　祖母は五パーセントの側にいた。高値で株を売りはらうと、それを全額、貯金した。元金に利息を加え、祖母の死後、年金の形で遺族が受けとれるようにしておいたのだ。

「わたしは一生分の運を費《つか》いはたしたからね。もう二度と株なんか買う気はないよ。わたし自身も、よけいなお金銭《かね》はいらない。孫たちがすこしでも楽になればいいのさ。あと一年早く株価が上がれば、エドモンドが学校をやめなくてすんだんだけどねえ」

　年金の額は八十ポンド。弁護士事務所で手つづきがすめば受けとれるようになっていた。

　祖母は一七七〇年の生まれで、本人は長寿《ちょうじゅ》をたもったが、子どもたちには先立たれた。彼女が死んだとき、遺族と呼べるのは、孫である私と曾孫《ひまご》であるメープルだけだった。

　メープルの母親、というのはつまり私の上の姉だが、教師である夫のダグラス・コンウェイともども、一八四九年に大流行したコレラで死去した。下の姉は、鉱山技師の夫とともにオーストラリア大陸へ渡ったが、金鉱を発見する前にそろって風土病で死んでしまった。埋葬地がオーストラリアとあっては、墓参りにもいけない。

母親が死んだときメープルは九歳だったが、私の祖母の手で女子寄宿学校へ送られた。祖母のいいつけで私が姪を学校へ送っていったのだが、学校も校長の老婦人も感じがよかったので、安堵《あんど》したことをおぼえている。涙をこらえる表情で私の頬にキスすると、校舎へ駆《か》けこんでいった「小さなメープル」の後姿も……。

ふと私は、重大なことに気づいた。

「メープル、きみ、学校のほうはどうしたんだ？　休校日なのか」

列車の窓ガラスの外を、緑したたるイギリスの田園風景がゆっくり流れ去っていく。機関車の吐き出す煙がそれを隠したとき、メープルは答えた。

「学校はやめたわ」

「やめた⁉　どうして⁉」

「だって、学費を払って牢獄にいる意味ないもの」

「牢獄って……いや、世の中にはひどい学校もあるけど、メープルが通ってたのは、そうじゃなかっただろう？」

「ええ、ましな牢獄だったわ。でも、授業は退屈だし、クラスメートは社交界とか舞踏会とかにあこがれるばかりで、まったく話があわないし、図書室の蔵書は貧弱だし……曾祖母《ひいおばあ》さまが亡くなってから計画を練って、学期の終わりにあわせて飛び出したの。ロンドンにもどって仕事を探して、ネッドおじさまのお帰りを待つつもりでいたのよ」

姪は私の帰還を信じていてくれたのだ。私は最後のサンドイッチをのみこんだ。

「まあ学校についてはゆっくり話すとして、そうだ、まったく私はどうかしている。最初に尋《き》いておくべきだったが、私が今日ドーヴァーに着くということが、どうしてわかったんだ？　連絡もしてなかったのに」

メープルは目をみはった。空《から》になったバスケットを足もとに置くと、服のポケットからおりたたんだ紙片を取り出す。

「この電報、おじさまが打ったんじゃなかったの？」

「電報……？」

「カレーからとどいたのよ、昨日」

メープルの手から紙片を受けとって、私はひろげてみた。

一八五六年当時、電話は地上に存在しなかったが、電報というものはあった。一八五一年にロンドンで万国博覧会が開かれ、水晶宮《クリスタル・パレス》が建てられたわけだが、それにまにあうよう、英仏《えいふつ》海峡の底に電線が開設され、国際電報が出せるようになったのだ。

電報の文面は簡単だった。「アスフネニテドーヴァーニツク」。ただそれだけだった。

カレーで別れた戦友のことを、私は思い出した。一年以上にわたって生死をともにした男だが、カレーで船に乗る直前、帰国をやめるといい出したのである。

彼は私のように平凡な市民ではなかった。すすんでクリミア戦争に従軍したのも、イギリスにいるといささかまずい事情があったからだ、という。

「帰国したって、家族が迎えてくれるわけでもなし、おれはもう二、三年、外国をぶらついてくるよ」

「そんなことといったって、資金《かね》はあるのか」

心配する私に、戦友は、にやりと笑って顔をなでてみせた。

「この色男ぶりだぜ。貢《みつ》いでくれる女は、パリだけで五、六人はいらあな」

顔はともかく、この性格だ。難局に立っても自力で切りぬける才覚はあるだろう。そう思いつつ、私は彼と別れたのだったが……。

念のため電報を保管しておくことにして、私はそれを自分の服のポケットにおさめた。話題を変える。メープルは学校をやめて何をしたいのか、ということだ。

メープルは、ブロンテ姉妹の書いた『ジェーン・エア』や『嵐が丘』を読んで感銘《かんめい》を受け、本に関する仕事をしたいと思っている、と私に告げた。

「作家になって、ブロンテ姉妹みたいな作品を書きたいのかい？」

私の問いに、メープルは頭《かぶり》を振った。

「愛読してるし、これからもずっと読みつづけるでしょうけど、わたしの書きたいものじゃないわ。わたし、身分ちがいの恋って興味ないの。もっと社会的な問題とか、なるべく広い世界に目を向けていきたいのよ」

「ははあ、するとジャーナリストかい？」

「ええ、おじさまみたいなお仕事」

まっすぐ私を見て、メープルは断言する。私はどうやら姪に過大評価されているらしかった。私は犯罪や事件やスキャンダルを追いかけて走りまわっていただけで、若い女性に目標にしてもらえるような、りっぱな仕事をしていたという自信はなかった。

ロンドン北部の小さな家に着いたのは七時近く。まだ黄昏《たそがれ》ともいえない時刻だった。玄関のドアから飛び出してきたのは、もう五十歳をすぎたメイドのマーサだ。

「まあまあ、ネッド坊《ぼっ》ちゃま、ご無事で帰ってらして、まあまあ……」

これが大貴族や大富豪のお屋敷だったら、メイドの数もひとりではすまない。家政婦長《ハウスキーパー》の下に、料理人《コック》やら小間使《レディーメイド》いやら女家庭教師《ガヴァネス》やら乳母《ナニー》やら子守《ナースメイド》やらがいて、さまざまに仕事を分担しているのだが、マーサの場合はただひとりの雑役《メイド・オブ・オールワークス》メイド。料理も掃除も洗濯も針仕事も、何でもやってくれていた。

そもそもニーダム家は中流階級とはいっても、とても上のほうとはいえない。そのころ、夫婦に子どもふたり、それにメイドという五人家族の場合、年収二百ポンドは必要だった。じつのところニーダム家は、私の父が健在だったころは何とかその水準を保っていたが、若い私が働きはじめたころは、かなり苦しかった。それでも、マーサは、これ以下はないという安い給料でよくつかえてくれた。彼女は酒乱の夫に暴力をふるわれ、家を追い出されて救貧院にいくしかなかったところを、私の祖母に救われたので、恩を感じてくれていたのだ。

こうして私は家に帰ってきたのだった。

Ⅳ

祖母の墓参りをしたり、カースティン弁護士の事務所を訪ねたり、従軍証明書と傷病証明書、それに現地除隊証明書を持って陸軍省へ軍人恩給の手つづきにいったり……そんなことで十日ほどはたちまちすぎてしまった。

七月も半ばをすぎたある日、私は、広くもない寝室のベッドで目をさました。ロンドン最良の季節で、冬の黄色っぽい不快な霧もなく、空は晴れ、並木は緑。階下の居間からはメープルの歌声が流れてくる。

マクスウェルトンの野に朝露おりて
麗《うるわ》しのアニーローリー　君は誓いぬ
「永久《とこしえ》にあなたを愛す」と
愛しのアニーローリー　我は忘れじ
夢に見るは　君の微笑《ほほえみ》
忘れじアニーローリー　いま君のもとへ

歌い終えたメープルが、起き出してきた私の姿に気づいた。

「あら、おじさま、おはよう」

「おはよう、『アニーローリー』が好きかい」

「ええ、おじさま、もしかしてこの歌おきらい？」

敏感な子だ。私の表情に何かを感じたらしい。

「きらいじゃないよ。いい歌だ。ただ、ずいぶん流行してるな、と思って」

『アニーローリー』は一八三八年に発表された歌曲だが、爆発的に流行したのはつい昨今《さっこん》のことで、クリミア戦争に従軍した兵士たちによって熱烈に愛唱された。私も本来この歌は好きだ。だが、地面に列《なら》べられた何百人もの戦死者の上を、スコットランド軍楽隊のバグパイプの旋律《しらべ》に乗ってこの曲が流れる光景を、私は何度ながめたことだろう。だから、反射的に表情がくもってしまう。歌に罪のないことだが。

テーブルに皿やフォークをならべながら、メープルが問いかける。

「今日はお出かけになるのね、おじさま」

「うん、いよいよ就職活動だ。いつまでも、働かずに食っていける身分じゃないからね」

「わたしも働くわ」

「そのうちにね」

メープルの将来については、確たる方針がまだ私にはなかった。何よりまず私自身が生活の基盤をかためなくては、お話にならない。メープルによい就職先をさがすにせよ、あらためて学校に通わせるにせよ、私がきちんと就職してから考えるべきことだった。

一八五七年当時、ロンドンの人口はざっと二百五十万人といわれていた。もちろん世界最大の都会だ。

イギリス全体の人口は、といえば、一七八五年には九百万人といわれていたのが、ヴィクトリア女王が即位した一八三七年には千四百万人に達し、その二十年後には二千四百万人になっていた。ひとえに産業革命のおかげで、つまりイギリスは「商工業で食える国」になっていたのである。

だが富があらゆる人に平等にいきわたっているわけではなかった。公平にいって、歴代のイギリス政府は、貧しい人々を救済するため、他国の政府よりすこしは努力も工夫もしたと思うが、繁栄から置き去りにされる人々の数は増える一方だった。

十歳の子どもが炭坑《たんこう》で一日十四時間も働かされ、疲労のあまり居眠りすると、冬でも頭からバケツで冷水をあびせられる。休日などなく、あげくに給料は週に二シリング、つまり十分の一ポンドでしかない。そんな話はめずらしくもなかった。ロンドンに住む十五歳以下の子どもで、学校に通う者は半数だけ。半数は働いており、さらにその半数は餓死寸前といわれていた。

資本主義の世の中は、まったく不公平だ。だがそういった不公平に憤慨する前に、かさねていうが、私自身が就職先を見つけねばならなかった。

帰国した私は、クリミア戦争の前までつとめていた出版社に復職するつもりだった。ところが、もどってみると、会社はみごとにつぶれ、社長も死去していた。ただ社長は私をふくむ社員たちのことを気にかけてくれて、生前に手を打ってくれていた。私は社長の未亡人を訪ねてお悔やみをいったのだが、そのとき、ロバート・ミューザー氏にあてた紹介状を手渡されたのだ。

その日、私は服装をととのえ、紹介状をたずさえてミューザー氏を訪問した。どうしてもメープルがついていきたい、というので、私は彼女にも服装をととのえさせて、いっしょにいった。

ロバート・ミューザー氏の会社は、ニュー・オックスフォード街にあった。私の家から歩いて二十分というところで、大英博物館にもほど近い。完成したばかりだというが、三階建てのりっぱな石造りの建物だ。これがじつは貸本屋なのだった。

一歩、内部《なか》にはいると、高い天井にはシャンデリアがかがやき、舞踏室《ボールルーム》みたいに広い閲覧室の壁は、書棚で埋めつくされている。天井近くの壁には、ヴィクトリア女王ご夫妻の肖像画やら風景画やら。百人近くの客がいたが、いずれもきちんとした身なりの紳士淑女で、読みたい本を熱心にさがしている。本を読むためのテーブルや長椅子も上等なものだった。

当時、会員数は五万人、蔵書数は百五十万冊。イギリスどころかヨーロッパ最大の会員制貸本屋「ミューザー良書倶楽部《セレクト・ライブラリー》」に、私ははじめて足を踏みいれたのだった。

「すごいすごい、見わたすかぎり全部本よ！」

目をかがやかせたメープルが、書棚の前をいったりきたりしながら感動の言葉を発した。

この当時、イギリス人男性の七割、女性の六割が、いちおう文字の読み書きができたといわれる。初等教育が普及したからだが、文字が読めるようになれば本が読みたくなる。といっても、当時の本はずいぶん高価なもので、毎月何冊か買うというわけにはいかなかった。信用できる貸本屋で、きちんと管理された本を借りて読む、というのがもっとも一般的だったのだ。

ミューザー良書倶楽部《セレクト・ライブラリー》の年会費は、ギニー金貨一枚だった。つまり一ポンド一シリングというわけだ。二十シリングが一ポンドにあたるから、いいかたをかえれば二十一シリングということになる。別の時代の別の国の人のために説明しておくと、こんな中途半端な金額の金貨が発行されたのには、それなりの理由があった。つまり一ポンドの品物を買ったときには、一シリングぐらいのチップをそえるのが常識なのだが、そういうとき一ギニー金貨を渡すと、いちいちチップのための小銭を用意しておく手間がはぶける、というわけなのである。

ミューザー良書倶楽部の会員は五万人だから、年会費の総額は五万二千五百ポンドになる計算だ。

年に一ギニーの会費を払える人は、そう多くはない。ミューザー良書倶楽部は貧しい労働者相手の非会員制の貸本屋ではなくて、中産階級以上を客とする文化産業の大手なのである。

ロバート・ミューザー氏は貸本屋を経営しているだけではない。あまった本や古い本は販売し、小さな新聞や雑誌をいくつか発行していたし、印刷工場や製本工場も所有していた。

まとめて何百冊も本を買いこむから、出版社や作家にとってもありがたい存在だった。彼の会社の応接室には、よく有名な文化人が出入りするといわれていた。資産家であり、ロンドンの名士だったのだ。

どこかのお屋敷の執事みたいな服装で、カウンターの脇に立っている男が案内係だった。私は彼に来意を告げ、紹介状を託した。三階の社長室へ通されたのは、十分後のことである。

V

ロバート・ミューザー氏はちょうど五十歳だった。適当に肥満し、適当に禿げていて、残った髪は白く、黒縁のメガネをかけていた。顔色はつややかで、青い目には活力があふれ、全体としては若く見えた。

社長室は広くてりっぱなように見えたが、じつはよくわからない。壁も床も、机もソファーも、本や書類で埋まっていたからだ。完成したばかりの建物だというのに、どうやって短期間でここまでちらかすことができるのだろう。

「かけなさい、かけなさい、そちらのお嬢さんもどうぞ」

ミューザー氏はソファーから十冊ばかり重そうな本を床へと移動させ、腰をたたきながら私たちにすすめた。そのすすめにしたがう前に、私は挨拶《あいさつ》した。

「エドモンド・ニーダムと申します。こちらは姪のメープル・コンウェイ。御社を見学したいと申しますので、同行させました。同席をお許しください」

「いいとも、それじゃさっそく用件にはいろうか」

ミューザー氏も腰をおろしたが、椅子が小さいのか本人が大きいのか、すこしばかり窮屈《きゅうくつ》そうだった。

「さて、ニーダム君、君がもしこの会社に来てくれるなら、年俸《ねんぽう》は百ポンドということにしたいが、どうかな」

私は以前の出版社ではそこそこ評価が高く、年俸百二十ポンドを受けとっていた。注文をつけることができる立場ではないが、ミューザー氏の表情には、交渉の余地があるように見える。

「率直に申しあげますと、もうすこしいただければ、ありがたいのですが」

「君の立場としては、もちろんそうだろうね。だが、私の立場になると、人手が不足しているわけでもないからね」

ミューザー氏の言葉に、メープルが反応した。屹《きっ》となると、彼女は、きかん気の少年みたいな表情になる。

「あの、お言葉ですけど……」

ソファーから身を乗り出すようにして、メープルが口を開いた。

「人手って、数のことだけじゃないと思います。人材の質が問題でしょ? ネッドおじさまは、読むのも書くのも、調査や取材だって……」

「メープル、だまっておいで」

「でも、おじさま……」

「これは成人《おとな》どうしの仕事の話だ。子どもが口を出すものじゃない。口を閉じるか、それができないのだったら、この部屋を出て、下の店で私を待ってなさい」

すこし強い口調で私がいうと、メープルは頬を染めて小さくうなずいた。

「はい、わかりました」

私はメープルにお説教できるほど、えらい人間ではない。だが、成人《おとな》どうしの仕事の話に口を出す子どもほど、迷惑できらわれるものはないのだ。私はメープルのことを「いやなガキだ」と他人に思ってほしくなかった。

ミューザー氏は私と姪とのやりとりを興味深げに見守っていたが、その表情が微妙に変化した。口を閉ざしたメープルが、何かに気づいたように視線を固定させたのだ。彼女の視線の先には、ミューザー氏の机からはみ出すように置かれた原稿があった。メープルはその文字を目で追っている。五秒ほどたって、ミューザー氏は、たまりかねたように問いかけた。

「お嬢さん、きみはこの文章が読めるのか?」

「え、もちろん読めますよ。ラテン語でもギリシア語でもなし、現代の英語じゃないですか」

メープルが不審そうに答えると、ミューザー氏は椅子から立ちあがった。原稿をわしづかみにして、メープルの顔の前に突き出す。

「では読みあげてみてくれ」

メープルが私を見た。私はうなずいた。彼女がいわれたとおりにして、きれいな発音で十行ばかり読みあげると、ミューザー氏は興奮した熊みたいにうなった。

「すごい、すごいぞ。サッカレーが書きなぐった原稿をそのまま読めるなんて！　きみ、お嬢さん、それをきちんと清書できるかね？」

「ええ」

「それじゃ、この紙に書いてみてくれんか」

メープルの褐色の瞳がきらりと光った。私の聡明な姪は、チャンスの尻尾をつかんだことを悟ったのだ。ペンと紙を受けとり、発音におとらずきれいな文字を紙面に書きつける。ふたたびミューザー氏はうなった。

「おお、まったくたいしたものだ。お嬢さん、うちの会社で叔父《おじ》さんといっしょに働かんかね。年二十ポンド払ってあげるが」

「年に十ポンドでけっこうです」

「いや、それでは安かろう」

「でも、おじさまには百二十ポンド出してあげてください」

私が口を出すより早く、ミューザー氏は手を拍《う》って笑った。

「このお嬢さんはたいした交渉人《ネゴシエーター》だな。いいともいいとも、どうせ交渉しだいでそれくらいは出すつもりだったんだ」

やっぱりそうだったのか、この夕ヌキ親父《カンニング・オールドマン》め。

「それともうひとつ」

「何かね、お嬢さん」

「ここの会員証を現物支給でいただきたいんです」

「本が好きかね?」

「本がなかったら生きていけません」

これほど彼を気分よくする台詞《せりふ》はなかったろう。ミューザー氏はいまや蜂蜜《はちみつ》をなめた熊も同然だった。

「いや、まったくもって気にいった。万事お嬢さんのいうとおりにしてあげよう。ニーダム君、きみの肩書きは制作者《プロデューサー》だ。企画、編集、取材、執筆、調査、何でもやってもらうぞ。来週の月曜日から出社してくれたまえ」

さらにいくつかの条件を話しあい、ごく簡素な契約書にサインをして、私とメープルはミューザー良書倶楽部《セレクト・ライブラリー》を出た。しばらくはふたりとも無言だったが、五分ほど歩いて大英博物館のすぐ近くに来たところで、そっとメープルがいった。

「おじさま、ごめんなさい」

「あやまるようなことをしたのかい?」

「いろいろ出しゃばったことをしてしまって……怒ってない?」

「そんなことはないさ。ミューザー氏が、メープルを一人前と認めてくれたんだからね、私もうれしいよ」

実際、ミューザー氏は炯眼《けいがん》だった。この後、メープルがどれほどミューザー良書倶楽部《セレクト・ライブラリー》に貢献したことか。何人もの新進女性作家を育て、多くの女性読者を獲得し……だが、それは一八五六年のことではない。

家に帰る途中、私は菓子店に立ち寄り、姪にチョコレートを買ってやった。たかがチョコレートというなかれ。もともと飲み物だったチョコレートが、かためられて食べられるようになったのは、それほど古い時代のことではない。商店で売られるようになったのは一八四九年、わがイギリスのバーミンガムでのことだった。まだまだ高級品で、「ショコラ・デリシュー・デ・マンジェ」なんてフランス語の名前がついていた。昔も今も、しゃれた雰囲気を出すにはフランス語、というわけだ。

「こんなに高価《たか》いもの、いいの？」

「いいさ、お祝いだよ。就職おめでとう、メープル」

「ありがとう、すごくうれしい！」

街路を歩きながら、私と姪はひとつの約束をした。あたらしい職場では、たがいに、「ミスター・ニーダム」「ミス・コンウェイ」と呼ぶようにする、という約束だ。社会人、職業人としてケジメをつけなくてはならない。とくに雇用されたばかりの身としては。

「でも、ふたりきりのときは、おじさまって呼んでいいよね？」

真剣な表情で問いかける姪に笑ってうなずきながら、私は空を見あげた。遠く、クリミアまでつづく空だ。ようやく帰還兵でなく市民の生活がはじまる。

さて、マーサがわが家の忠実なメイドであることはすでに述べたが、彼女の年俸は八ポンドで、三カ月ごとに二ポンドずつ渡すことになっていた。一月、四月、七月、十月の四回にわけて渡すわけだ。ちょうど七月である。帰宅すると私はマーサを呼び、三ポンド渡して告げた。

「マーサ、これからきみの年俸を十二ポンドにするからね。すくないけど、老後の資金にでもしておくれ」

マーサは礼をいわなかった。ただエプロンで涙をふきながら頭をさげるだけだった。

Ⅵ

私は、いや、私と姪は、「ミューザー良書倶楽部《セレクト・ライブラリー》」で働きはじめた。私は週に六日、メープルは五日。朝食後、マーサに見送られ、二十分ほど歩いて職場に着く。歩きながらの姪との会話は、ささやかだが欠かすことのできない愉《たの》しみだった。

メープルは悪筆の作家たちの原稿を清書し、重役たちにお茶やコーヒーをくばり、店先に出て女性のお客たちに応待する。いないいな、と思うと、書庫で昔の本を読みふけっていた。

私の仕事はというと、どんどん範囲がひろがっていった。ミューザー社長が私の適性をたしかめる必要もあったのだ。

どんな本を買いそろえるか、どんな本を客に貸すか、どんな作家や出版社とつきあうか、どこに支店を出すか。私は社長の質問に答え、いっしょに考え、調査や交渉のために歩きまわった。五万人の会員に配布するための会報もつくった。すでに活躍している作家に会報の原稿を依頼し、将来性のある新人作家を発掘するためにいくつもの雑誌を読んだ。書棚に本をならべ、店先にポスターを貼った。ポスターのデザインも考えた。

会社からは制服が供与《きようよ》されたので、店内ではそれを着ていた。燕尾《えんび》服の裾を短くした「コティ」というやつで、蝶《ちょう》ネクタイだ。作業のときはもちろん上着をぬぐ。メープルは女家庭《ガヴァ》教師風《ネス》のラベンダー色のワンピースに白いエプロンをつけ、ブーツをはき、早足で店内を歩きながら、私の姿を見ると手を振ったりした。

こうして一八五七年にはいると、私の生活はすっかり安定した、ように見えた。私とメープルの給料に年金や恩給をあわせて、年収は二百五十ポンドをこえ、貯蓄をした上に、そこそこゆとりのある生活ができるようになった。肩書も「制作者《プロデューサー》」というと何だかえらそうで気分もよく、いずれは総支配人にだってなれそうな上昇ぶりだった。

「うまいぞ、このままいってくれよ」

ある日、鏡に映る黒っぽい髪の男に向かって、私はつぶやいた。

「もう戦争だの冒険だのはたくさんだ。この二、三年で、十人分ぐらいは経験したからな。

平和と安定こそ、この世で一番、貴重なものだ。冒険なんぞ地獄へ堕《お》ちてしまうがいいさ！」

忘れもしない一八五七年六月二十五日。夏至をすぎたばかりで、ロンドンはまた最良の季節を迎えていた。帰国してそろそろ満一年になる。

ミューザー良書倶楽部《セレクト・ライブラリー》へ通勤する途中で新聞を買った。ときには気取って「タイムズ」を買うこともあるが、たいていはもうすこし庶民的なものだ。その日、スタンドに並べられた新聞のいくつかには、やたらと大きな文字が躍っていた。

「真夏の怪異！

天変地異の前ぶれか⁉

北部スコットランドの海岸に巨大な氷山！

そのなかにはスペインの帆船が！」

「新種の怪談かい、これは」

あきれかえって、私は新聞を見なおした。新聞にもいろいろあって、半ペニー（つまり一ポンドの四百八十分の一だ）でたたき売られているタブロイド版の新聞は、「おもしろけりゃいいんだ」という方針で、あることないこと記事にしていた。「殺人ゴリラが美女を襲撃！」とか「深夜に馬車を走らせるガイコツ男」とか「国会議事堂《パレス・オブ・ウエストミンスター》に人面コウモリあらわる」とか、そういった記事におどろおどろしいイラストがついている。じつのところ、私もメープルもその種の話がきらいではなかった。どうせたった半ペニーのことだから、たまに買っては読んで笑って、クズカゴに放りこむだけのことだ。

昼休みにでも読もうと思い、鞄《かばん》に放りこんで出社したら、すぐミューザー氏からお呼びがかかり、私は社長室に足を運んだ。

「ニーダム君、チャールズ・ディケンズ氏を知っとるね？」

「もちろん知っています」

英語の読み書きができる人間で、ディケンズを知らない者がいるものか。サッカレーとならぶイギリス最大の文豪ではないか。

一八五七年当時、チャールズ・ディケンズは四十五歳で、すでに、『オリヴァー・ツイスト』、『デヴィッド・コッパーフィールド』、『荒涼館』、『クリスマス・キャロル』などの傑作を世に出していた。小説を書くだけでなく、ジャーナリストとして記事や論文も書き、自分の雑誌社も経営して、才能も地位も名声も富もありあまっているという感じの有名人だった。ミューザー氏の知人でもあったが、まだ私は会う機会がなかった。パーカーという勤続二十年のベテラン社員が、ディケンズの担当だったからだ。

「で、そのディケンズ氏が何か？」

「いま、彼の屋敷に、ハンス・クリスチャン・アンデルセン氏が滞在しているんだ」

「アンデルセン？　ああ、たしかスウェーデンの童話作家でしたね」

「デンマークだ」

「失礼、デンマークでした」

お恥ずかしいことだが、当時、アンデルセンに対する私の認識は、そのていどのものだった。すでに彼は『即興詩人』を書き、何冊かの童話集を出して、それには「人魚姫」、「裸の王様」、「みにくいアヒルの子」、「マッチ売りの少女」、「赤い靴」、「雪の女王」などが収録されていた。広く読まれてはいたが、アンデルセンに対するイギリス人の評価は、「どうせ子ども向きのおとぎ話の作者だろ」というぐらいだったのだ。

「特命なんていうと、おおげさだがね。ディケンズ氏の家へいって、彼とアンデルセン氏との世話をしてやってほしいんだ。紹介状はここにあるから、これからいってくれないか」

「かしこまりました。でも、パーカーさんはどうしたんです？」

「いや、昨晩《ゆうべ》連絡があったんだが、辻《つじ》馬車にひかれて足首を折ってしまったそうだ。ひと月ほどは歩けないらしい。それで君に代理をたのみたいのだよ」

こうして私は、ディケンズとアンデルセンという、世界の二大文豪にかかわることになったのだ。めんどうなことにならなきゃいいが、とは思った。だが、それでもまだ私は想像していなかった。自分自身と姪とが、これまでどんなゴシップ小説にも書かれていないような怪事件に巻きこまれ、生命の危機にさらされるようなことになろうとは……。

第二章

それぞれ悩み多き二大文豪のこと
大詩人の朗読が衝撃を与えること

I

一八五七年六月、童話で名高いデンマークの作家ハンス・クリスチァン・アンデルセンは十年ぶりにイギリスを訪問し、これまた文豪として知られるチャールズ・ディケンズの家に滞在した。このときアンデルセンは五十二歳、ディケンズは四十五歳である。

ディケンズの屋敷は、ロンドンの東へざっと二十五マイル、ケント州のロチェスター郊外にある。ディケンズの生まれ故郷に近く、交通の便もよいところだ。

「で、まあ、最初のうちはよかったんだがね」

ミューザー社長はいったが、どうも意味ありげな口調だったので、私は尋ねた。

「何かあったんですか」

「いや、とくに何もない」

「それじゃ、何が問題なんです?」

私が問うと、ミューザー社長は、壁のカレンダーに視線を送った。

「アンデルセンがディケンズ家に滞在を始めたのが、六月十一日なんだ」

「今日でちょうど二週間ですね」

「ディケンズは、アンデルセンが一週間ぐらいで帰ると思っていたんだ」

五秒ほどの沈黙。ひとつ咳ばらいして、私はふたたび質問した。

「アンデルセンについてはよく知りませんが、無神経な人なんですか？」

「いや、そういっては気の毒だな。アンデルセンは、その、何というか……」

ミューザー社長は腕を組み、宙をにらんで言葉をさがすようすだったが、やがて組んでいた腕をほどいて肩をすくめた。

「ま、あまり先入観は持たんほうがいいだろう。とにかくディケンズ家にいってくれ。メープル、いや、ミス・コンウェイといっしょにな」

あわただしく準備をして、午前十時には会社を出ることになった。私とメープルはテムズ河を渡って、ロンドン・ブリッジ駅へ向かった。

「それにしても、ミューザー社長が君を指名したのはなぜかな、メープル」

「お傅《も》りですって」

「お傅り？　ああ、ディケンズ家にはたしか十人も子どもがいたはずだ。その相手をしろってことかな」

私は首をかしげたが、メープルが同行してくれるのは楽しいことなので、それ以上、深くは考えなかった。

ロンドン・ブリッジ駅で昼食用のサンドイッチを買いこみ、ドーヴァー方面への列車に乗って、ざっと一時間半。イギリスへ帰国したときと逆方向へ鉄路をたどってロチェスターに着く。駅からは二マイルというので、馬車をたのんで、川ぞいに緑の田園地帯を進んだ。

低い丘陵《きゅうりょう》が点在する他は、見はらしのいい平野がつづく。のどかで美しい田園だが、あまり目印になるようなものはない。道の分岐点をすぎたところで、杖をついてはいるが元気そうに歩く老婦人の姿を見かけた。念のため道をたずねてみることにして、私は馬車をおり、帽子をとって話しかけた。

「すみません、ギャズヒル・プレイスはこの方角でいいのでしょうか」

するると老婦人はメガネの位置をなおしながら、私の全身を見あげ、見おろした。

「ディケンズ先生のお屋敷にいくの？」

「ええ」

「方角はこれでいいけどね、あなたたち、近づかないほうがいいんじゃないかしら」

「は、それはなぜでしょうか」

「何だか変な男が、ディケンズ先生のお屋敷の前で、芝生《しばふ》にころがってわあわあ泣いてるのよ。気味が悪いし、近づかないほうがいいと思うけどね」

ありがたい忠告だったが、仕事だから、近づかないわけにはいかない。私は老婦人にお礼をいい、ふたたび馬車に乗った。

老婦人の忠告について私が話すと、メープルは不安がるよりむしろ愉快そうだったが、三分ほど走ると、「ギャズヒル・プレイス」と記した道標の向こうに木立《こだち》があり、りっぱなお屋敷が見えてきた。建物は丘の上にあり、前面に芝生がひろがっている。

「あ、ほんとだ、いるいる」

メープルの声を聞くまでもなかった。私が目撃したのは、美しい緑の芝生と、その上にうつ伏せに横たわっておいおい泣いている男の姿だった。

男はフロックコートを着ているが、帽子はかぶっていない。黒っぽい髪は、まるで手入れしていないように見えた。馬車がとまっても気づいたようすはなく、顔を伏せ、大声をあげて泣きじゃくっている。

「大の男が、みっともないなあ。それにディケンズ家にとっては迷惑な話だ。泣くなら、よそへいってもらおう」

舌打ちして、私が馬車の扉をあけようとすると、メープルが私の腕に手をのせた。

「おじさま、あの人……」

「何だ、メープル、まさか心あたりがあるんじゃないだろうね」

こころなしか低い声でメープルが答えた。

「あの人、もしかして、アンデルセン先生じゃないかしら」

「え!? まさか……」

ちょうど男が顔をあげた。涙と鼻水でぐしゃぐしゃになった中年男の顔が見えた。あまり見たくないが、用心しつつ見つめると、たしかにアンデルセンのようにも思える。会社を出るとき、肖像画でたしかめておいたのだ。

私たちは馬車をおり、馭者《ぎょしゃ》に料金とチップを手渡した。走り去る馬車を背に、芝生へと足をすすめる。

「もし、あのう、つかぬことをうかがいますが……」

まだ泣いている男に近づき、芝生に片ひざをついて声をかけた。男が半身をおこす。

「あなたはハンス・クリスチァン・アンデルセン先生ではありませんか」

私の横から、芝生の上にしゃがんだメープルが、そっとハンカチを差し出す。男は遠慮なくハンカチを受けとって両目のあたりをふくと、へたな英語で答えた。

「そ、そうだよ、ぼくはアンデルセンだ。で、君は誰？ ここに何しに来たの？」

文豪にしては子どもっぽい話しかただ、と思ったが、本人がアンデルセンと認める以上、信じるしかない。

「失礼いたしました。私はロンドンのミューザー良書倶楽部《セレクト・ライブラリー》の社員で、エドモンド・ニーダムと申します。社長命令で、ディケンズ先生のお宅へ参上しました。どうぞお立ちください」

「う、うん……」

私はアンデルセンを助けおこした。アンデルセンはたよりなげに何とか立ちあがると、メープルのハンカチで大きな音をたてて鼻水をかんだ。泣きはらした赤い目でメープルを見やる。メープルも立ちあがり、ていねいに会釈《えしやく》した。

「こちらのお嬢さんは？」

「メープル・コンウェイと申します。エドモンド・ニーダムの同僚です」

「ふうん、へえ、そう、こんなに若くてかわいいお嬢さんが働いているんだねえ」

立たせてみると、アンデルセンはずいぶん背が高かった。ただ、りっぱな体格とはいいにくい。痩せこけていて、まるで栄養失調の兵士みたいだった。腕も脚も長く、手は骨ばって大きく、靴のサイズときたら、おどろくほど巨大だった。

「だいじょうぶですか、アンデルセン先生」

「うん、まあ、身体のほうは何とか……でも、心がね」

アンデルセンは顔も長く、骨ばっていた。鼻は高くて、必要以上に大きく、反対に目は小さくて眠たげに見える。正直にいって、まったく美男子ではなかったし、偉大な才能の持ち主にも見えなかった。もちろん、人を外見で判断するのは愚かなことだ。彼は生前、全ヨーロッパで有名だったが、死後その名声は全世界にひろがるのだから。

「よろしければ、何があったか教えていただけますか」

左右からアンデルセンをはさむようにして、ディケンズ邸《てい》の玄関へと向かう。私の問いかけは、アンデルセンを興奮させたようだった。

「それがねえ、ひどい話なんだ。君たち、聞いておくれよ！」

最近、アンデルセンは『生きるべきか死すべきか』という題の作品を書いた。これは童話ではなく、成人向きの小説だったが、『アシニーアム』誌に書評が載《の》った。「うんざりするような失敗作」と、ひどい悪口を書かれたので、アンデルセンはたいそう傷ついたのだ。そのころから『アシニーアム』は、文化人や知識人が愛読する雑誌として有名だった。

「まったく世の中には、ひどいやつらがいるもんだと思わないか。ふん、まともに字も読めないくせして、えらそうに！」

「そんな書評なんか、気になさる必要はありませんよ、アンデルセン先生」

「ええ、わたしもそう思いますわ」

「君たちはそういうけどねえ、作家の苦労もわからないようなやつらが、えらそうに記事を書くなんて、ぼくには赦《ゆる》せないな！」

広大な温室《コンサバトリー》をふたつもそなえた、堂々たる三階建ての館。玄関のドアまでは、六、七段の石段を上らなくてはならない。私がアンデルセンをささえ、メープルがノッカーを鳴らした。

Ⅱ

……さて、あまりディケンズのプライバシーについて書きたてるのはひかえたいが、いちおう説明しておかないと、状況を理解してもらえないだろう。私と姪とは、この日きわめて気まずい状況に放りこまれたのだった。

十人も子どもがいるのに、ディケンズ夫妻の仲は悪く、まさに離婚寸前だったのだ。

ディケンズの夫人であるキャサリンは、けっして悪い人ではなかったが、あまり文学に関心がなかったし、家事も好きではなかった。ディケンズと結婚はしたものの、おたがいに

「どうも何かがちがう」と感じはじめ、歩み寄るよりかえって距離を置くようになり、とうとう修復できなくなってしまったのだ。

キャサリンの妹ジョージーナは、姉夫婦の家に同居し、姉にかわってディケンズ家の家事をすべて取りしきっていた。彼女は実の姉よりもディケンズの味方で、姉が離婚した後もディケンズ家にとどまり、子どもたちの母親がわりをつとめることになる。そんなわけで、当時ディケンズ家では三人の男女の間でピリピリした空気が流れていたのだった。

私とメープルはディケンズ夫人に挨拶し、その指示でアンデルセンを温室《コンサバトリー》の快適そうな長椅子《カウチ》に寝かせた。ディケンズ夫人がなぐさめると、アンデルセンはまた泣き出して、メープルのハンカチで顔をぬぐった。

やがて玄関のほうから、子どもたちのさわぐ声にまじって、男の声が朗々とひびいてきた。

「なに、アンダーソン君が泣いているって⁉　原因は何だ⁉　書評で悪口をいわれた？　ええい、くだらん、アンダーソン君はどこにいるんだ⁉」

ディケンズの声だった。直接、面識はないのだが、講演会などで聞いたことのある声だ。どうやらディケンズは、アンデルセンのことを「アンダーソン君」と呼んでいるらしい。

靴音がひびいて、屋敷の主が温室に飛びこんできた。

「アンダーソン君！　書評なんか気にするんじゃないッ！」

ディケンズはどなりつけた。いや、彼はアンデルセンをはげますために、すこしだけ声を大きくしたつもりなのだろうが、もともと声が大きい上に、舞台俳優みたいな動作でステッキを振りまわすものだから、怒りくるってどなっているようにしか見えない。

「そういわれても、気にせずにいられないよ。ぼくはもうダメだ。破滅だ。おしまいなんだ。あんなひどいこと書かれて、立ちなおれるものか」

「気にするんじゃないったら！　吾輩《わがはい》なんか、この二十四年間、自分の本の書評なんて読んだこともないぞ！」

それは知らなかった。

「いいか、アンダーソン君、きみの名前と作品は不滅だ。百年後も二百年後も、文学というものがあるかぎり、きみの名は残る。だが、書評なんてものは、一週間もたてば、おぼえているやつなんかいやしない。砂浜に棒きれで書かれた文字も同然だ。波がひとつ来ただけで消えてしまうんだ」

ディケンズはステッキを振りまわしながら、くりかえし床を踏みつけた。

「わかったか、アンダーソン君、きみこそが不滅なんだ。自分を信じろ。いや、自分の偉大さをやつらに思い知らせてやれ！」

その場にいあわせただけの私でも、感銘を受けずにいられなかったのだから、アンデルセンが感激したのも当然だった。彼はみるみる両眼いっぱいに涙をため、長椅子《カウチ》から立ちあがって、長い両腕をひろげた。

「ああ、ディケンズ君、ありがとう。ぼくを理解してくれるのは、世界中で君だけだよ！」

アンデルセンはディケンズに抱きつこうとしたが、ディケンズはさっと身体を開いてそれをかわし、私に向かってどなった。

「で、君は何者かね、お若いの？　ここで何をしとるんだ？」

しかたなく、といっても当然のことではあるが、私はディケンズに向かってミューザー社長の手紙を差し出し、私自身と姪を紹介した。ディケンズは左の脇にかかえていた新聞の束を、コーヒーテーブルに放り出した。

「ふむ、ミューザーの会社《ところ》の社員か。会報に紀行文を書くかわり、世話係をよこすようにたのんでおいたのだが、こんなチャーミングなお嬢さんもやってくるとはな。良書倶楽部《セレクト・ライブラリー》の会報にも、かかわっておるのか？」

「はい、編集にも加わっております」

「編集ではない、運営といいなさい」

なぜかディケンズは「編集《エディトリアル》」という言葉がきらいで、「運営《マネージメント》」という言葉を使うのだった。

ディケンズは中背ながら堂々たる風采《ふうさい》で、みごとな髭をはやし、自信と活力にあふれているので、アンデルセンより年上に見えた。彼らと接するうちにわかったことだが、アンデルセンは七つも年下のディケンズにまったくたよりきっていて、何か指示されれば喜んでそれにしたがうのだった。

アンデルセンは長い腕で空気を抱いたまま、所在なさそうに立っている。それにはおかまいなしに、ディケンズは言葉をつづけた。

「ニーダム君、まず君にたのみたいのは、スコットランド行きの手配だ」

「列車とホテルですね」

「そうだ。同行してもらえるかね」

「ディケンズ先生の随伴《おとも》をさせていただけるなら、光栄なことです。で、出発のご予定はいつでしょうか」

ディケンズは右手の指で蝶ネクタイをいじりながら、すこし考えた。

「七月一日には、かならずアバディーンにいなきゃならん。逆算して予定を立ててみてくれ。行きの予定だけでいいから」

「わかりました。ですが、七月一日に何か御用があるのでしょうか」

「フォックス号の出港を見送るのだよ。それじゃたのんだぞ。吾輩は書斎にいってるから」

ディケンズが出ていくと、アンデルセンがあわててその後を追った。

温室《コンサバトリー》のコーヒーテーブルの上に、いくつもの新聞が放り出されたままだ。メープルが気をきかせて、それをきちんとかさねようとしたが、新聞を手にとったところで、私に視線を向けた。何かいいたそうである。

「どうした、メープル？」

「これを見て、おじさま」

という会話も、声には出さず、目と目でおこなわれたのだが、いくつもの新聞の紙面には、おどろおどろしい見出しが躍っていた。

「スコットランド北岸、月蝕島《ルナ・イクリプス・アイランド》の怪異！」

「氷山に閉じこめられた帆船の正体とは⁉」

「捕鯨船の船長が語る超自然《スーパーナチユラル》の驚異！」

「月蝕島の領主《レアド》ゴードン大佐は黙して語らず」

「アイルランドやスコットランドの伝説に残るスペイン無敵艦隊《アルマダ》の末路」

「天変地異の前触れか、神の警告か」

私は思わず吹き出した。

「へへえ、ディケンズ先生も、こういうものがけっこうお好きなんだな。でも、それよりメープル、ちょっとこっちをてつだってくれないか」

メープルが自分の小さな鞄からグレートノーザン鉄道の案内書を出してくれたので、私はすぐページをめくった。十分後にはディケンズの書斎に足を運んで、ざっと予定案を説明することができた。

六月二十九日早朝にロンドンを出発し、夜までにエジンバラに到着。そこで一泊し、翌三十日にアバディーンに到着。一泊して、翌七月一日のフォックス号出帆を見送る。初日は朝から晩まで列車に乗りづめになるが、エジンバラに到着してからは、ゆとりのある旅程になる。

「その後はどうなさいます？」

「うん、まあ、その点はいますぐ考えなくていいだろう。成りゆき次第だな」

ディケンズは明快に返答しなかった。帰宅すれば当然、夫人と顔をあわさねばならず、気がすすまない、ということだろう。私としては深入りする必要のないことだった。

さて、ディケンズが口に出した「フォックス号」というのは船の名である。有名なフランクリン北極探険隊の行方《ゆくえ》をさがすため、この年、十八回めの調査隊がこの船に乗って出かけることになっていた。では、そもそもフランクリン探険隊とは何であったのか。

ナポレオン一世がほろび、戦争が終わってヨーロッパは平和になった。当然、軍隊は縮小され、ロンドンの街には失業した軍人があふれていた。彼らは私同様、働かなくては食っていけず、陸軍省も海軍省も彼らのとりあつかいに頭をなやませていた。

十九世紀のイギリスでは、やたらと海外探険がおこなわれて、多くの軍人が北極やら南極やらアフリカやら中央アジアやらへ出かけていった。これは、イギリスの領土をひろげるとか、アジアへのあたらしい航路を発見するとか、そのために正確な地図をつくるとか、さまざまな目的があってのことだが、大きな理由のひとつは、失業した軍人に、報酬《ほうしゅう》と目的をあたえることだった。

「大英帝国の名誉と国益のため、また科学の発展のため、君たちにしかできないことをやってほしい」

などといわれると、他に何の能もないが勇気と忠誠心だけはある軍人たちは、その気になって世界の涯《はて》まで出かけていったのだ。そしてその半数は、永久に帰ってこなかった。

フランクリン大佐の場合もそうだった。

彼は一八〇五年、トラファルガーの海戦でネルソン提督にしたがい、勇敢に戦ってフランス艦隊を撃破している。わがイギリスの誇《ほこ》る海の勇者だったのだ。だが一八一五年以降、ふくれあがったイギリス海軍は人員も予算も縮小の道を歩みはじめる。

フランクリン大佐は、植民地の総督をつとめたりもしたが、北極探険でたびたび成果をあげて有名になった。一八四五年にはもう六十歳になっていたが、人望も実績もある人なので、隊長に選ばれて、北極海から太平洋へ出る航路を発見する旅に出ることになった。

探険隊は三年分の食糧を用意していた。六十トン以上の小麦粉、十四トンの牛肉、十四トンの豚肉、缶詰に砂糖、さらに壊血病《かいけつびょう》を予防するため四千二百リットルのレモンジュースまで船につみこまれた。万全の準備で出かけたのだが……。

一八四七年になると、「フランクリン大佐はどうなったんだろう」と人々が噂《うわさ》しはじめた。その年六月、最初の捜索隊が派遣され、二年後に手ぶらでもどってきた。以後、あわせて十七回の捜索もむなしく、フランクリン隊は発見も救出もされなかった。

一八五七年には、海軍省はフランクリン大佐の救出を、とっくにあきらめていた。文明社会との連絡もとだえたまま、十二年間も北極で生存しているはずがなかったし、これまでの捜索についやした手間と費用も、たいへんなものだった。さらには、インドや中国方面へも艦隊を派遣せねばならず、正直なところ、もう北極どころではなかったのだ。

「フランクリン夫人も、いいかげんにあきらめてくれんものかな」

と海軍省は考えていたにちがいないが、夫人は、愛する夫の救出をあきらめなかった。彼女は人々から寄付を募《つの》って三千ポンドを集め、自分も財産を処分して、十八回めの捜索隊を出すことにしたのだ。

感激屋のディケンズは、ステッキを振りまわして叫んだものである。

「薄情な海軍省がフランクリン大佐を見すてても、我々は見すてないぞ！　さあ、みんな、できるかぎり協力しようじゃないか！」

ディケンズは後輩作家のウィルキー・コリンズに指示して、『凍てついた深海《フローズン・ディープ》』という舞台劇のシナリオを書かせ、自分も手を加えて完成させた。それを女王陛下の御前《ごぜん》で上演し、入場料をフランクリン夫人に寄付するというわけだ。一回だけのことではなく、ディケンズは熱心にフランクリン隊捜索に協力する活動をつづけていた。

Ⅲ

その日、六月二十五日は、夕方からロンドンの図版展示館《ギャラリー・オブ・イラストレーション》の大ホールで、作家や詩人が集まって自作の朗読会を開くことになっていた。フランクリン夫人に協力する活動の一環である。桂冠《けいかん》詩人のアルフレッド・テニスンも参加するというので、たいへんな評判だった。

すでに午後二時をすぎている。あわただしくディケンズはロンドンへ出かける用意をした。

私は彼の耳にそっとささやいた。

「ディケンズ先生、アンデルセン先生のご滞在が長びいて、ご迷惑ではありませんか」

ディケンズは、じろりと私をにらんだ。

「そんなこと、吾輩の口からはいえんよ」

いっているのも同様である。

一方、メープルはアンデルセンにお茶を運び、いろいろと話しかけて、上機嫌になった童話作家から話を聞き出していた。

「ディケンズ君は、ぼくにいってくれたんだよ。『いつまでもわが家にいてください』って。せっかく彼がそういってくれているのに、一週間や二週間で帰ってしまうなんて失礼じゃないか。ぼくはできるだけ長く、この家にいさせてもらうつもりなのさ」

さっそくメープルと私はたがいの情報を交換し、顔を見あわせて溜息をついた。アンデルセンは、社交辞令を真に受ける人なのだ！　どうやら事態は長びきそうに思われた。

アンデルセンは、こんなこともいった。

「ディケンズ君と奥さんは、とっても仲がいいんだよ。うらやましいよねえ。ぼくはこの年《と》齢《し》まで独身だからね」

アンデルセンは皮肉や嫌みをいっているのではない。心からそう信じているのである。

駅までいく馬車がやってきた。ディケンズ、アンデルセン、私とメープルはそろって馬車に乗りこんだが、そのときアンデルセンがメープルに教えるのが聞こえた。

「この馬車は、毎朝ぼくがロチェスターの町の理容店にいくとき使うやつなんだよ」

「朝、理容店にいらっしゃるのですか」

「そうだよ、ミス・コンウェイ」

「あのう、毎朝？」

「だって、髭は毎日、剃《そ》らなきゃならないだろ。身だしなみはたいせつにしないとねえ」

アンデルセンは自分で髭を剃ることができなかったのだ。

それやこれやで、アンデルセンという人は、子どもがそのまま大きくなったような人物だった、と思われる。一八五七年当時、アンデルセンはすでに全ヨーロッパに名声をひびかせる童話作家で、デンマーク王室からは年金を賜《たまわ》り、スウェーデン王室からは勲章《くんしょう》を授けられるほどの名士だったのだが、内面は傷つきやすく、他人の好意を底ぬけに喜ぶ子どものままだったのだ。

馬車をおりた後、メープルが私にささやいた。

「ああいう方だからこそ、アンデルセン先生は、あんなに美しくて奥の深い童話が書けるのよ、きっと」

「それはそうだろうけどなあ」

「おじさま、ミューザー社長の考えが、わたしわかったわ。わたしがお傅りしなくちゃならないのは、アンデルセン先生なのよ。ディケンズ先生のお子さんたちじゃなくて。そう思わない？」

どうも、メープルの意見が正しいように思えたが、私は返事をしなかった。正直、にがにがしいような、またばかばかしいような気分にとらわれていたからだ。ディケンズは他人に意地悪するような人ではないが、何かの拍子にご機嫌をそこねたら、やっかいなことになる。その上、アンデルセンのお傅りまでしなくてはならないのか……。

前途が思いやられたが、とりあえずロンドン行きの列車では個室《コンパートメント》が確保できたので、私はメープルにアンデルセンをまかせ、ディケンズと、アバディーン行きの予定について話しあうことができた。

ディケンズは、あきれるほど多才な人物だった。作家としてもジャーナリストとしても超一流だったが、雑誌社の経営者としても成功したし、舞台俳優としても奇術師としてもプロ級だった。おそらく政治家になっても成功したにちがいない。

一方、アンデルセンのほうはといえば、作家以外の何者にもなれなかっただろう。メープルの世話を受ける彼の姿を観察するだけでよくわかったことだ。ディケンズは他人の世話をするのが好きだが、アンデルセンはとにかく他人に世話をしてもらい、かまってもらうのが大好きだった。

それでも、このふたりには、似たところがあった。ふたりとも貧しい家に生まれ、子どものころからさんざん苦労し、大学にもいけず、独力で文学を修め、それまでになかった作品世界をきずきあげた。そのなかで、弱者に共感を抱《いだ》き、強者の横暴さを皮肉に笑う姿勢が共通している。ただ、ディケンズとちがってアンデルセンは、現実の社会にはあまりかかわろうとしなかった。

ディケンズは『オリヴァー・ツイスト』などで痛烈に社会悪を批判した人だ。その作品には、さまざまな犯罪が描《えが》かれ、またあらゆるタイプの犯罪者が登場する。

ディケンズは警察の船に乗って、テムズ河のパトロールに同行したこともある。テムズ川は多くの人と物資を運ぶロンドンの生命線だったが、同時に密輸だの誘拐だの盗品売買だの、また逃走とか追跡とかいった犯罪劇の舞台でもあった。

ディケンズはロンドン警視庁《スコットランド・ヤード》を代表する刑事たちと親交があり、その活動ぶりを取材して、雑誌の記事にしたり小説にしたりした。警察のほうでも、ディケンズの名声を自分たちの宣伝に利用しようとした。もちろんディケンズはただ利用されるだけのお人好しではなかった……。

田園風景が大都市郊外の住宅群に変わり、列車の窓からロンドンの市街地がのぞめるようになると、ディケンズが大きな声をあげた。

「さあ、そろそろ降りるぞ。すぐ馬車をつかまえてくれ。遅刻なんぞしたら、テニスンに失礼だし、他にも名士がたくさんやってくるんだ。ニーダム君、いや、お嬢さんのほうがいいな、アンダーソン君が降りる仕度をてつだってやってくれ」

アンデルセンはやたらと手足が長く、動作がぎこちないうえ、よく右と左をまちがえるので、列車や馬車の乗り降りも簡単ではないのだった。

こうして午後五時、一同は無事、図版展示館《ギャラリー・オブ・イラストレーション》に到着した。

開会は午後六時、閉会は午後八時の予定になっていた。

ディケンズはさっそくテニスンに挨拶にいき、私とメープルはアンデルセンを貴賓《きひん》席へつれていった。貴賓席はいくつかのボックスに分かれていて、正装の紳士淑女があちこちで社交的な会話をかわしている。

ミューザー良書倶楽部《セレクト・ライブラリー》の上客も何人かいたので、私とメープルはあわただしく挨拶してまわった。開会の時刻が近づいたので、アンデルセンがいる貴賓席へもどろうとすると、人人がくすくす笑い出した。見ると、貴賓席の方角からひとりの青年紳士が歩いてくるのだが、山高帽にヒナギクの花が挿《さ》してあるのだ。私もメープルもその人物を知っていた。作家のウィルキー・コリンズだ。

「コリンズ先生、ちょっと失礼します」

歩み寄って笑顔を向けたメープルは、手を伸ばして、コリンズの帽子からヒナギクの花を抜きとった。コリンズはその花を見ると、手を出して受けとった。

「ああ、どうりで笑われたわけだ」

「誰かのいたずらですね。お心あたりは？」

「いや、ま、見当はつくけどね……まあいいや」

コリンズは苦笑した。私とメープルにも見当がついた。アンデルセンはこういう他愛《たわい》のない悪戯《いたずら》が大好きだった。コリンズはアンデルセンよりかなり背が低いので、帽子にイタズラされたのに気づかなかったのである。

ウィルキー・コリンズは後年、『月長石《げっちょうせき》』や『白衣の女』などの大作を著《あらわ》して、イギリス探偵小説の開祖と呼ばれるようになるが、このころはまだ駆け出しの新人作家だった。ときおりミューザー良書倶楽部《セレクト・ライブラリー》をおとずれ、自分の著書を借り出してくれる人を見ると、うれしそうに笑っていた。温和な青年紳士で、ディケンズを心から尊敬し、ディケンズのほうもコリンズの才能と為人《ひととなり》を見こんで、何かと引き立てていたのだ。

「じゃ、ぼくは今日は別の用件があるんで失礼する。ディケンズ先生をよろしく」

コリンズは、ヒナギクの花をポケットにつっこんで帰っていった。

Ⅳ

大ホールはほぼ満員だった。聴衆は二百人、寄付金も、一晩で二百ポンド以上あつまりそうで、ディケンズは機嫌がよかった。アンデルセンのほうは、どちらかというと退屈そうだったが、安楽椅子の上でやたらと姿勢を変える以外はおとなしくしていてくれた。

ウィリアム・メイクピース・サッカレーやアンソニー・トロロープらの朗読は、まず何ごともなくすんだ。ディケンズの朗読はひときわみごとで、朗々たる声に豊かな感情がこもり、アンデルセンも私たちも惜しみなく拍手を送った。

最後にアルフレッド・テニスンが舞台に立った。桂冠詩人、つまり女王陛下がイギリス最高の詩人と公認した人だ。

テニスンは、このとき四十八歳になる寸前だった。髪も髭も黒っぽく、もじゃもじゃで、顔つきは鋭《するど》く、知性と威厳《いげん》にあふれていた。見るからに偉大な文学者という感じで、正直いってディケンズの五倍、アンデルセンの百倍ぐらい、りっぱに見えた。

ディケンズが紹介する。

「朗読される詩は、テニスン氏近来の傑作、『軽騎兵の突撃《ザ・チャージ・オブ・ザ・ライト・ブリゲード》』であります。つい三年ほど前、クリミア戦争の際、バラクラーヴァの大会戦の直後につくられ、わが国の勇敢な騎兵たちをたたえたものとして知られております。では盛大な拍手を！」

ぎくりとして、私は舞台を見やった。拍手のうねりがおさまると、テニスンは左腕を前方に伸ばし、自作を書きとめた紙片を見ながら朗読をはじめた。

兵の右には敵の砲《キャノン・トウ・ライト・オブ・ゼム》
兵の左に敵の砲《キャノン・トウ・レフト・オブ・ゼム》
兵の前にも敵の砲《キャノン・イン・フロント・オブ・ゼム》……

韻《いん》の踏みかたがみごとで、テニスンの声も朗々と、会場全体にひびきわたるようだった。

そして、同時に私は自分の身体が小さく慄え出すのを感じたのだ。

斉射《せいしゃ》のひびきは雷鳴か
嵐のごとき弾雨《たま》の中
恐れを知らず馬を駆り……

私は呼吸が荒くなるのを感じた。たぶん顔色も青ざめていただろう。この一年近く、私はイギリスで生活して、平和に慣れたはずだった。自分ではそう思ってきたのだ。悪夢を見てうなされたことは何度もあるが、人前でとりみだしたことはない。だが、テニスンの一語ごとに私の自信はくずれ、現実の壁が崩壊して、私の意識はクリミアの戦場へ引きもどされていく。

死の顎《あぎと》へとひたすらに
地獄の門をくぐるべく
突き進むなり六百騎！

「ど、どうしたのだい、ニーダム君⁉」
アンデルセンの心配そうな声。
「すみません、すこし気分が悪くなって……」
私は舞台に背を向けた。メープルが声をころして呼びかける。

「おじさま⁉」

「来るな、メープル、ひとりにしてくれ」

貴賓席の扉をあけて、私は薄暗い廊下に出た。足がふらつき、壁に手をついてどうにか身体をささえる。吐き気《はけ》がして、私はそれを必死にこらえながら壁をたたいた。呼吸と鼓動の乱れは一瞬ごとに強まり、目の前が暗くなって、私は壁に手をあてたまますずるずると床にくずれた。


「助けてくれ……」

うめきながら私は両手で頭をかかえた。

そのときだった。誰かが後ろから私の左肩に手をおいたのは。


よろめきながら、私は走っていた。クリミア半島の南端近く、バラクラーヴァの野だ。

一八五四年十月二十五日。早朝から霧をついたロシア軍の攻撃がはじまり、イギリス、フランス、トルコの連合軍がそれを迎えうつ。砲声《ほうせい》と煙が野をおおい、血と火薬の匂いが風に乗っておそいかかってくる。

「突撃《チャージ》！　突撃《チャージ》！　突ー撃《チャァアアジ》！」

サーベルをかざして絶叫する士官。

そして、その後どうなっただろう。

私は徒歩で走っていた。馬を撃ち倒され、自分の足で走らなくてはならなかった。左手の拳銃には、まだ弾丸がのこっているはずで、すてるわけにはいかない。右手のサーベルも放さなかった。それは刃こぼれし、血と脂《あぶら》にまみれていて、つまり私はこの手で敵兵を斬《き》ったのだった。

足が空《くう》を踏み、私はできたばかりの穴をころげ落ちた。砲弾が地面をうがってこしらえた穴で、火薬と血の匂いがひときわ濃くたちこめていた。あえぎながら私は身体をおこし、石だらけの斜面をはいあがった。

馬蹄《ばてい》のとどろきがおこって、私は肩ごしに振り向いた。

「ウラーアアア……!」

猛獣が吠《ほ》えるような声がとどろいて、ロシア軍のコサック騎兵が突進してきた。目と口を大きく開き、頭上にサーベルを舞《ま》わしながら、私めがけて一直線に。

私は声をあげたかもしれないが、よくわからない。左手の拳銃をあげ、夢中で撃鉄《げきてつ》をおこし、引金をひいた。たてつづけに二度。だが銃声は一度きりだった。

最後の一発を、私は撃ったのだ。

コサック騎兵は倒れた。いや、人を乗せたまま、馬が倒れ、地ひびきをあげた。コサック騎兵の手からサーベルが飛び、空中で回転する。人と馬と、どちらに命中したかわからない。死んだのか生きているのかもわからない。たしかめる余裕なんてなかった。

全弾を撃ちつくした拳銃を投げすて、サーベルだけをつかんで、私はまた走り出そうとした。そのとき、濃い煙が左方向から私におそいかかった。鼻をなぐられたような痛みが走り、音もなく熱い何かが体外へ流れ出す。

「ああ、何だ、これは何なんだよ……」

私はうめき声をあげた。

私の顔の下半分から胸にかけて、真赤にそまっていた。強烈な火薬の匂いで鼻の粘膜が破れ、鼻血が噴《ふ》き出したのだ。それをぬぐったせいで、私の左手もまた赤くぬれていた。走る気力さえも、私はうしないかけていた。硝煙《しょうえん》のため目も痛めつけられ、砲声で耳もしびれ、自分がどちらの方角へ向かっているのかさえ、よくわからない。

右方向で閃光《せんこう》と轟音《ごうおん》。

爆風に突きとばされて、私は転倒した。土と小石の雨が全身をたたき、右の腰と腿に鋭い痛みを感じた。砲弾の破片が飛んできて私に突き刺さったのだ。さいわい、服地ごしに浅く刺さっただけだった。私は歯をくいしばりながら破片を引きぬき、放りすてた。

いきなり、誰かが私の左肩に手を置いた。それも、どすんと、たたきつけるような乱暴な置きかたで。

私はよろめきつつ何とか起きあがった。荒々しく振り向いた。味方なら無礼をとがめてやるし、敵ならサーベルで斬りつけてやるつもりだったのだ。だが、私の目には誰の姿も見えない。誰もいないのに、左肩に置かれた手はそのままだった。

あらためて私は自分の左肩を見やった。そこには手が置かれたままだった。だが、誰の手かはわからない。永久にわからない。その手には手首から上がなかった。砲弾で吹き飛ばされた誰かの手が、何十ヤードも宙を飛んで、偶然、私の左肩に乗ったのだ。

私は悲鳴をあげ、その手をはらい落とした……。

V

「おじさま、おじさま、しっかりして！」

「ニーダム君、おちつけ、どうしたんだ、気をたしかに持て！」

私は顔をあげた。冷たい汗が頰をつたわるのを感じた。霧がはれるように視界が開けて、メープルとディケンズの顔が見えた。

「おじさま、だいじょうぶ？」

「よかった、気づいたようだな」

「……私はいったいどうしたんでしょう」

まぬけな問いに応えて、ディケンズは無言で右手をあげた。メープルの助けを借りて立ちあがりながら、私は、ディケンズの指《さ》ししめす方向を見やった。濃い緑色の天鵞絨《ベルベット》をはったソファーに、燕尾服の男がひっくりかえっている。三人ばかりの男女がつきそい、ハンカチで顔をあおいでいた。アンデルセンだった！

「君が突然、出ていくものだから、アンダーソン君は心配して後を追ったんだ。君がしゃがみこんで頭をかかえているのを見たので、アンダーソン君は後ろから肩をたたいて、『だいじょうぶかい』と声をかけた。そのとたん君は彼の手首をつかんで、力まかせに投げ飛ばしたんだ！」

私はこわれたガス灯みたいに、その場に立ちつくした。メープルが私の手をとった。

「安心して、おじさま、アンデルセン先生にケガはないから。投げ飛ばされた先に、ちょうどソファーがあったの。運が良かったわ」

「どちらにとってもな」

ディケンズが重々しくいって、左手で髪の毛をかきまわした。

「アンダーソン君はケガをせずにすんだし、ニーダム君はデンマークの大作家に危害を加えたといわれずにすむ。けっこうなことだが、ニーダム君、弁明は必要だぞ。あやうくヨーロッパ文学史上の大罪人になるところだったんだからな」

まったく、そのときアンデルセンに大ケガでもさせていれば、彼の伝記には永久に私の汚《お》名《めい》が記されたにちがいない。私は自分が唾をのみこむ音を聞いた。ミューザー良書倶楽部《セレクト・ライブラリー》の社員として、あるまじき失敗だった。いや、致命的な失敗だ！

私はぎこちなくアンデルセンに歩み寄った。発した声が自分のものとも思えない。

「申しわけないことをしました、アンデルセン先生」

「ああ、いや、ニーダム君、気にしなくていいよ。ぼくにケガはない。ただ、ちょっと、その、びっくりしただけだ。いったいどうしたんだい？」アンデルセンはソファーにすわりなおし、心から不思議そうに私を見つめた。あいかわらず自分のものと思えない声で、私は答えた。

「……三年前、私はバラクラーヴァの戦場にいたんです」

私の横で、ディケンズが大声をあげた。

「何と、それは本当かね⁉」

「ええ、そしてカーディガン将軍の軽騎兵旅団にいました。騎兵五個連隊……お笑いですね。千三百騎ぐらいはいたはずなのに、コレラや赤痢《せきり》で半数がばたばた倒れて……まともに馬に乗れる者だけで、ロシア軍の砲兵《ほうへい》陣地へ突撃したんです」

「それじゃテニスンの詩にあったとおりじゃないか。君はバラクラーヴァでロシア軍の砲兵陣地に突撃した六百騎《シックス・ハンドレッズ》のひとりだったのか⁉」

私はうなずいた。正確には六百七十三騎だったが、テニスンは詩の調子をととのえるため「六百騎」と表現したのだ。ロシア軍砲兵陣地に正面から突撃し、二十分後、生還して最初の点呼《てんこ》に答えた者は百九十五名。全員が血まみれ傷だらけだった。私たちはテニスンの詩にあるように「恐れを知らず馬を駆り」、無謀さの報いを受けたのだ。

「申しわけありません、アンデルセン先生。お世話をさせていただく身が、あやうくおケガをさせるところでした。お赦しいただけるとは思えませんが、心からおわびいたします」

私は深く深く頭をさげた。アンデルセンの反応は、予想もしないものだった。彼は立ちあがり、長い腕をのばして私に抱きついたのだ。

「ああ、かわいそうに、かわいそうに、きみは本当にひどい目にあったんだねえ」

アンデルセンの小さな両目から涙がこぼれ、大きな鼻からは音もなく水が流れ出していた。彼は力いっぱい私を抱きしめ、頬ずりした。

アンデルセンの心は貴《とうと》い。アンデルセンの涙も貴い。だがアンデルセンの鼻水は貴いと思えなかったので、私はせいぜい失礼のないように、彼の身体をそっと押しやった。

ディケンズが静かにいった。

「誰も君をとがめはせんよ、ニーダム君。だが、どうかね、引きつづき吾輩やアンダーソン君の世話を君にたのんでもいいものかね?」

私は自信を喪失していた。詩の朗読でパニックをおこし、他人を傷つけるところだったのだ。イギリスの平和に適応したつもりだったが、私の精神は深いところでまだ戦場に引きずりこまれたままだった。こんな自分に、文豪たちの世話をする資格なんてあるのだろうか。

ディケンズのスコットランド行きの手配をととのえたら、後は同僚の誰かに替わってもらおう。私はそう思った。だが、口に出さないうちに、じっと私を見つめていたメープルが一歩前へ出ていた。

「ご心配いりません。ディケンズ先生、アンデルセン先生」

きっぱりといってのける。

「エドモンド・ニーダムは、課せられた義務を途中で放り出すような無責任な人間ではありません。どうか安心しておまかせください」

ディケンズとアンデルセンは、だまってメープルを見つめ、つぎに私を見つめ、もう一度メープルを見つめた。アンデルセンが口を開きかけたが、ディケンズは彼の腕をつかむと、私にひとつうなずき、踵《きびす》を返してその場を離れた。アンデルセンはおとなしく引っぱられていった。

「だいじょうぶよ、おじさま」

メープルは両手で私の両手をにぎり、濃い褐色の瞳で私を見あげた。

「わたしがおじさまをお守りします。おじさまを二度と戦場へ送り出したりするもんですか。もし、もし陸軍省がそんなことしようとしたら、わたし、陸軍省に火をつけてやる！」

「なかなか過激なお嬢さんだね」

すこしかすれたような声がして、私とメープルは振り向いた。

そこに立っていたのは、五十歳をすぎたぐらいの中年の紳士だった。どちらかというと小柄で、肌は浅黒く、黒い髪はくしゃくしゃだった。手に山高帽を持ち、かるく目礼して私に問いかける。

「君はクリミア戦争から帰ってきたんだね？」

「そうです」

私が短く答えると、紳士は、小さく溜息をついた。

「あれはイギリスにとって、まちがった戦争ではなかった。だが、不必要な戦争だった。ロシアの野望は、戦争ではなく、外交によって阻止されるべきだった。頑固なグラッドストーン議員も、そうお考えではないかな」

彼が見やったのは、もうひとりの紳士だった。

「ディズレーリ議員でも、たまには正しいことをいう。ただし、まだまだ甘いですな」

こちらの声は深みをもってよくひびいた。声の主も堂々たる偉丈夫《いじょうふ》で、濃い色の髪には白毛がまじり、眉は太く、顔立ちはいかめしいが、両目には温かい光がある。

「あれは不必要というだけでなく、愚劣な戦争だった。前途ある若者たちを、何万人死なせてしまったことか。イギリス政府の無能と、軍部の横暴とは、きびしく糾弾《きゅうだん》されねばならん」

このとき私は、十九世紀のイギリス、いや、全世界を代表する偉大な政治家たちの前にいたのだ。保守党をひきいることになるディズレーリと、自由党のグラッドストーン！

五十年後の今日でも、思いだすと、かるい緊張をおぼえてしまう。

私はおおむね自由党を支持して今日《こんにち》に至っている。戦争はもうこりごりだし、これ以上、植民地をひろげる必要も感じないからだが、ディズレーリも尊敬すべき人物だった。彼はもともと作家で、ミューザー良書倶楽部《セレクト・ライブラリー》の書棚にも、彼の著書が置かれていた。恋愛描写はヘタクソだったが、社会小説はかなり人気があって、借り出す人も多かったのだ。一方、演説はグラッドストーンのほうがすぐれていた。というより、グラッドストーンより感動的で説得力のある演説ができる者などいなかった。また彼は自分で詩や小説を書くことはなかったが、テニスンの友人だった。

「お大事に」といって、将来の大英帝国宰相《さいしょう》ふたりが肩をならべて去っていくと、私とメープルは顔を見あわせた。たがいに口を開きかけたとき、あらたな人影に気づいた。

今度はテニスンだった。彼は無言のまま、何秒かの間、私の前に立っていた。その黒みをおびた目は、無限の才能と憂愁をたたえた深淵に見えた。やがて口を開くと、荘重《そうちょう》で音楽的な声が流れ出した。

「おお、死よ、死よ、死よ、汝は流れ去る雲
　この地上に、不幸はあまりにも多し
　生を愛する幸福な魂よ、通り過ぎよ」

口を閉ざしたテニスンは、手にした帽子を頭に載せると、べつに挨拶らしい言葉ものこさず、私たちに背を向けた。彼が口にしたのが、彼の有名な詩『イノーニー』の一節だと気づいたとき、テニスンの姿は、出口へと向かう男女の間にまぎれこんでいた。ふと気づくと、メープルの手はずっと私の手をにぎったままだった。

こうして朗読会は終わった。聴衆が帰り、午後九時ごろになると、さすがにロンドンの夏空も黄昏の気配をただよわせてくる。

ディケンズとアンデルセンをピカデリー広場《サーカス》近くのホテルに送りとどけ、私とメープルがこの日の仕事から解放されたのは十時近くだった。

「私たちも馬車で帰ろうか、メープル」

「いえ、よかったら歩きましょう。わたし、おじさまと夜道を歩くの好き」

「そうか、それじゃお嬢さん、こちらへどうぞ」

なるべくガス灯の明るい道を選んで、私と姪は家路をたどった。何台もの馬車が、石畳に硬い車輪の音をひびかせて、私たちのそばを通りすぎていく。

私の気分はまだ完全におちついたとはいえなかったが、歩きつつものを考えるゆとりは出てきた。

私は詩の朗読でパニックをおこし、姪にささえられてようやくおちつくような、なさけない男だ。だが、信頼されてまかせられた仕事を途中で放り出すようなところまで、堕ちてはいけない。ディケンズのスコットランド行きに同行し、無事にロンドンへもどってこよう。そう決心がついた。私が仕事を放り出したりしたら、メープルはディケンズやアンデルセンに対して嘘をついたことになるのだ。すくなくとも、全力をつくさなくては、私を信じてくれる姪に対して、あわせる顔がない。

あとひとつ角をまがればわが家という地点まで来たとき、私はずっと思ってきたことを口にした。

「メープル……私が撃ったあのコサック騎兵には、たぶん家族がいただろうと思うんだ」

メープルは無言で十歩ほど足を進めた。私の腕に姪の手がかかった。

「ネッドおじさまにも家族がいるでしょ?」

「…………」

「わたしとマーサのために、生きて帰ってくれてありがとう」

無言で私はうなずいた。何か言葉を出したら、泣き出してしまうような気がしたのだ。まったく、アンデルセンの泣き虫ぶりを笑うような資格は、私にはない。

私はたいせつな守護天使と肩をならべて、ガス灯に黄色く照らされた道を歩いていった。

一八五七年六月二十五日は、私にとって忘れられぬ日となった。じつのところ、それは、望みもしない奇怪な冒険の日々へとつづく、最初の夜であったのだが……。

第三章

北の国へと旅立つ四人組のこと
街角で芸をする文豪たちのこと

I

六月二十六日はいそがしい一日だった。私にとっても、姪のメープルにとっても。

この季節、午前三時をすぎると夜が明けてしまうが、いくら何でもその時刻にホテルに押しかけるわけにはいかない。七時まで待って私ひとりでホテルを訪ねると、アンデルセンはご機嫌だった。髭をきちんと剃ってあるところを見ると、ホテル内の理容店にいったらしい。

「いいホテルに泊まらせてもらったよ。部屋も調度も、申し分なくりっぱだった。ただ、従業員が何だかみんな妙にえらそうな態度だったねえ」

ディケンズのほうはアンデルセンの半分も陽気ではなく、ステッキの先で床をつつきながら、何やら考えこんでいた。

ホテルの玄関前には、二輪馬車《ハンサム》や四輪馬車《フォーウィラー》が何台も駐《と》まっており、好きなものを選んで乗れる状態だった。私はディケンズとアンデルセンの鞄を運び出し、フロントで宿泊料金を支払い、なるべく品のよさそうな馭者をさがして馬車を選んだ。

「ディケンズ先生はご自宅ですね。アンデルセン先生はどちらへ？」

ディケンズは郊外の屋敷に引っこんでしまったわけではなかった。作家としてもジャーナリストとしても社会活動家としても、多忙をきわめる身だ。大英博物館の近くにも家があって、タヴィストック・ハウスと呼んでいた。そこをロンドン市内での活動拠点にしていたのだ。この日は、例の『凍てついた深海《フローズン・ディープ》』をマンチェスターで上演する件について話しあうことになっており、ディケンズの家に、ウィルキー・コリンズや演劇関係者が集まる予定だった。当然、ディケンズも、その集会に出席する。

「アンダーソン君、今日は吾輩はいそがしいから、きみは先にギャズヒル・プレイスに帰っていてくれ」

ディケンズがそういった瞬間、みるみるアンデルセンの表情が変わった。顔色は青ざめ、眉が下がり、小さな目には涙がたまって、

「ぼくもいっしょにいっちゃ迷惑かい、ディケンズ君？」

と、問いかける声もふるえている。

「ああ、迷惑だよ！」

そうどなることができたら、ディケンズのストレスも減少したにちがいない。だが、実際にディケンズがやったのは、大きく息を吸い、吐き出して、私に声をかけることだった。

「ニーダム君、吾輩はアンダーソン君といっしょにタヴィストック・ハウスにいくから、午後になったら、ホテルや列車の予約がどうなったか連絡に来てくれたまえ」

「では馬車でお送りします」

「いや、自分の家だ、送ってもらう必要はない。きみはミューザー良書倶楽部《セレクト・ライブラリー》へいって、旅行の手配をすませてくれんか」

そういわれれば、選択の余地はないし、時間も惜しい。私はあわただしく自分の職場へ向かった。ミューザー良書倶楽部《セレクト・ライブラリー》では九時の開店を前に社員たちが走りまわっていた。私の姿を見て、メープルが駆け寄ってきたが、事情を聞くと大きくうなずいた。

「それじゃすぐ四人分、切符と宿を手配しなくちゃね。おふたりの先生方に、おじさまとわたし」

「え、きみもいくのかい、メープル?」

「ええ」

当然のように、姪はうなずいた。

「だって、ディケンズ先生おひとりならともかく、アンデルセン先生もごいっしょにスコットランドへいかれるんでしょ? わたし、アンデルセン先生のお傅《も》りをするようにいわれてるし、任務はまっとうしなくちゃ」

「任務」という言葉に私は笑いかけて、すぐ表情を引きしめた。スコットランド行きはあくまでも仕事なのだ。

「ミューザー社長に相談してみないとね。旅費も余分にかかるわけだし」

「社長はきっと承知なさるわよ」

メープルの予言は的中して、ミューザー社長はすぐ四人分の旅費を小切手で用意してくれた。ディケンズやアンデルセンを三等車に乗せたり、安宿に泊めたりするわけにはいかない。十日分の旅費ということで、何枚かの小切手の総額は五十ポンドになった。

小切手を私に手渡すと、重々しくミューザー社長は告げた。

「いいかね、ニーダム君、脅すつもりはないんだが、注意を喚起しておくぞ。ディケンズとアンデルセン、このふたりの身に何かあったら、君は、文学者の地獄で永遠の火に焼かれることになるからな」

「はい、わかっております」

すでに昨夜、私は文学史上の罪人になりかけたのだ。あんな経験は一度でたくさんである。ディケンズやアンデルセンのためにも、姪のためにも、私自身のためにも、この旅行を平穏に終わらせなくてはならない。

それから私と姪は、目がまわるほどいそがしくなった。エジンバラ行きの列車が発着するキングズ・クロス駅に馬車を走らせ、列車の切符を買うとともに、いくつかの電報を打った。エジンバラやアバディーンのホテルを予約するためだ。ミューザー良書倶楽部《セレクト・ライブラリー》あてに返信をたのみ、すぐに会社へもどる。不在の間、私やメープルの仕事を誰に代行してもらうか、同僚たちと交渉し、支配人に許可を得たりしている間に、電報がとどいた。午後二時、ディケンズの家へ駆けつけ、事情を報告したとき、まだ昼食もとっていない。

「エジンバラでは、駅から歩いて五分のホテルが予約できました。ですが、アバディーンのほうはまだ予約できておりません。恐縮ですが、もうすこしお待ちいただけますか？」

「いや、それはもういい」

ディケンズは髭をつまんだ。

「ホテルが予約できなくても、アバディーンにはいかねばならんのだ。いけばどうにかなる。ロンドンで予約できるようなホテルばかりがホテルじゃないさ」

安宿でもかまわん、とディケンズはいっているのだった。恐縮してまた会社へもどると、メープルがハムとチーズのサンドイッチとコーヒーをデスクに置いていてくれたので、それで昼食をすませた。夜、帰宅して、マーサに、十日ほど旅行すると告げる。

日程を聞いて、マーサは目を丸くした。

「エジンバラまで一日かそこらでいけるんでございますか。世の中、ほんとに変わりましたねえ。鳥より速いじゃございませんか」

「おおげさだよ、マーサ」

「だってエジンバラなんて地の涯《はて》でございましょ。あんなところまでお出かけなんて、ネッド坊ちゃまもご苦労なさいますねえ」

スコットランド人が聞いたら怒りそうなことを、マーサは真顔で口にした。

私が帰国して以来、マーサの口癖といえば「世の中が変わった」である。私とメープルがそろってミューザー良書倶楽部《セレクト・ライブラリー》に就職したとき、私は姪にお祝いのチョコレートを買ってやった。メープルはそれをきっちり三等分して、私とマーサにわけてくれたのだが、そのときもマーサは仰天したものだ。

「チョコレートを飲むんじゃなく、食べるんでございますか。まあまあ、世の中変わりましたこと。そのうちビール《エール》やらレモンジュースやらも、板みたいにかためたものを、かじるようになるんでしょうかねえ」

マーサの予測は一九〇七年になってもまだ実現していないが、ロンドンとエジンバラとの距離は、さらにちぢまった。マーサは一八八二年の冬に、メープルと私に看取《みと》られて亡くなったが、晩年よくこぼしていたものだ。自分のような高齢者《としより》には、世の中の変化があまりに大きくて、おそろしい気がする、と。

二十世紀にはいって、マーサの気持ちが私にもかなりわかるようになった。明るい電球の下、電話機を横に新聞をひろげ、飛行機だの映画だの自動車レースだのといった記事を見ていると、たしかに、そらおそろしくなってくる。

私たちはどこまでいけば満足するのだろう。

II

こうして六月二十九日の朝、ディケンズとアンデルセン、メープルと私、合計四人がキングズ・クロス駅に顔をそろえた。午前六時二〇分発、エジンバラ行きの急行列車に乗りこむためである。とっくに夜は明けていたが、あいにくの曇天《くもりぞら》で、ロンドンの街は陰気に薄暗かった。それでも早朝から旅行に出かける人々で、駅はごったがえしていた。アンデルセンはホームを歩いている間に、すくなくとも五回は、他人に突きとばされたり押しのけられたりした。身体が大きい上に、よそ見しながら歩くから、障害物あつかいされるのだ。

ようやく四人用の個室《コンパートメント》にはいり、荷物をおろす。その当時、というよりつい最近、十九世紀末まで、一等車や二等車には車内通路などというものはなく、個室ごとに外扉がついて、ホームから直接、個室に乗降するようになっていた。個室を出て車内を移動することはできなかったのだ。

発車までの間に、私とメープルはプラットホームを走りまわり、弁当《ランチ》や新聞を買いこんだ。新聞はタイムズから、安っぽいタブロイド版まで、十種類も。

定刻に列車が動き出すと、ディケンズはさっそく新聞を読みはじめた。とくにロンドン警視庁《スコットランド・ヤード》に関する記事を熱心に。

ロンドン警視庁が手がけた怪事件といえば、もっとも有名なのは「切り裂きジャック《ジャック・ザ・リッパー》」による連続殺人だ。ただ、この事件がおこったのは一八八八年のことで、ディケンズはすでにこの世にいなかった。生きていたら、きっと大きな関心を寄せたにちがいない。そして、たぶん警視総監チャールズ・ウォーレン卿の無能ぶりに腹をたて、ステッキを振りまわしたことだろう。

「切《き》り裂《さ》きジャック」事件のときには、私もメープルも、ロンドン警視庁のぶざまな捜査ぶりにあきれたものだ。今日《こんにち》、一九〇七年に至るまで、四人の女性を惨殺した犯人は逮捕されていない。残念だが、おそらく永久につかまらないだろう。ただ、この事件にショックを受けたロンドン警視庁が、改革をかさねて、後に世界最高の捜査能力を誇るようになった、という事実も指摘しておかねばアンフェアだ。

ディケンズの読み終えた新聞をたたんでいたメープルが、私を見やって告げた。

「インドの大叛乱について、ディズレーリ議員が発言してるわよ」

「へえ、何ていってるんだい?」

メープルは、ひとつ咳ばらいすると、重々しく新聞を読みあげた。

「暴虐に対して、暴虐で報いてはいけない。憎しみの連鎖が永遠につづくだけだ。また、東洋の人々に対して、西洋の価値基準を押しつけてもならない。東洋の人々の想像力と良心にうったえて解決をはかるべきだ……」

「ふむ、正論だね。だが、事態がここまでくると、武力で完全に鎮圧しないかぎり、イギリスの世論がおさまらないだろう。力ずくでも、とにかく平和を回復して、そのあと傷口をいやしていくしかないだろうなあ……」

私は憂鬱な気分になった。イギリスの支配に反発するインド人の叛乱は五月にはじまり、拡大する一方で、しかも過激化し、インドに居住するイギリスの民間人がつぎつぎと殺されていた。それに報復するイギリス軍の残虐行為も、各国から非難されていた。まだ軍隊にいたら、自分がそれに加担することになっていたかもしれない。そう思うと、ぞっとした。

「女王陛下もお心を痛めておいでですって」

「そりゃそうだろうね」

現在、イギリスの王室はハノーヴァー家で、ドイツのハノーヴァー公の子孫である。もともとドイツの出身なのだ。その上、ヴィクトリア女王の夫であるアルバート公は、ドイツのザクセン王家の出身である。ふたりは同い年で、二十一歳のとき結婚した。

したがってヴィクトリア女王は家庭ではドイツ語をしゃべっていた。イギリスでクリスマス・ツリーを飾《かざ》るようになったのも、アルバート公が故郷から持ちこんだ風習なのだ。

まさにその年、一八五七年に、アルバート公は夫君殿下《プリンス・コンソート》という称号をイギリス議会から贈られたのだが、それまでは公式の肩書などなく、単に「女王の夫」というだけだった。ドイツぎらいの政治家は、アルバート公を、「あのドイツ人」と呼んでいたくらいである。政府がアルバート公に年金を支払うことになったときも、「職業についていない若者に大金をあたえるのは、教育上よくない」と嫌みをいう国会議員までいた。

しかし、だからこそ私はイギリス人であることを誇りに思う。相手が国王だろうと女王だろうと、好きかってに悪口をいったりからかったりできるのが、イギリスのいいところなのだ。これこそが文明というものであり、後進的な国ほど自国の君主を神聖視するのではないだろうか。

まあ、何ごとにも節度や礼儀は必要であるし、私自身、女王ご夫妻を尊敬している。ここ ろない悪口をいうつもりもない。ただ、批判する権利は確保しておきたいと思う。

列車は朝から晩までイングランド東部の平野を走りつづけた。ハンティンドン、ピーターバラ、ドンカスターと北上し、さいわい事故もおこらず、それほど遅れることもなかった。

この旅の途上、ささやかな出来事はいくつもあって、私とメープルは処理のため苦労をかさねたが、すべて割愛《かつあい》する。いちいち記述していたら、目的地に着くまでに何百ページかかるか知れない。長い長い夏の一日を列車内ですごし、ツイード川をこえてスコットランドにはいり、エジンバラに到着した。

エジンバラは昔のスコットランド王国の首都で、ウェイバリー駅の西南方向にある巨大な岩山の上には、黒々としたエジンバラ城がそびえ立っている。見るからに難攻不落の威容《いよう》である。

魅力的な都市だ。一泊しただけで立ち去るには惜しいが、一行の目的地はここより先のアバディーンである。観光は帰路にゆっくり、ということにして、私たちは午後九時にホテルにはいり、ゆっくり寝《やす》んで、翌六月三十日は午前十時に、アバディーン行きの列車に乗りこんだ。

エジンバラからアバディーンへ、スコットランドの東海岸ぞいに北上していく。進行方向右側の車窓からは、まさに絶景をのぞむことができた。晴れたり曇ったりの天候だったが、夏の太陽は、顔を出せば北海《ノース・シー》の海面を百万の宝石のようにきらめかせ、顔を隠《かく》しても雲の縁《ふち》を黄金《こがね》色にかがやかせた。まったく、夏から秋にかけてのスコットランドの空の美しさといったら、見た者にしかわからない。

アンデルセンは口を開いたまま、窓外の風景に見とれていた。イタリアの風景が『即興詩人』を産んだように、スコットランドの風景はあらたな名作を産むのだろうか。私もメープルも、彼のじゃまをしないよう黙っていた。

　ディケンズのほうは、窓外の風景にはときおり目をやるだけで、エジンバラで買いこんだ山のような新聞をつぎからつぎへと読んでいたが、いきなり猛獣がうなるような声をあげた。

「ゴードン大佐⁉　ふん、あの悪党めが！」

　私とメープルがおどろいてディケンズを見つめると、彼は新聞を座席に放り出し、不機嫌そうに帽子をぬいで顔に載せた。

「ひと眠りする。起こさんでくれ」

　ほどなくディケンズが寝息を立てはじめると、私とメープルは申しあわせたように、彼が放り出した新聞を注視した。エジンバラで発行されている「北方通信《ノーザン・コミュニケート》」という新聞だ。私はそれを手にとった。メープルと小声で会話をかわす。

「リチャード・ポール・ゴードン大佐……月蝕島《ルナ・イクリプス・アイランド》の領主《レアド》だな。肖像画も載ってる。例の氷山と帆船についての記事だ。島への立ち入りを、いっさい禁止したそうだよ」

「おじさま、ゴードン大佐って、陸軍大佐なの？　海軍大佐なの？」

「記事によると、どちらでもないらしいね。どうも気むずかしい人らしいな」

　貴族なら公爵とか伯爵とかいう爵位を持っているわけだが、リチャード・ポール・ゴードンは貴族ではなかった。貴族ではないが、先祖代々、広大な領地を所有する実力者で、こういう人物を、わがイギリスでは「郷紳《ジェントリー》」と呼んでいる。そしてそういう人物が、他人から敬称で呼ばれたいと思うとき、単なる「ミスター」ではなく「大佐《コロネル》」と名乗るわけである。

「その人、どうして自分の島への立ち入りを禁止したのかしら」

「何かうしろぐらいところがあるのさ」

吐きすてるような声は、ディケンズのものだった。

「すみません、ディケンズ先生、起こしてしまいましたか」

「いや、いいんだ、こう列車が揺れるのでは、どうせ眠れやせん」

ディケンズはいささかあらっぽい動作で帽子をかぶりなおした。

「このゴードン大佐という人物を、ディケンズ先生はご存じなのですか?」

用心しつつ、そう質問してみる。じつのところ、答えはもうわかっていた。ディケンズの顔は赤くなっていて、それは抑えられない怒りのためだった。

「あやつは……」

「ゴードン大佐のことですね」

「あやつは、吾輩が知っているかぎりで、もっとも邪悪な人間だ」

私とメープルは顔を見あわせた。

「邪悪、ですか」

「そうとも。あのゴードン大佐めに比べたら、ビル・サイクスなんぞ聖人と呼んでもいいくらいだ!」

「……それはすごいですね」

ビル・サイクスというのは、いまさらいうまでもなく、ディケンズが創造した大悪党である。『オリヴァー・ツイスト』の登場人物で、ロンドンの暗黒街を相棒のフェイギンとともにに支配し、殺人やら誘拐やら強盗やら脅迫やら、あらゆる犯罪をかさねた末、自業自得の最《さい》期《ご》をとげるのだ。

ゴードン大佐は、それほど邪悪な人物なのか。

あらためて私は「北方通信《ノーザン・コミュニケート》」の肖像画を見なおした。ゴードン大佐は五十代の半ばぐらいに見える。貴族的といってもよいくらいりっぱな顔立ちの男だが、太くて濃い眉は両目にくっつくほどで、その両目は冷たくこちらをにらんでいるようだ。

いびきの音がした。その方向を見やると、アンデルセンが窓枠に半ば顔をのせて、こちらは完全に眠りこんでいた。

Ⅲ

ゴードン大佐について、ディケンズはそれ以上、語ろうとしない。いささか気まずい雰囲気になりかけたので、私は話題を変えることにした。氷山に封じこめられた帆船が、三百年近く昔の無敵艦隊《アルマダ》の船らしい、という話だ。

「それにしても、無敵艦隊というのは、カレー沖の大海戦で全滅した、と思っていました」

「敗北はした。だが全滅はしとらん」

ディケンズが話してくれたことを、できるだけ正確に記述すると、こういうことだ。十六世紀にイングランドに来襲した無敵艦隊《アルマダ》はスペイン一国だけの艦隊ではない。スペインを中心とした全ヨーロッパのカトリック勢力が集まった、いわばカトリック連合艦隊だったのだ。船の総数は百三十隻。乗組員総数は二万九千七百名で、スペイン人の他に、ポルトガル人、イタリア人、オランダ人、そしてカトリック教徒のイングランド人やアフリカ大陸の黒人兵までいた。何カ国もの言葉が使われ、指揮をとるのもたいへんだった。

一方、イングランド艦隊は、総司令官ハワードと実戦指揮官ドレークのもとに、九十隻といわれる。

両艦隊とも、暴風雨やら食糧不足やらでさんざん悩まされたが、一五八八年七月三十日、たがいに相手を発見、ついにヨーロッパ史上最大の海戦がおこなわれることになる。

七月三十一日、戦いは本格的にはじまった。英仏海峡では強い西風が吹《ふ》きつづけていたが、機動性に富むイングランド艦隊はたくみに風上《かざかみ》にまわりこむことに成功する。これでイングランド艦隊は一挙に有利になったかに見えた。だが、風下《かざしも》に追いやられた無敵艦隊は、あれくるう波と風の中で、整然たる半月形の水上陣をきずきあげ、イングランド艦隊を驚歎《きょうたん》させる。

無敵艦隊はイングランド艦隊を半月陣の中央へ引きずりこんで、三方から攻撃しようとした。艦と艦とを接近させ、敵の艦へ兵士が斬りこみ攻撃をかけようというのだ。イングランド艦隊はそうなることを恐れ、風上から距離をおいて砲撃しようとする。両軍とも海上を西へ東へと波を蹴立てて移動しながら、敵艦を見ると大砲を撃ちかけた。

海上での激戦は八月六日までつづいた。スペインの誇る戦艦サン・サルバドル号が爆発炎上して一挙に百五十人が戦死する。それでも無敵艦隊《アルマダ》は強大な戦力を保持したまま、八月六日、フランスのカレーに入港した。そこで艦隊をふたたび編成し、ロンドンを攻撃しようとしたのだ。だが八月七日、イングランド軍は八隻の火船《かせん》をカレー港に突入させた。そのうち二隻はスペイン軍にふせがれたが、六隻は無敵艦隊の艦列にはいりこんで、つんでいた火薬を爆発させたのだ。無敵艦隊は炎につつまれた。勝敗は決した。

ここまでは私でも知っている話だ。しかし無敵艦隊はカレーで全滅したわけではない。火と煙の中、海上へ脱出した船の数は、百隻以上もあったのだ。

英仏海峡の西にはイングランド艦隊が待ちかまえている。傷ついた無敵艦隊は東へ走るしかなかった。本国スペインに帰るためには、グレートブリテン島とアイルランド島を、東から北へ、つまり左まわりにぐるりと一周して、大西洋へ出るしかない。

無敵艦隊の必死の逃走がはじまった。これを追うイングランド艦隊も必死だった。もし無敵艦隊が北上してスコットランド東海岸に接近し、二万人ものカトリック連合軍が上陸したりしたら、イングランドにとっておそるべき脅威になる。

こうして北海での追跡戦は八月十三日までつづいた。ようやくイングランド艦隊は「敵がスコットランドに上陸する恐れなし」と見て、追跡をやめた。だからといって無敵艦隊は引き返すわけにいかず、さらに北へと進んだ。

八月十七日、無敵艦隊は北緯《ほくい》六一度三〇分の海上に達した。これが航海の最北端であった。

艦隊は西へ方向を転じた。だが、この前後に海上を暴風が吹きあれ、エル・グラン・グリン号など十隻ほどの船が行方不明になってしまった。

八月二十一日にはアイルランドの北方海上に達したが、ほとんどの船で水も食糧も尽きかけていた。過労と栄養不足のため、兵士たちはつぎつぎと倒れた。あわれなのは馬やロバで、イングランド上陸にそなえて船に乗せられていたのだが、水も餌もないというので、生きたまま海中へ放りこまれた。

その後、激しい西風のため、艦隊は西へ進むことができず、アイルランド北方の海上をさまよった。ある船は転覆し、ある船は海岸の断崖に衝突し、ある船は坐礁《ざしょう》し、ある船は嵐の中で行方を絶った。この間、溺死した者は三千人に達する。

九月二十二日。苦難の航海を終えて、ついに無敵艦隊《アルマダ》はスペイン北部の港サンタンデルに入港した。その数、六十七隻。六十三隻は永遠に帰ることがなかったのだ。

「帰らなかった六十三隻のうち、海戦で沈んだのは九隻だけだ。スコットランドやアイルランドの沿岸で難破したのが十九隻。そして残りの三十五隻はというと、これが行方不明なのだ。どうなったかわからんのだよ」

語り終えて、ディケンズは、メープルの差し出した生姜水《ジンジャーエール》で咽喉《のど》をうるおした。

「いや、そんな歴史的事実があったなんて、まったく知りませんでした」

私は恥じ入った。ディケンズに告げたとおり、無敵艦隊はカレーで全滅したものと思いこんでいたのだ。

「そういうことですと、スコットランドやアイルランドの北方海上で行方不明になった無敵《アル》艦隊《マダ》の船が、北極方面へ流されていったとしても、不思議ではないわけですね」

「不思議は不思議さ」

と、ディケンズはいささか行儀悪く服の袖で口をぬぐった。

「西風が強い季節だったから、ノルウェーあたりまで船が押し流されるのは、充分にありえる話だ。だが、北極ということになると、ちょっと信じがたいな」

しかも氷山の中に封じこめられているというのだ。まったく、すなおに信じられる話ではなかった。

「その氷山と帆船、見てみたいなあ」

いつのまにか目をさましたらしく、アンデルセンが口を開いた。

「きらきら光って、とてもきれいだろうね」

「いまは夏だぞ。万が一、事実だとしても、とっくに溶《と》けてしまっとるよ」

そんな会話をかわすうちに、列車はアバディーンに到着した。午後四時過ぎである。

アバディーンは「花崗岩《かこうがん》の都」と呼ばれている。イギリス人なら知らぬ者はない花崗岩の産地で、市街地には花崗岩づくりの建物が整然とならんでいた。街全体が灰白色《かいはくしょく》で統一されているように見える。

東は大きく海に向かって開け、東北へ三百マイルも進めばノルウェーの海岸に着く。風さえあれば、帆船でも二、三日の距離だ。古来、スコットランドはノルウェーとの縁が深く、ノルウェー風の地名があちこちに残っているという。

約四百年前、スコットランド女王メアリー・スチュワートの夫君ダーンリが殺害された。従者とともに絞殺《こうさつ》されたのだが、犯人のボスウェル伯爵は追跡されて船で海上へ逃れ、結局、ノルウェーの沿岸で捕縛されている。一五六七年のことだ。

「やれやれ、やっと着いたか」

ディケンズが背筋をのばし、右手にステッキを持ったまま左手で腰をたたいた。

みごとなまでの晴天だった。夏の陽光は惜しみなく地上へ降りそそぎ、それを花崗岩の建物が反射すると、まばゆさに目が痛くなるほどだ。日が沈むのは十時すぎのことだから、まだ夕方の気配すらない。

駅は海に近く、北海からの風が、さえぎるものもなく吹きつけてくる。

アバディーンの港は、イギリスでも有数の規模を誇る。シェトランド諸島やオークニー諸島、さらにはノルウェー方面にまで航路が伸びている。漁船や捕鯨船がひしめく波止場に接して、巨大な魚市場があり、風に乗って魚の匂いがただよってくる。新鮮な匂いではあるが、それだけに生臭くもあって、アンデルセンは大きな鼻をハンカチでおさえた。

「フランクリン夫人はもうアバディーンに着いているはずだ。おう、あの船がフォックス号だな」

ディケンズがステッキをあげてしめしたのは、三本マストの黒い蒸気船だった。百七十七トンだと聞いているが、周囲の漁船と比べても、たいして大きく見えない。あんな小さな船で北極までいくのか。隊員の総数は二十五名だというが、彼らの勇気に、私は感歎《かんたん》せずにいられなかった。

「船をご覧になりますか、ディケンズ先生？」

「その前にフランクリン大佐のご夫人にお逢《あ》いせんとな。どこのホテルだろう」

「早くいこうよ。何だかじろじろ見られてるみたいで気味が悪い。強盗がいるかも」

怯えた声でアンデルセンが主張する。

不思議なのは、通行人まで盗賊とまちがえて怯えるようなアンデルセンが、よくひとりで外国旅行をすることだった。ドイツ諸国にイタリア半島、それにフランスへも出かけている。フランスでは大歓迎を受け、三歳上のアレクサンドル・デュマと親交を結んだという。デュマはずいぶん親切な人だそうだが、彼の邸宅「モンテ・クリスト城」にアンデルセンが宿泊したかどうかは尋《き》きそこねた。

「申しわけありませんが、ここですこしお待ちください。私とミス・コンウェイとでホテルを見てきます」

フランクリン夫人が宿泊しているホテルを探すにしても、私たちが今夜泊まるホテルを求めるにしても、あてもなくディケンズとアンデルセンを引っぱりまわすわけにはいかない。ふたりの文豪をトランクとともに駅頭にのこして、私とメープルは石畳の道を早足で歩いた。

建てられて五百年になるというセント・マハーズ大聖堂の尖塔をのぞむあたりで、いきなり日が翳《かげ》った。ひときわ大きな雲の塊が、太陽を隠したのだ。たったそれだけで、気温が急低下し、肌寒くなってくる。

三軒目に訪ねたホテルで、二名用の客室が二室確保できた。これで今夜、野宿せずにすんだ。ひと安心してつぎのホテルを訪ねると、まさにそこがフランクリン夫人の宿だった。彼女は前日アバディーンに到着し、姪のソフィーとともに宿泊しているという。

私はベルボーイに伝言を託し、チップを渡した。やがてロビーにもどってきたベルボーイは、フランクリン夫人がディケンズの来訪を待っている、と私に伝えた。

目的をすべて達成して、一時間半ぶりに私とメープルは駅へもどった。すると駅前広場に人だかりがしている。ディケンズとアンデルセンの姿が見えないので、私たちは人だかりの中に頭をつっこんでみた。文豪たちはそこにいた。しかも彼らこそが人だかりの原因だったのだ。アンデルセンが大きなハサミを使って切紙細工をつくり、その横でディケンズが帽子をぬいで口上《こうじょう》を述べていた。

「さあさあ、お立ちあい、これぞ達人、ミスター・アンダーソンの切紙細工だよ。ご用とお急ぎでない方は必見、必見！」

Ⅳ

アンデルセンのことを、私は、極端に無器用な人間だと思っていた。実際、日常生活においてはそのとおりだったのだが、切紙細工にかぎってはちがった。彼は魔法の手と指を持っていたのだ。

アンデルセンがハサミを動かすにつれて、ただの紙きれが人や熊やライオンに変わっていく。ひと目見て、人や熊やライオンだとわかるのだ。子どもたちだけでなく、おとなも歓声をあげた。なぜ文豪たちがそんなことをしているのか想像もつかないまま、私もメープルもつい見とれてしまった。声をかけるのも忘れていた。

と、満月みたいに肥《ふと》った老婦人が声をあげた。

「あなた、ディケンズ先生じゃありませんの？　ベストセラー作家の。たしか新聞の肖像画で拝見したことがありますけど」

内心、狼狽《ろうばい》したとしても、ディケンズは態度には出さなかった。

「いや、奥さま、私はディケンズ氏ではありません」

「そう？　でも肖像画そっくりだわ」

「よくそういわれますが、まったくの別人ですよ。ディケンズ氏みたいな有名人が、こんな場所でこんなことをしておるものですか」

老婦人は首をかしげた。

「そういわれれば、たしかに別人みたいね」

「そうですとも、奥さま」

「本物のディケンズ先生は、もっと品があったわ」

ディケンズが絶句すると、老婦人はきびしい表情と口調になった。

「いっときますけど、あなた、ちょっとばかしディケンズ先生に似ているからといって、よからぬ考えをおこしちゃだめよ」

「よからぬ考えと申しますと？」

ディケンズの声は猛獣のうなり声に似ていたが、老婦人は気にもとめない。

「よく似ていることを利用して、ディケンズ先生になりすまして人をだましたりしちゃいけないってことよ」

ディケンズの頰の肉がぴくぴく動いた。私とメープルは必死で笑いをこらえた。この場合、「この人は本物のディケンズ先生だぞ」などと、よけいなことをいうわけにもいかない。

「そ、そんなことは、けっしていたしませんとも」

「それならいいわ」

うなずくと、老婦人は手さげ袋をまさぐり、赤い小さな財布から二ペンス銅貨をつまみ出してディケンズの帽子にいれた。

それをきっかけに、周囲の人々がディケンズの帽子に小銭を放りこみはじめる。ほんの一分ほどで人々は去っていったが、そのときにはディケンズの帽子には五十枚をこす小銭がはいっていた。のぞきこんだアンデルセンが嬉しそうな声をあげる。

「すごいぞ、ディケンズ君、銀貨もあるよ」

「どれどれ、や、たしかに六ペンス銀貨だ。こんなときに銀貨をよこすなんて、むだ費《づか》いす

るやつだな」

銀貨をもらったくせに、ディケンズは失礼なことをいう。小銭がはいっていると帽子がかぶれないので、メープルが歩みよってハンカチをひろげた。ディケンズが帽子をかたむけて、ハンカチの中に小銭をうつす。

「おふたりとも、本業以外でおみごとなお手なみですが、いったいなぜそんなことをなさったのですか」

私が当然の質問をすると、帽子をかぶりながらディケンズが苦い表情をした。

「いや、窮余《きゅうよ》の一策さ。じつはアンダーソン君が……」

「財布をどこかに落としてしまったみたいなんだよ」

それまで喜色《きしょく》を浮かべていたアンデルセンが、いかにも不幸そうな表情で答えた。

財布がなくなったことに気づいたアンデルセンが、パニックに陥《おちい》りかけたので、ディケンズはあせった。とりあえず、現金をすべて紛失しても自分で稼いで生きていけることを、納得させようとしたのだ。

「アンダーソン君、きみは切紙細工の天才じゃないか。あの芸で十分、食っていけるぞ。ためしにここでちょっとやってみたまえ」

たちまちその気になったアンデルセンは、トランクをあけて愛用のハサミを取り出し、名人芸を披露におよんだ、というわけであった。

事情は納得できたが、あらためて私は疑問を口にした。

「ですが、この街にも新聞社はあるでしょう？」

「そりゃ新聞社ぐらいあるだろうさ。それがどうかしたかね？」

「でしたら、芸などなさらなくても、そこでお金を借りればよいのに、と思いまして。ディケンズ先生でしたら、いくらでも貸してくれますよ」

ディケンズは即答しなかった。自分がアンデルセンのペースに巻きこまれて、冷静さを失ってしまったことに気づいたらしい。

「ふん、そいつはちょっと気がつかなかったな」

「いずれにせよ、旅費は私が社長からあずかっております。財布が見つからなくてもご心配にはおよびませんが、いちおう警察にとどけることにしましょう」

この前年、一八五六年に、地方警察法が制定されている。ロンドン以外の都市にも警察組織が設置されるようになっていた。

私の提案にうなずいてから、ディケンズは急に眉をしかめた。

「ニーダム君、世の中に借金ほど恐ろしいものはないんだぞ。あれは人生を狂わせる。自分の人生だけでなく、家族全員の人生を狂わせるんだ」

「はあ……」

「だから吾輩は、けっして借金をせんことにしておる」

この当時は一般に知られていなかったことだが、ディケンズは子どものころ、父親の借金のせいで、さんざん苦労したのだった。ディケンズの父親は責任感も金銭感覚もとぼしい人で、無計画に借金をかさねたあげく、返済できなくなって、マーシャルシーの債務《さいむ》者監獄に入れられてしまったのだ。

これは借金さえ返せばすぐに出してもらえるのだが、父親が入獄していた間、十二歳のディケンズは学校へもいかせてもらえず、靴墨《くつずみ》工場で働かされた。その不幸な経験が、かの名作『オリヴァー・ツイスト』に反映されているといわれる。

V

さて、フランクリン夫人の宿泊していたホテルがわかったので、さっそくディケンズは私たちを引きつれて面会に出かけた。その前に警察に立ち寄ったのはもちろんである。

フランクリン夫人の名はジェーンといって、このとき六十五歳だった。若いころは、ふっくらとした頰と巻毛が印象的な美女だったというが、十年以上にわたる心痛で、ずいぶんやつれたようすだった。髪もほとんど白くなっている。

フランクリン夫人は、一八四九年には第三回捜索隊の帰国を待ちかねて、わざわざオークニー諸島まで出かけたほど、行動力のある女性だった。

「ディケンズ先生、このたびは本当にお世話になりました」

「いや、奥さまのご苦労に比べれば、吾輩のやったことなど、とるにたりません。ですが、協力してくれた人々の善意は、じつに貴重なものです。イギリスもまだ捨てたものではありません」

ディケンズは根本的に、人間の善意や正義感を信じる人だった。それは彼の作品を読めば、よくわかる。彼が信じなかったのは父親だけである。何しろディケンズの父親は、息子が作家として成功すると、出版社に押しかけて息子の原稿料を横どりしようとしたのだから。

今回の捜索隊派遣に関して、海軍省は一ペニーの費用も出さなかった。だが、さすがに気がとがめたと見えて、防寒服やら食糧やら医薬品やら、物資は無料で提供してくれた。捜索隊長とフォックス号の船長を兼ねるマクリントックは、過去に三回も捜索に参加しているし、一等航海士のヤングは捜索に参加するだけでなく、フランクリン夫人に五百ポンドも寄付している。

「フランクリン大佐は、きっとご無事ですよ。どうか希望を捨てないでください」

「ええ、ええ、わたしも夫の無事を信じておりますわ。何と申しましても、エレン・ドーソンもそう保証してくれましたし」

「ははあ、エレン・ドーソンですか……」

ディケンズは複雑な表情でうなずいた。エレン・ドーソンという女性は、この時代の有名な超能力者で、降霊術や透視術の達人だといわれていた。

それにしても、イギリス人は何だってこうも降霊術が好きなのだろう。私もイギリス人だが、この点はよく理解できない。

もともと降霊術の本場はアメリカで、一八五二年以降、有名な霊媒師たちがつぎつぎとイギリスへやってきて、爆発的なブームを巻きおこすことになったのだ。いや、ブームというよりすっかりイギリス社会に定着してしまい、二十世紀にはいっても、おとろえる気配を見せない。

ちなみにこのエレン・ドーソンという霊媒師は、やはり無責任なペテン師だった。後に判明したことだが、フランクリン大佐は一八四七年六月に、すでに死亡していたのだ。夫人にとっては気の毒なことだった。

フランクリン夫人と翌日の再会を約束してホテルを出ると、私たちは手近のレストランにはいった。アンデルセンがしきりに空腹をうったえたからだ。

席につくと、メープルが給仕からメニューを受けとって、アンデルセンに差し出した。

「豚ヒレ肉のリンゴ酒《ポーク・フィレット・ウイズ・サイダー》風味がおすすめですって、アンデルセン先生」

「豚肉はきらいなんだよ。だって繊毛虫《せんもうちゅう》症に感染するかもしれないだろ。あれはこわい病気なんだよ。気をつけなきゃ！」

アンデルセンが豚肉をきらうのは、もちろん彼の自由である。ただ、レストランでそういうことを大声でいうのは、ひかえておくほうがよさそうだ。私たちはメニューの上に顔を寄せあった。

結局たのんだのは、ウサギ肉とタマネギのシチュー、チキンパイ、マッシュポテトをそえた鱒《ます》のグリル、アンチョビー・ペーストをそえたバタートースト、それに山盛りのポテトフ《チッ》ライ《プス》にビール《エール》とコーヒー、バニラのアイスクリームと林檎《りんご》のタルト。要するに、無難なものを大量に、というわけだ。

列車内での簡単な昼食から六、七時間もたっていたし、移動つづきで体力も費《つか》っていたから、四人ともよく食べた。

アンデルセンは高貴な魂の持主だが、食事のしかたは、あまり高貴ではなかった。はっきりいうと、「がつがつと」食べる人で、食べ終わるまでにナプキンもテーブルクロスもすっかり汚れてしまう。

私たちの隣席には六十歳ぐらいの夫婦がいて、あからさまに眉をしかめていたし、料理を運んできた亭主も、愛想笑いを浮かべるのに苦労しているのがわかった。

食事がすむと、私は亭主に料金を支払い、かなりのチップをそえた。ようやく亭主が寛大な笑顔になったので、小声で尋《き》いてみる。

「ところで、私たちはロンドンから来たのでよく知らないんだが、ゴードン大佐という人は有名《フェイマス》なのかい?」

せっかくの笑顔は一秒でどこかへ退却してしまい、亭主は表情も声もこわばらせて、私よりさらに小さな声で答えた。

「よくも悪くも広く知られていますよ《ウエルノウン》」

「悪名高い《ノトリウス》」とまではいかなくとも、かなり微妙な表現だった。くわしく聞きたいところだったが、亭主はわざとらしくエプロンで両手をふきながら、別のテーブルの客へ歩み寄っていく。

レストランを出ると、先に店を出ていたアンデルセンが、おちつかなげに私を呼んだ。

「ニーダム君、ニーダム君、ちょっと気味の悪いことがあって……」

「と申しますと？」

つぎつぎと何かおこるな、と思いながら問うと、アンデルセンは小さな目玉を動かした。

「ほら、街角のあそこに、変なお婆《ばあ》さんがいるだろ？　レストランを出たときから、ぼくをじろじろ眺めてるんだ。何だかねらわれてるみたいで怖いよ」

「お知りあいではないのですか？」

「とんでもない。ぼくはこの町ははじめてだし、あんな変なお婆さん、見たこともないよ！」

「アンダーソン君の童話には、悪い魔女がよく登場するじゃないか。作者に文句があって本の世界から飛び出してきたのかもしれんぞ」

ディケンズがからかう。

私は街角に視線を送った。何やらターバンみたいな布を頭に巻いた小柄な老婦人が、ガス灯に半ば身を隠すように立って、こちらをうかがっている。

Ⅵ

　私はしがない中流階級の身ではあるが、心と言動はりっぱな紳士でありたいと思っている。老婦人に歩み寄ると、帽子をとって、できるだけていねいに話しかけた。

「失礼いたします、奥さま、先ほどからあそこの背の高い紳士をながめておられるようですが、何か御用がおありですか？　よろしければ、私がお話をうかがいますが」

「あたしゃ奥さまなんかじゃないよ」

　その言葉づかいで、身分は高くないとわかった。だが人品《じんぴん》は卑《いや》しからず、若いころはけっこう美人ではないかと思われた。

「あの紳士が駅前をうろうろしてたとき、財布を落としたのさ。ひろってとどけようと思ったけど、やたらに人が集まったりしてたもので、機会を待ってたんだよ」

　話を聞いて、私はその老婦人をアンデルセンたちのところへつれていった。最初うさんくさそうに老婦人を見ていたアンデルセンも、財布を手渡されて大喜びだ。

「やあ、たしかにぼくの財布だ。うん、紙幣《おさつ》も金貨も、ちゃんとあるぞ」

「よかったな、もう落とすんじゃないぞ」

「もちろんだとも、ディケンズ君、まあ見ておくれ」

得意そうな表情で、アンデルセンは財布をブーツの中に押しこんだ。むりやり奥まで押しこむ。

「さあ、これでもう絶対に落とさないぞ」

子どもみたいにアンデルセンは胸を張る。ディケンズは目をそらすと、老婦人に帽子をとって一礼した。

「いや、お手数おかけしました。お名前をうかがえますかな」

「名前かい？　ベイカー、メアリー・ベイカーっていうんだよ」

「え、メアリー・ベイカーだって？」

ディケンズはかるく目を細めた。

「何だ、するとあんたは、カラブー内親王殿下《ないしんのうでんか》か。あの有名な、偽《にせ》のお姫さまなんだな」

「え、カラブー内親王殿下⁉　この人が？」

私もメープルも、思わず声をあげてしまった。「カラブー内親王殿下」とは何者であったのか。私もメープルもその名を知っていた。それほど有名な人物だったのだ。もちろん、実物に逢うのははじめてだったが。

一八一七年、というから、私が生まれる九年前のことだ。

一八一五年にナポレオン一世がワーテルローで敗れ、セントヘレナ島に流されてから、イギリスはすっかり平和ムードにつつまれていた。何といっても、ナポレオンはイギリス史上、最大の強敵だったのだ。それがいなくなったのだから、王室や大臣たちから庶民まで、気分がゆるんでしまったのも無理はなかった。

一八一七年四月、港町ブリストルの近くに、風変わりな女性があらわれた。年齢は二十歳くらい、身長は五フィート二インチ、髪は黒く目は大きく頰はふくよかで、なかなか美しい。その服装はイギリス人が見慣れないもので、頭にはインド人のターバンみたいな布を巻き、鳥の羽を飾り、服の袖は大きくふくらんでいる。足にはサンダルをはいていた。ときおり「カラブー」というだけで、言葉はまったく通じない。

とりあえず保護されたが、身元はわからないまま。五月になると、ひとりの男があらわれて、その女性との面会を求めた。

ポルトガル人の船乗りでアイネッソという男だ。この男が、何だかよくわからない言葉で彼女と会話した。一時間も話したあとで、見守っていた人々にいったものだ。

「おお、これはおどろいた。このお方は、まちがいなくジャヴァ王国のお姫さまだ」

「ジャヴァ⁉　それはいったいどこにある国かね？」

「東洋の南のほうにある島国ですよ。見てわかりませんか」

「うむ、なるほど、たしかに東洋っぽいな」

いいかげんなものだが、東洋に対するイギリス人の知識なんて、そんなところだ。

「それで、しきりに『カラブー』といっているのは何かね？」

「このお姫さまのお名前だよ」

「すると、カラブーというのか」

「これこれ、呼びすてするとは恐れおおい。かたじけなくもジャヴァ王国のカラブー内親王殿下にあられますぞ。ご一同、頭《ず》が高い。おひかえなさい」

それで一同はひざまずいて、ジャヴァ国のお姫さまに頭をさげた。お姫さまはにっこり笑って、「カラブー」とおっしゃったものだ。

アイネッソの説明によると、カラブー内親王殿下は、悪逆な海賊どものために拉致《らち》されて、ヨーロッパへとつれてこられたのだという。英仏海峡まで来たとき、決死の覚悟で海賊船から海へ飛びこみ、イギリスの海岸まで泳ぎ着いた、というのであった。

話を聞いた人々は、不幸なお姫さまにすっかり同情し、あらそって援助や寄付を申し出た。カラブー内親王は地元の名士であるウォラル氏の家にご滞在あそばし、巨額の寄付金で優雅な生活を楽しんだ。ただ、肉はいっさい食べず、酒も飲まない。毎日、近郷近在《きんごうきんざい》の名士がお姫さまを訪問し、金貨やドレスを贈った。このお姫さまには、暑い日には服を全部ぬいで湖で泳ぐ癖《くせ》があって、男たちはますます彼女を崇拝した。

カラブー内親王は、どうやら「アラ・タラ」という神を信仰しておられるようだった。アイネッソが、おごそかに人々に告げた。

「さあ、内親王殿下といっしょに祈りましょう。声をそろえて、そら、アラ・タラ！」

「アラ・タラ！　アラ・タラ！」

市長も大学教授も、天をあおいでいっせいに叫び、するとカラブー内親王殿下はにっこり微笑《ほほえ》まれるのであった。どうも書いていてばかばかしいが、歴史上の事実なんだからしかたがない。

事態が一変したのは六月になってからだ。イギリス各地から押しかけてきた見物人の中に、ニール夫人というお婆さんがいた。この人が、お姫さまの姿を見るなり、大声で叫んだのである。

「あんた、メアリーじゃないの！　こんなところで、いったい何をしてるの⁉」

かくして、「カラブー内親王殿下」の正体は明らかになってしまった。

彼女の本名は、メアリー・ベイカー。靴屋の娘で、ニール夫人のメイドをつとめていたのだ。夫人とケンカしてニール家を飛び出し、各地を放浪したあげく、ブリストルへやってきた。イギリス人では誰にも相手にしてもらえないので、自分で考えていかにも東洋っぽい服をつくり、外国人のふりをしていたというわけである。

それにしても、外国人はよく、「イギリス人は冷静で油断できない連中だ」などというが、どうも過大評価のようだ。みんなが声をそろえて「アラ・タラ！」と叫んでいるところを、もしナポレオンが見たとしたら、「予《よ》はこんなやつらに負けたのか」と、さぞ歎《なげ》いたことだろう。

メアリー・ベイカー本人は成りゆきで外国のお姫さまを演じていたとしても、彼女を「ジャヴァ国の内親王殿下」と認めて、「ジャヴァ語」で会話していたアイネッソは、人騒がせにもほどがある。まだ警察というものは存在しなかったから、ブリストル市役所が捜査に乗り出したが、とっくに行方をくらましていた。

メアリー・ベイカーはいったんつかまったものの、すぐ釈放された。彼女を詐欺師として告訴する人もおらず、大騒動ではあっても兇悪《きょうあく》な犯罪とはいえなかったからだ。それどころか、偽のお姫さまとわかっても、メアリーに好意を持つ人のほうが多かった。

メアリーは涙を浮かべてうったえた。

「こんなことになったら、もうイギリスにはいられません。アメリカにいこうと思います。でも旅費がありません。どうしたらいいでしょう」

メアリーがそういうと、たちまち寄付金があつまって、メアリーはアメリカ行きの客船に乗りこむことができた。船はフィラデルフィアに入港し、メアリーはめでたく上陸して……その後のことは私はこれまで知らずにいたのだ。イギリスへ帰ってきていたのか。

一八五七年といえば、事件からちょうど四十年後で、メアリー・ベイカーはすでに六十歳になっていた。この女性に出逢ったことで、「カラブー内親王殿下」ことメアリー・ベイカーとのスコットランド旅行は、さらに珍妙で怪奇な方向へ進んでいくことになったのだ。

第四章

月蝕島の領主登場すること 極北の奇譚が語られること

メアリー・ベイカーがじつはアンデルセンの財布を盗んで、ひろったふりをしているのではないか……そういう疑惑を抱く必要はなかった。アンデルセンの上着の内ポケットは、底の部分の縫い目がみごとにほころびていて、ぬけた底から財布がすべり落ちたのは、誰の目にも明らかだったのだ。メアリー・ベイカーに対しては、ひろった財布を持ち逃《に》げせず正直に返してくれたことを、感謝しなくてはならなかった。

私たちは警察へいって、財布が見つかったことを報告した。

「ああ、それはよかった」

いかにも軍隊の下士官あがりという感じの初老の警察官は、めんどうくさそうにそういっただけだ。どうせ捜索などしていなかったにちがいないが、いちおう礼をいって警察を出た。

それから一同はパブに向かった。財布をひろってくれたメアリー・ベイカーが、空腹をうったえたからである。食事と酒ぐらいは提供するのが当然だった。メアリーは、高級レストランは性《しょう》にあわないというので、手近なパブを捜《さが》すことにしたのだ。

パブに足を踏《ふ》みいれると、巨大な酒樽が壁にそってずらりと並んでいる。どれくらい巨大かというと、高さ八フィート、最大直径が六フィート、私たち四人が全員すっぽりとはいってしまうくらいあるのだ。何といってもスコットランドはスコッチ・ウィスキーの本場だから、銘柄《めいがら》ごとにひと樽というわけで、算《かぞ》えてみると三十ほどもあった。ビール《エール》も売っていて、子どもの姿も見える。

十六歳以下の未成年者に酒を売ることが禁止されたのは、一八三九年のこと。だが、このときビールは酒のうちにふくまれておらず、禁止されなかった。十三歳以下の児童にビールを売るのが禁止されたのは一八八六年になってから。つまり一八五七年当時、十歳の子どもがビールをのんでいても、法律上の罪にはならなかったのだ。

もちろん、ほめられたことではない。十九世紀のイギリスが酒にも麻薬にも甘い国だったということである。

できるだけ静かな席をとって、ディケンズがメアリーに問いかけた。

「酒は何にするかね」

「あたしはいらないよ。料理だけおくれ」

「ああ、カラブー内親王殿下は酒はお飲みでなかったな。以前、何かの記事で読んだことがある」

私たちのほうは彼女と逆で、食事をすませたばかりである。形だけビール《エール》を注文し、メアリー・ベイカーには、紅茶、ミルク、三種類のパン、三種類のジャム、糖蜜のプディング、レーズンとアーモンドのケーキ、それに山盛りのドライフルーツをたのんだ。

周囲の席がしだいに騒々しくなる中、ディケンズが興味深そうに質《ただ》す。

「お前さんはアメリカに渡ったと聞いておったが、帰国しておったとはね」

「アメリカには七年ほどいたけど、うんざりしてね。引きあげてきたのさ。どうもあたしにゃ似あわない土地でね」

「ほう、うんざりしたか」

ディケンズは一八四二年にアメリカを訪問し、大歓迎を受けている。帰国すると、ディケンズは『アメリカ紀行』を著し、アメリカという国の長所を賛《たた》えたが、同時に、三つの短所をきびしく批判した。

「下品な拝金主義、他人の人権を踏みにじるマスコミ、それに奴隷制度。この三つがアメリカ社会の病理だ。ぜひ治ってほしい、と、友人として心から願うものである」

イギリスではすでに一八〇七年、奴隷貿易廃止法が成立している。それなのに、「自由と正義の国」と自称するアメリカでは、まだ奴隷制度が存続し、人身売買が合法化されていたのだから、矛盾もいいところだった。

ディケンズにきびしく批判されて、アメリカ人の半数は恥じいり、半数は激怒した。ディケンズが二度めにアメリカにいくのは一八六七年のことで、南北戦争も終わって、奴隷制度は廃止されていた。

「イギリスへ帰ってからは何をやっていたのかね？」

「いろいろとね。何をやったって生きていけるさ」

話をそらしながら、メアリー・ベイカーは盛大に食べつづけた。苦労もし、自分でいったとおり、空腹でもあったろう。それでもなぜか彼女には品の良さみたいなものがあり、けっして卑しい印象は受けなかった。メープルはメアリー・ベイカーにミルクをついでやったりパンにジャムを塗ってやったりしたが、合間に私にささやいた。

「わたし、この女《ひと》、きらいじゃないわ。というより、好きになれそう」

やがて満腹した彼女は、紅茶をすすりながら昔話をはじめた。

「あたしが暑い日に服をぬいで、湖で泳いでみせたら、ブリストル周辺の男どもが先をあらそってのぞきに来たものさ。なかには感激して涙を流すやつまでいたっけ」

「四十年前のことだろう」

「つい昨日みたいなものだよ。あたしはフェンシングや乗馬も得意でね、何をやっても男どもが感心したものなのさ」

メアリー・ベイカーは顔の前で手を振った。隣席から煙草《たばこ》の煙が流れてきたからだ。彼女はアンデルセンを見やって目を細めた。

「こちらの背の高いお人は、ずいぶん無口だね。ふうん、おでことあごの形がいいじゃないか。ちょっとばかり、あたしの好みだよ」

アンデルセンはあきらかに迷惑そうに身体をずらした。彼はイギリス人ではなく、「カラブー内親王事件」も知らないので、メアリーを「変なおばさん」としか思えなかったのだろう。

「四十年前に、お前さんを見て感激した連中には、逢わないほうがいいだろうなあ」

そういうディケンズには、ほろにがい経験があるのだった。彼は少年のころ、マライア・ビードネルという黒い巻毛の美少女にあこがれた。初恋だったが、貧しいディケンズに対しマライアは富裕な銀行家の娘で、はかなく恋は終わった。ディケンズがイギリスきっての文豪になってから、ふたりは再会した。だが、胸をときめかせるディケンズの前にあらわれたのは、でっぷり肥《ふと》ったおしゃべりの中年女性《おばさん》で、ディケンズの甘美な初恋の想い出は、こっぱみじんに撃ち砕かれてしまったのである。

パブを出ると、さすがに長い昼間も終わって、菫《すみれ》色の黄昏が北国の港町をつつんでいた。あちらこちらにガス灯の光が白くかがやいている。ロンドンとちがって煤煙《ばいえん》がすくないので、ずいぶん遠くの灯までが見えた。

日中は快適な気温だったが、肌寒くなってきた。ディケンズ、アンデルセン、メープル、私の四人はこれから予約ずみのホテルにいくだけだ。この日はもうすることもなく、翌日にそなえて寝るだけである。だが、メアリー・ベイカーはどうするのだろう。

「ええと、ミス・ベイカー……」

「何だい、お嬢ちゃん」

「ミス・ベイカー、今夜、泊まるところはあるんですか?」

メープルの問いに、メアリー・ベイカーは一瞬、沈黙してから答えた。

「若いころから野宿にはなれてるさ。雨や雪さえ降らなきゃ、どうってことはないよ」

私たちは顔を見あわせた。財布をひろってもらっただけの縁で、深入りすることになってもこまるが、放っておくわけにはいかない。

「きみにまかせる、ニーダム君」

ディケンズがそういい、アンデルセンもメープルもうなずいたので、私はメアリー・ベイカーに提案した。

「どうです、ミス・ベイカー、財布をひろってくれたお礼に今夜の宿を提供したい、と、先生方がいっておられますが……」

「ああ、よけいなことはしないでおくれ。窮屈な目にあうのは、ごめんだよ。もし宿に泊めさせてくれるというなら、宿代を貸してもらえるとありがたいんだけどね」

私が財布を出すと、メアリー・ベイカーはまた注文をつけた。

「金貨はだめだよ。かえって費《つか》いにくいし、盗んだと疑われるのもいやだからね」

それから多少のやりとりがあって、結局、私は半クラウン銀貨を四枚、メアリーに手渡した。これは合計金額で十シリング、つまり半ポンドになる。安宿なら三泊ぐらいはできるはずだ。

「それじゃ、もし何かあったら……」

私の言葉に、かるく手を振って応えると、メアリー・ベイカーは早足で去っていった。背筋をのばし、顔をあげ、年齢の割に若々しい後姿を見送って、アンデルセンがいやに大きな溜息をついた。

「ぼくたちもホテルへいこう。何だかとっても疲れたよ」

私たちがはいったのは「ホテル・マディソン」である。港を見おろす高台にあった。ディケンズとアンデルセンが一室、メープルと私が一室である。

部屋をとるとき、私と姪は「ニーダム兄妹」という名義にしてあった。姓がちがう男女がおなじ部屋に泊まるなど、不道徳のきわみと思われていた時代である。後ろ暗いところはないが、面倒は避けておきたかった。

それにしても、私は書き手として、どうも迂闊《うかつ》だったらしい。私とメープルが、叔父と姪の関係であることを、ディケンズとアンデルセンが知ったのは、六月二十五日、ロチェスターからロンドンへと向かう列車の車内であった。

「何だ、叔父と姪か。どういう関係かと思っとったが、小説にするとしたら、遺産をめぐってあらそうような話にしかならんな」

「なかなかロマンチックな関係ってないものだねえ」

「どうもすみません」

何だか変だぞ、と思いつつ、つい私はあやまってしまったものである。

ホテルの部屋は、ありきたりのものだったが、窓と反対側のカーテンを開くと、琺瑯《ほうろう》製の浴槽《バスタブ》が置かれていた。これは望外のことだった。フロントに声をかければ、熱いお湯を運んできてもらえるだろう。さすがイギリス最北端に近い都市で、六月最後の夜だというのに、小さな暖炉には火が燃え、安物のバケツには何本もの薪《まき》が突っこまれている。わが家のささやかな炉辺《ろへん》を想いおこして、メープルと私は笑みをかわした。

ロンドンのわが家はグレート・コーラム通りのはずれにある。キングズ・クロス駅や大英博物館からも、それほど遠くない。ディケンズが処女作『ボズのスケッチ』で描いているが、一八三〇年代に住宅地として開けはじめた地区だった。公証人の事務所に勤めていた私の父は、無理をしながらも、思いきって土地を買い、家を建てたのだ。

ナイトテーブルをはさんで並んだふたつのベッドはすでにととのえられていたが、何となくすぐ横になるのが惜しくなって、私と姪は暖炉の前でとりとめなく話しこんでしまった。

Ⅱ

さて、私と姪が勤務しているミューザー良書倶楽部《セレクト・ライブラリー》の特徴は、他の貸本屋に比べて、女性の顧客が多かったことだ。これはミューザー社長の方針で、

「お客が家族の前で読めないような本は置かない」

ということになっていたからである。

したがって、やたらと刺激の強い内容や残虐なシーンのある本は最初から置かれておらず、女性や子どもでも安心して借り出せるというわけだった。それがものたりない人は、他の店にいけばいい。

なお、この時代、小説は三分冊で刊行されるのが常識だった。これは貸本屋にとって、ま

ことにつごうのよいシステムだったのだ。たとえば、『オリヴァー・ツイスト』にしても、最初の客が第一巻を読み終えて第二巻を借りる、そうすると返却された第一巻は、ふたりめの客に貸すことができる、というわけだ。

そしてミューザー良書倶楽部《セレクト・ライブラリー》ほどになれば、ひとりの作家の新刊をまとめて何百冊も買いこむのだから、その影響力はたいへんなものだった。ミューザー社長を無視したら、どんな出版社も作家もやっていけなかった。

ミューザー社長は私やメープルにとってはとてもありがたい雇い主だったが、商売人であって聖者ではなかったから、同業者を出しぬくこともあったし、作家に難題を吹きかけることもあった。

「こんな陰惨《いんさん》な結末では、お客にすすめられないよ。最後は善人に勝たせないと。それに、三分冊にするには量がたりないから、二章ばかり増やしたらどうかね。いやならいやでかまわんが、そうしてくれないんなら、当店《うち》ではあんたの本は買いとれないよ」

一部の作家や同業者は、ミューザー社長を「善人面《づら》した暴君」と呼んでいた。あるいはそうだったかもしれない。本を選ぶのに自分の好みや道徳観を優先させたのは事実だ。

だが、疑いようもなく確かなことがひとつあった。ミューザー社長は、メープルの才能をこの世で二番めに高く評価する人物だったことだ。一番めはかくいう私だが、私はメープルを家族として庇護《ひご》することはできても、彼女の才能を発揮する場をあたえてやることはできなかった。

それやこれやで、メープルと私がミューザー社長に感謝するのは当然のことだったが、メープルのほうもミューザー社長に評価されるだけの働きはした。機会あるごとに、メープルは社長や重役たちに説いてやまなかった。

「女性が教育を受ける機会を増やし、女性の識字率を高めることです。現在、イギリスにおいて文字の読み書きができる女性の率は、六十パーセント未満です。これを九十パーセントに高めれば、本を読む女性の数は一・五倍になります。そして彼女たちは、ミューザー良書《セレクト》倶楽部《・ライブラリー》のよき会員となってくれるでしょう」

メープルの人生は、女性の読者人口を増やすことに費《つい》やされたといってよい。

「わたしは一八四〇年にロンドンで生まれました。外国へ行ったことは一度もありません。それなのに、紀元前のエジプトでピラミッドがつくられたこと、ピラミッドがどういう形をしているかということ、それらを知っています。なぜ知っているのでしょう？　それは本を読んだからです！」

頰を紅潮させながら、会議の席でメープルは熱弁をふるったものだ。

「本を読むということは、机の前にすわったまま、あるいはソファーに寝ころんだままで、時間と空間をこえて旅をすることなんです。そのことを女性たちにうったえつづけましょう！」

さらにメープルが提案したのは、女性に本を読ませるだけでなく、女性に本を書かせることだった。ミューザー社が女性作家の育成に力をいれはじめたのはこのころからで、それがまた、他の同業者との差をひろげることになったのだ。メープルの功績である。

とはいえ、簡単なことではなかった。

もともとイギリスの識字率の統計なんて、いいかげんなものだった。他に何も書けなくても、自分の名前がどうにか書ければ、「文字が書ける人」に算《かぞ》えられた。また、アルファベットの活字体は読めても、筆記体は読めない、という人も多かった。わが家の忠実なマーサもその類《たぐい》で、彼女がどうしても手紙を書かなくてはならないときには、メープルが代筆してやっていたものだ。

「使用人は文字なんぞ読めなくていい。手紙を盗み読みされずにすむ」

と広言する雇い主がいた時代である。

一方、一八五七年といえば、記念すべき偉大な年でもあった。大英図書館が設立されたのだ。正確には、大英博物館の図書室が一般に開放されたのだが、まあ呼びかたはどうでもいい。出勤途上にあるから、メープルも私も足を運び、必要な本や、ときには著者の姿をさがすようになった。

ミューザー良書倶楽部《セレクト・ライブラリー》はよい職場だったし、社長はありがたい雇い主だったが、どんな職場にもいやなやつはいる。メープルと私は、職場ではたがいに「ミスター・ニーダム」、「ミス・コンウェイ」と呼びあっていたが、叔父と姪であることは知られていて、あるときウォルター・ドラモンドという男が私にいった。

「ニーダム、君のご自慢の姪は、女権論者かい。つぎは、女性に選挙権をあたえることが、わが社の発展につながる、とでもいい出すんじゃないだろうな」

ドラモンドは私と同年輩の男だが、自分で旧《ふる》き良き道徳の守護者だと信じこんでいるらしく、メープルだけでなく働いている女性すべてを敵視していた。「女性は家庭にあって良き妻、良き母であるべきだ」というのだ。

一八三二年の第一次選挙法改正によって、中流階級の男性に選挙権があたえられた。つまり私は選挙権を持っている。だが、貧しい労働者が選挙権を獲得したのは一八六七年になってからで、自由党のグラッドストーンがなしとげた大改革だった。

一九〇七年になってもまだ女性の選挙権は認められていないが、遠からず実現するだろう。それはともかく、私が相手をしないでいると、ドラモンドはねちねちとメープルの悪口をいいつづけ、ついには家庭の教育がどうのこうのといいはじめた。

私は新刊書にミューザー社のラベルを貼る作業をつづけていたが、とうとう忍耐の限界に達した。

「いいかげんにしろよ、ドラモンド」

できるだけ冷然と、私は、不愉快な同僚をにらみつけた。

「紳士のつもりなら、こそこそ女性の悪口をいったりするな。でないと、お前の選挙権どころか、生存権をおびやかしてやるぞ」

私の言葉の意味がわかると、ドラモンドは危険を察した表情になって二歩あとずさった。

私は紳士でありたいと思っているが、相手が紳士でない場合、無限に礼儀を守ろうとは思わ

ない。

口の中で何かつぶやきながら、ドラモンドはその場を離れていった。

ドラモンドは不愉快なやつだが、さらに不愉快なのは、彼のような考えを持つ人間がけっして少数派ではないという現実だった。一八五七年当時、職業を持って働く女性は、それだけで偏見の的になった。「まともな女」とは見られなかったのだ。「まともな女」とは、結婚して夫につかえ、子どもを産み育てる女性のことだ。

そもそも女性が就《つ》くような職業そのものがすくなかった。前に述べたような、お屋敷の使用人たちを除くと、女学校の教師、店員、農業てつだいぐらいのもので、貧しくて職業教育を受けていない女性は、やむをえず娼婦《しょうふ》になる場合も多かった。

一八六〇年代にはいると、ナイチンゲール女史の超人的な努力によって、看護婦という職業が社会的に認められるようになった。ナイチンゲール女史のような上流社会出身の女性が看護婦になるなんて、とんでもない事件だったのである。

「あんなレディが、何だってまた看護婦みたいな賤《いや》しい仕事をするのかしら」

というのが、一般的な評価だった。ナイチンゲール女史は、個人が社会と歴史を変えるという事実の、みごとな見本だった。そして彼女が歴史を変えるきっかけになったのが、私の従軍したクリミア戦争なのだ。

ひとりに権限を集中させないためだろうか、クリミア戦争のとき、イギリスの陸軍省には大臣がふたりいた。ひとりが予算やら補給やら軍の病院やらを担当していて、要するにこいつが、クリミアの戦場における私たちの不幸に対して責任を負わねばならない。

私をふくむ三万人のイギリス兵は、高速の蒸気船でクリミア半島へと運ばれた。上陸してみると、そこには何もなかった。武器も弾薬《だんやく》も食糧も医薬品もテントも毛布も、あとからゆっくり帆船で運ばれてくるというのだった！

最前線でかろうじて生きのこった私は、後方に運ばれて、スクタリという町の野戦病院に入れられた。その病院には、クリミア戦争におけるもっとも有能な司令官がいて、その名をフローレンス・ナイチンゲールといった。

私と戦友がようやく外出を許可されて、スクタリの町へ出たときのことだ。酔っぱらった兵士が、歩いている看護婦に抱きつき、むりやりキスしようとした。私と戦友は駆け寄った。私がその兵士を突きとばし、戦友がどなりつけた。

「おい、こら、ナイチンゲールさんとこの女兵隊さんに手を出すんじゃねえよ！」

そう、私たちは従軍看護婦のことを、同志みたいな連帯感をこめて「ナイチンゲールさんとこの女兵隊さん」と呼んでいたのだった。彼女たちは灰色のツイードの服にこれまた灰色のジャケットをかさね着し、平べったい白い帽子をかぶり、短い毛織りのマントをはおり、やたらとごつい感じの綿布のスカーフを肩に巻いて、それには赤い太い糸で、「病院」と縫いとりがされていた。

気の毒になるほど、ファッション性に欠ける服装だったが、若い女性が戦場で働くには、そうするしかなかったのだ。

「めそめそしている暇があったら、包帯を取ってらっしゃい！　こうしている間にも、治療を受けられない兵隊さんが死んでいくのよ。病院で患者を死なせるなんて、恥だと思いなさい！」

未熟な看護婦たちを叱咤するナイチンゲール女史の声を、私はけっして忘れない。

……こうして、私と姪はとりとめなく話をしていたが、一時間もたつと、暖炉の火も小さく弱くなってきた。薪をつぎたしてまで起きている必要もない。

「そろそろ寝ようか、メープル」

「そうね。ところで、おじさま」

「何だい」

「明日、フォックス号の出港を見送ったら、ディケンズ先生はすぐロンドンへお帰りになるかしら？」

私はすこし考えた。おそらくディケンズは帰宅して夫人と顔をあわせるのがいやだろう。何日かスコットランドを旅するのではなかろうか。

「たぶん、そうはならないと思うね。いずれにしても明日わかることだ。もう寝て、明日にそなえよう」

「おやすみなさい、おじさま」

「おやすみ、メープル」

Ⅲ

一夜が明けると、七月一日だ。フォックス号が出港する日である。アバディーンの港には、朝から何千人もの老若男女が集まっていた。小さな帆船に乗りこんで北極まで出かける二十五人の勇者たちを見送るためだ。

フランクリン探険隊が出発したのはもう十二年も前のことで、捜索の失敗がかさなるにつれ、さすがに人々の関心も薄れつつあった。だが、おそらく今回の捜索が最後のものになるであろうし、フランクリン夫人の悲壮な決意や、当代の文豪であるディケンズの熱心な協力ぶりが知られて、アバディーンだけでなくイギリス各地から人が集まり、フランクリン探険隊と今回の捜索隊の無事を祈った。

捜索隊長マクリントック海軍大佐は、フランクリン夫人と挨拶をかわし、ディケンズと握手し、歓呼《かんこ》の中を乗船した。そしてフォックス号は、夏の光と風を帆にはらんで港を出ていったのだ。

以後、物語に関係なくなるので、この捜索隊がその後どうなったか記しておこう。彼らは結局、最後の捜索隊になった。二年二カ月にわたって北極で調査と捜索をつづけ、一八五九年九月にイギリスへ帰ってきた。フランクリン大佐らの移動経路《あしどり》をかなり正確にたどり、いくつかの遺体や墓を発見して、多くの遺品を持ち帰った。

それによって、フランクリン大佐が一八四七年六月にエリバス号の船内で死去していたことが判明した。二隻の船は雪と氷に閉じこめられて脱出することができず、隊長をうしなった隊員たちは船を棄《す》てて上陸したのだ。徒歩と橇《そり》で南へ向かったが、寒さと飢えとでつぎつぎと倒れ、北極の猛吹雪のなかで全滅したのである。

フランクリン夫人とマクリントック大佐は、全イギリスの英雄となった。またマクリントック大佐が著した捜索隊の記録は大ベストセラーになって、わがミューザー良書倶楽部《セレクト・ライブラリー》でも三千部を買いこんだのだが、それは後日のこと。

無事に出港式を終え、フランクリン夫人と別れると、ひとまず私たちはコーヒー・ハウスで休息した。

コーヒー・ハウスがイギリスで最初に開店したのは、二百年も昔、一六五〇年のこと。場所はオックスフォードである。大学の教授や学生たちがお客だった。

ロンドンに開店したのは一六五二年で、これが五十年後には二千軒にもなっている。コーヒー一杯が一ペニー。この値段ではたいして味がよいはずもないが、コーヒー・ハウスには何種類もの新聞や雑誌が置いてあり、自由に読むことができた。人々は安物のコーヒーを飲みながら、新聞や雑誌を読み、おしゃべりをし、ときには政治や社会問題について議論をたたかわせる。コーヒー・ハウスは、イギリス社会に重要な位置を占《し》めていた。

メープルと私は昨夜別れたメアリー・ベイカーのことが気になっていたので、コーヒー・

ハウスにはいる前も、はいってからも、よく周囲をながめてみたが、彼女らしい姿は見えなかった。

それにしても、イギリス人といえば、コーヒーよりやはり紅茶だ。お恥ずかしい話だが、わが国は、自分の国で生産できないお茶がほしくて、東洋の国々に戦争をしかけた過去を持っているくらいである。

一八五七年といえば、紅茶専用快速帆船《ティー・クリッパー》の時代が幕をあけてまもなくの年だった。中国からイギリスまで、紅茶を直接運ぶために、専用の帆船が建造されるようになったのだ。ドイツ人やフランス人には笑わせておこう。私たちイギリス人の口と胃と魂は、お茶にとりつかれているのだ。

一八五〇年、イギリスで最初の紅茶専用快速帆船が進水した。船名は「ストーノウェイ」、場所はまさしくここ、アバディーンであった。さらに「クリソライト」、「チャレンジャー」といった船がつぎつぎとつくられ、紅茶を求めて海へ乗り出していった。もっとも有名な船が、不滅の「カティ・サーク」だが、これが建造されたのは一八六九年で、もうすこし後のことになる。

こうしてレースがはじまった。中国の港で紅茶を積みこんだイギリスの帆船が、いっせいに出港する。一日でも早く、一時間でも早く、イギリスに紅茶をとどけるために。太平洋からインド洋へ、さらに喜望峰《きぼうほう》をまわって大西洋へ、最後はテムズ河をさかのぼってロンドンへ。地球を半周する大レースには、優勝賞金がかけられ、賭けごとの好きなロンドンっ子たちは、勝敗の予想に夢中になったものだ。中国の福州《フーチヨウ》港からロンドンまでの歴史上もっとも熾烈《しれつ》なレースは一八六六年におこなわれ、たった九十九日で走破、わずか十分の差で「テーピン号」が「エアリアル号」をおさえて優勝した。そのとき、テムズ河の両岸には何万人もの見物客が押し寄せ、私も……いや、話がそれてしまったようだ。紅茶の話になると、つい熱くなるのが、どうにも我ながら珍妙である。

フランクリン夫人と別れてから、ディケンズはほとんど無言で考えこみ、アンデルセンが話しかけても、「ああ」とか「うう」とか生返事するばかりだった。

「よっぽどロンドンに帰りたくないのね」

メープルがささやき、私が返事をしないうちに、鋭い悲鳴があがった。

私たちは出入口に近いテーブルにいたのだが、たたきつけるように扉が開いて、人影がころがりこんできたのだ。貧しい服装の老婦人だった。とっさにメアリー・ベイカーかと思ったが、そうではなかった。私とメープルが席を立って老婦人を助けおこそうとすると、今度は荒々しい足音がして、男の声が降りそそいできた。

「さっさと船に乗れ！　お前らがいられるような土地は、イギリスには一平方インチもありゃしないんだ」

「おとなしくカナダへいったほうが幸福だぞ。広い広い土地が、お前らを待ってくれてらあ。もっとも、熊や狼《おおかみ》もお待ちかねだろうがな」

革のチョッキを着こんだ、体格のいい男たちだ。しかも片手には棍棒を持っている。ようやく立ちあがった老婦人の襟《えり》を、ひとりの男がつかんだ。私は叫んだ。

「何をする！」

「よけいな手を出すなよ、若造《ヤングマン》」

もうひとりの男がせせら笑った。

「この婆さんは、カナダ行きの移民船に乗るんだ。六月中に借金を返せなかったんだからな。契約書にちゃんとそう書いてあるんだぞ」

「やめんか！　現在《いま》はいつの時代だ？　ここはどこの国だ⁉」

席を立ったディケンズが満面を朱《しゅ》に染め、ステッキを振りまわして叫んだ。

「我々は二千年前のローマにでもおるというのか。何ごとだ、イギリス人が同じイギリス人を、棍棒をふるって追いたてるとは！　恥を知れ、紳士としてふるまえ！　ご婦人に手を出すな！」

ディケンズの迫力にひるんだか、男たちは一、二歩しりぞいた。だがまたも扉が開くと、似たような服装の男たちが、半ダースほども店内にあふれかえった。老婦人の姿は彼らの中に引きずりこまれた。ディケンズや私の前に、男たちの壁が立ちはだかる。彼らは慣れた動作でひとかたまりとなって動き、扉から流れるように出ていった。

ディケンズを制して私が彼らを追おうとすると、コーヒー・ハウスの中で凍りついたように動かずにいた客たちのうちから、ひとりの男が声をかけてきた。

「あなた方、ここでこれ以上、やつらにさからわないほうが身のためですよ」

ディケンズはうなり声をあげた。

「ご忠告ありがとう。だが、あえてくりかえすぞ。ここはいつの時代のどこの国だ⁉」

「十九世紀のイギリスですよ。ですが、ロンドンからも道理《コモンセンス》からも、残念ながら遠く離れた土地です。まあ、おちついてください」

男は席を立って近づいてきた。

その男は黒に近い濃い色の髪に、おなじ色の口髭をはやしていた。年齢は私とそうちがわないだろう。黒縁の眼鏡をかけた鼻は、もともと高くてまっすぐだったのだろうが、いちど事故か何かで折れて治療した痕跡があった。クリミアの野戦病院でも、このような鼻をした負傷兵を見かけたことがある。

私たち四人とその男は、料金を支払ってコーヒー・ハウスを出た。もう男たちや老婦人の姿は見えない。

「あいつらはゴードン大佐の手下なんです」

「月蝕島《ルナ・イクリプス・アイランド》領主のゴードンか」

「ええ」

「それで、あんたは何者かね」

「ケネス・ジョージ・マクミランと申します。『北方通信《ノーザン・コミユニケート》』のアバディーン支局長をつとめております」

彼はディケンズを知っていた。先ほどフォックス号の出港式にも顔を出していたという。

「なに、支局長などというと偉《えら》そうですが、使い走りの助手がひとりいるだけでしてね。記事を書くのも、それに挿画《イラスト》をつけるのも私の仕事です」

「写真でなくて挿画かね」

「旧《ふる》い写真機がこわれてしまいまして、新品の補充を本社《エジンバラ》に要求しているのですが、これがなかなか……まあ、高価なものですしね」

彼は通りの前方を見やって告げた。

「ほら、ゴードン大佐のお出ましですよ」

その声にふくまれた異様な調子を、五十年たっても、はっきりと私は思い出すことができる。

マクミラン氏がさりげなく身体を動かしたので、私たちは、黒塗りの四輪馬車《フォーウィラー》が近づいてくるのをはっきりと見ることができた。通行人がおびえたように道を開き、馬車はまるで女王陛下ご夫妻が乗っているように堂々と進んで、私たちの目の前を通過しようとした。車内にいる男の姿が見えた。

Ⅳ

それがリチャード・ポール・ゴードン大佐だった。

肖像画で見るより、さらに顔つきが険しく、威圧感に満ちた人物で、服装に一分《いちぶ》の隙《すき》もなく、眼光は苛烈だった。他人の反抗や失敗を、けっして赦さない専制君主の顔だ。まとうてい好きになれそうにない人物のようだ。と思ったとき、その顔が角度を変えた。まともに目があって、私は思わず鼻白《はなじろ》んだ。予期せぬことがおこった。馬車が停まり、窓が開いたのだ。だが、ゴードン大佐がざらざらした声をかけたのは私ではなかった。

「お前が売文業者のディケンズか。社会改良家を気どっている能なしの道化《クラウン》だな」

何秒かの間、声を発する者はいなかった。イギリスを代表する文豪に対して、これほど非礼な嘲弄《ちょうろう》の弾丸をあびせかける者がいるとは信じられなかった。

ディケンズが呼吸をととのえ、手きびしく反撃した。

「そちらは古代の帝王を気どる悪徳地主のゴードン大佐だな。無力な老婦人をいじめて楽しいか、この変態め」

馬車の内と外で、ふたりは仇敵《きゅうてき》どうしのようににらみあった。

「ディケンズ、先ほどお前は、私の部下たちのじゃまをしようとしたらしいな。業務妨害で告訴してやろうか。あの女は、借金を返せなければ家をあけわたしてカナダへいく、と約束したのだぞ」

「お前がやっていることは、違法な高利貸しではないのか」

「やつらは承知の上で借りたのだ。ちゃんと証文もある。もし見たければ、土地管理人《ファクター》に申し出ればいい……うん、何だ？」

ゴードン大佐が後方をかえりみた。馬車の中で、大佐と同乗していた人物がゴードン大佐に何か話しかけたらしいのだが、言葉を聞きわけることはできなかった。ゴードン大佐はうなずくと、鋭く命じた。

「さっさと馬車を出せ！」

駅者は「イエス・サー」と応じ、馬にかるく鞭《むち》をくれた。

「こら、待て、逃げるのか！」

ディケンズが車道に飛び出そうとする。あわてて私は背後から抱きとめた。イギリス随一の文豪はあやうく車輪の下敷きになるところだった。

走り去る馬車をにらんで、ディケンズは歯ぎしりした。

「現代の暴君ネロめ。見ておれ、近いうちにかならず、ペンの力をきさまに思い知らせてやるからな」

アンデルセンが身体を慄わせた。

「ぼくの書いた童話にだって、あんなひどいやつはそうそう登場しない。でも、いったい何があって、あんなお婆さんが乱暴されなきゃならないんだい？」

「強制移住《クリアランス》ですよ」

そういったのはマクミランで、それまで背の高いアンデルセンの蔭《かげ》に半分隠れているような状態だったのが、進み出てきたのだった。ディケンズは興奮のあまり帽子を落としていたので、メープルがそれをひろいあげ、埃を払ってディケンズに差し出した。帽子をかぶりながら、ディケンズがうなった。

「強制移住《クリアランス》だと⁉」

私も、思わず大きな声をあげた。

「強制移住なんて野蛮なことが、まだおこなわれているのか」

「ええ、おこなわれていますとも。いまごらんになったとおりです」

強制移住。それは大地主が農民から土地をとりあげ、家からも追い出してしまうことだ。フランスとの戦争や産業革命がおこると、大量の食糧が必要になった。また、毛織物工業が盛んになると、羊を飼うための広大な牧場が必要になった。とくに一八四六年、スコットランドではひどい兇作になって、小麦もジャガイモも全滅してしまった。多くの農場主が破産すると、ゴードン大佐は彼らの土地を安く買いたたき、借地料の払えない小作人や借金を返せない自作農を、容赦なく追い出したのである。

「ゴードン大佐のために土地を追われ、家を焼かれ、一家離散したり、自殺や窮死《のたれじに》に追いこまれた者は一万人にもなります。いまや大佐の所有地は百万エーカーに達するでしょう」

「百万エーカー⁉」

　メープルが息をのんだ。

「ちょっと想像もつかない広さね。小さな国ぐらいあるんじゃないかしら」

「ゴードン王国というわけだ。どうやら善政は布《し》かれてないようだがね」

　いいながら、私は、百ヤードほど先で馬車から降りるゴードン大佐の姿をながめた。降りるとき、大佐はひとりではなかった。同乗者がいっしょに降りたのだ。

　それは二十歳になるやならずの若者で、ゴードン大佐と同様、隙のない服装をしていた。山高帽の下にみごとな白金髪《プラチナブロンド》が見える。瞳の色まではわからないが、古代ギリシア彫刻さながらに端正な横顔だ。「息をのむほどの美貌」というのはすこしおおげさだが、ロンドンでもめったにお目にかかれない美男子だった。

「あの、ゴードン大佐といっしょにいる若者は、いったい誰です？　息子か何かですか？」

　私は小声でマクミラン記者に問いかけた。

「さよう、ゴードン大佐の息子です。次男のクリストルですよ。父親のお気に入りで、きっと後を嗣《つ》ぐでしょう」

　その説明には、私に不審を抱かせるものがあった。

「次男というからには、長男がいるはずでしょう？　普通は長男が後嗣ぎになると思いますが」

「ええ、長男がいましたよ。名はラルフでした」

過去形である。

「亡くなったのですか？」

「いや、父親と衝突して、家を飛び出したのです。五、六年前のことですがね」

マクミラン記者の説明によると、ラルフはゴードン家のメイドと身分ちがいの恋に落ちて、父親に激しく反対された。父親と息子とで殴りあいになったほどだが、結局、メイドとともに家を去った。もちろん近在の噂になったが、やがてグラスゴーで次男のクリストルが兄の姿を見かけたらしい、という話が伝わってきた。

スコットランドの首都はエジンバラだが、一八五七年には、人口の点でグラスゴーに追いぬかれつつあった。産業革命によってグラスゴーは爆発的に発展し、製鉄や造船や毛織物の工場がつぎつぎと建てられ、労働者とその家族が流入していた。彼らの大部分は、土地を追われた農民だが、年に三十ポンド未満の安い給料で、一日に十四時間も働かされていた。その中には、ゴードン大佐の犠牲者も多くいたのだろう。

「いまもグラスゴーにいるのですか」

「いや、そこからも姿を消して、さあ、ロンドンにでもいったのやら、アメリカかカナダへでも渡ったのやら、本人以外に知る者はいません」

ふと気づくと、私の横で、メープルも熱心にマクミラン記者の話を聞いている。

「わたし、身分ちがいの恋には興味がないの」といっていたはずだが、身近にこういう話を聞くと、無関心ではいられないらしい。

マクミラン記者は話題を変えた。

「それより、じつはディケンズ先生に、お願いしたいことがありまして」

「うーん、申しわけないが、原稿だとちょっとむずかしいぞ。今回、紀行の文章は、ロンドンのミューザー氏にあずけることになっとるんだ。いちおう独占契約になっとるんでね。ここにお目付《めつけ》役もおるし」

たしかにいる。私のことである。

「そうではありません。もしよろしかったら、私の知りあいに逢っていただきたいのです」

「作家志望者かね？」

ディケンズの声に用心するひびきがある。これまで、あつかましい作家志望者にいろいろ迷惑をかけられたからだ。

「いえ、私の知り合いにノルウェー人がおりまして、今年の五月から当地に滞在しておるのです。もともとベルゲンの大学で歴史や民俗学を研究していたのですが、ディケンズ先生もご存じでしょうか、例の月蝕島《ルナ・イクリプス・アイランド》の話……」

ディケンズはうなずいた。

「一隻の帆船がまるまる氷山に封じこめられている。しかも夏だというのに、氷山はいっこうに溶けそうにない。そういう話だね？　どうもオカルト愛好者か酔っぱらいのたわごととしか思えんが……」

答えるディケンズの横で、アンデルセンもくりかえしうなずいている。

「はい、その話を聞いた知りあいが、たいそう興味を持ちまして……というより、興奮いたしまして」

いいながら、マクミラン氏は苦笑した。

「ぜひ月蝕島《ルナ・イクリプス・アイランド》にいって氷山と帆船の実物を見てみたい、というのですが……」

「ゴードンめは立ち入りを認めないのだな」

「というより、話すらできないありさまです。もともとゴードン大佐は新聞ぎらいで有名ですが、このごろとくに度をこしておりましてね」

マクミランの知りあいというノルウェー人は、娘がイギリス人と結婚してアバディーンに住んでいるので、それを訪ねて来たのだという。

「いかがでしょう。ディケンズ先生？」

「そうだな。フォックス号は無事に出港したし、いそいでロンドンに帰る必要もない。そのノルウェー人の話を聞いてみてもいいな」

というわけで、ロンドンから来た四人組はマクミラン記者に案内され、ノルウェー人学者と対面することになった。ゴードン大佐の手下につれ去られた老婦人のことが気になったが、当面どうしようもなかった。

V

「エルゲン・レーヴボルグと申します。ディケンズ先生のご高名は、北海をこえてノルウェーまで鳴りひびいておりますでな。お目にかかれて光栄です」

年齢は六十歳くらいだろうか、灰色の髪をした知的な風貌の紳士があいさつした。すこし硬い感じだが、正確な英語である。

北方通信《ノーザン・コミュニケート》アバディーン支局の応接室は、広いとはとてもいえず、椅子も四人分しかなかった。ディケンズ、アンデルセン、メープル、レーヴボルグ教授がすわると、マクミラン記者と私は立っていなくてはならなかった。使い走りの助手とやらは不在で、マクミラン記者がコーヒーを用意しようとするのを、私たちは謝絶した。せっかくの厚意だが、まずいとわかりきっているコーヒーを、こんなせまくるしい場所で飲む必要もない。

すぐに教授がディケンズに話しかける。

「月蝕島《ルナ・イクリプス・アイランド》に漂着した氷山と帆船の件、ご存じですな。オカルト好きのよた話と思われてもしかたないような話なのですが……」

ディケンズは、自分の意見を口にするのを避けて問い返した。

「ご自分ではまだ見ておられんのですか」

「ゴードン大佐が月蝕島《ルナ・イクリプス・アイランド》への上陸を禁止しているため、まったく調査も確認もできんのです」

「聞きましたよ。まったく、けしからんヒキガエル野郎ですな」

ディケンズが吐きすてる。ノルウェー人の教授は、「ヒキガエル《トウド》」という英単語がわからなかったようだが、すぐ苦笑してうなずいた。

「まったく、学者にとってはありがたくない人物です。その氷山に封じこめられているのはスペインの無敵艦隊《アルマダ》の一隻だという。これまた確認できなくて、もどかしいかぎりです。実物を見れば船名もわかるでしょうが……」

イギリスの歴史は、そう古いものではない。というと意外に思う人もいるだろうが、イングランド王国とスコットランド王国が正式に合併し、法的に統一されたイギリス連合王国となったのは、一七〇七年のことだ。この文章を書いているのが一九〇七年だから、ちょうど二百年前。アン女王の治世である。

したがって、一五八八年にスペイン海軍が攻撃しようとしたのは、あくまでもイングランドである。スコットランドは、スペインに何の怨《うら》みもない。

「ただ、それと同じくらい気になることが、別にありましてな」

「といいますと?」

「グリーンランドに住んでいたノルウェー人の集団が遺《のこ》した文献のことです」

ここでアンデルセンがはじめて声をあげた。

「グリーンランドはデンマークの領土だよ。ノルウェーの領土じゃない」

「たしかに現在はそうですが、昔、ノルウェー人が集団で住んでいたというのも、歴史的な事実でしてな」

ディケンズはかるく額をたたいた。

「ふむ、聞いたような気もしますが、正確にはおぼえとらん。それはいつごろの話ですかな、レーヴボルグ教授？」

アンデルセンを呼ぶときとは異なり、ディケンズは、ノルウェー人老学者の名前は正確に呼べるのだった。

「西暦《AD》九八四年から、十五世紀の半ばまで、約五百年というところです」

メープルが肩ごしに私を見やった。「知ってた？」という目つき。残念ながら私は首を横に振るしかなかった。

「はて、妙ですな。九八四年という年は正確にわかっておるのに、終わりのほうは十五世紀半ばというのでは、曖昧《あいまい》な話ではありませんか」

ディケンズが疑問を口にすると、レーヴボルグ教授は二度うなずいた。

「さすがにディケンズ先生ですな。さよう、居住が開始された年は正確にわかっております。ところが終焉の年は判明しておらんのです」

教授が身を乗り出すと、向かいあったアンデルセンとひざがぶつかった。ふたりとも北ヨーロッパ人らしく脚が長いのだ。

「グリーンランドに居住したノルウェー人の数は、最盛期で五千人にもなりました。一四一〇年までは、ノルウェー本国との間に船の往来があったのですが、それも長くとだえて、一七二一年にやたらと熱心な宣教師が上陸したときには、石づくりの廃屋が無人の荒野に何十戸か建ち並んでいるだけでした」

メープルが小さく身慄いした。姪の気持ちが私にはわかる。はるか北の涯《はて》、北極から吹きこむ寒風のただなかに、無人の家が建ち並んでいる光景は、死と滅亡そのままだっただろう。

「五千人の生活をささえていたのは、牧畜と狩猟でした。牛や羊の骨がずいぶん出土しております。ところが不思議なことに、魚の骨がほとんど出土しておらんのです。ご存じのように、ノルウェー人は海の民でして、国全体が漁業で食っているようなものですが、どうもグリーンランドに住んでいた人々は魚を食べなかったらしい。彼らの滅亡の原因をどう想像なさいますか、ディケンズ先生」

ディケンズは眉をしかめて考えこみ、一同の視線を受けてようやく口を開いた。

「それは常識的にいって、飢えと寒さで全滅したんでしょうな。本国との連絡が何十年もとだえて、救いを求めることもできず、逃げ出すこともできず……しかし、ノルウェー人が魚を食べないというのは解《げ》せませんな。グリーンランド周辺の海は魚の宝庫だったはずですが……」

レーヴボルグ教授はソファーにすわったまま窮屈そうに身体をよじらせ、上着の内ポケットから手帳をつまみ出した。

「これは廃墟から発見されたノルウェー人の手記の一部です。いや、残念ながら実物ではありません。ぼろぼろの羊皮紙《ようひし》に記された文章を、私が三年がかりで手帳に書き写したものです。じつのところ、判読できた部分は半分もありません」

レーヴボルグ教授は手帳を開き、指先でページをめくった。中世のノルウェー語で書かれた文章を英語に訳しながら読みあげるのだから、時間がかかるのはしかたがない。

「七月十日……船はすべて氷に封じこめられた。我々はもう海に出られない……永遠に……」

教授は手帳から視線をあげた。

「これはまあ比喩の類だろう、と、私は思っておったわけですよ、ディケンズ先生。いかにグリーンランドでも、一年のうち三カ月は夏なんです。夏の七月に海岸で船が氷に封じこめられるということは考えられません」

「年はいつですかな?」

「一と四……その後が読めないのですが、十五世紀ということはたしかです。著者はきちんと文章の書ける人で、聖職者か村長だったか……身分が高い人にはちがいないでしょう。そもそも紙がない時代に、羊皮紙は貴重なものだったわけですしな」

教授はふたたび手帳の文面を読みあげた。

「……何かがいる。何かが氷の中にいる。動いている。うごめいている。あれは悪魔だ。おお、神よ、もし……この後はまた読めません」

私の首筋から背中にかけて、悪寒が音もなく走りぬけた。メープルが小さく肩をすぼめ、ディケンズが腕を組んでうなり、アンデルセンが不安そうに左右を見まわし、マクミラン記者が低い音をたてて息を吸いこむ。

つづいて教授が読みあげた文章は、これまでのものより長かった。

「夜すごい悲鳴が聞こえた。人の声とは思えない。ひと晩じゅう私たちは眠れず、炉の前で恐怖と寒さに慄えていた……朝が来て、私は家の外に出てみた。巨大な獣の骨がいくつもころがっている。ホッキョクグマの骨だ……食べつくされたのだ、あの悪魔が、もうすぐ私たちも……」

教授が手帳のページを閉じると、しばらくは息苦しいほどの沈黙がつづいた。

「ホッキョクグマを餌にする生物……」

信じられない思いで、私はつぶやいた。ディケンズが質問する。

「そんなものが実在するのですか、教授？」

「手記を信じれば、そうなります」

「手記の筆者は真剣そのものだ。それは疑いない。だが、飢えと寒さに恐怖が加わって、錯乱していたということはないかな。たとえば……」

ディケンズは急に口を閉ざした。私は彼がいおうとしたことを、察知できたように思う。「飢えと寒さと恐怖」。それらをディケンズは、北極の暗黒の奥《おく》へと姿を消したフランクリン探険隊の上に、かさねあわせたにちがいなかった。そしてそれは、いま彼が熱中している

『凍《フローズン・ディープ》てついた深海』に描かれたものでもあった。

「ディ、ディケンズ君、何か変なことを考えてるんじゃないだろうねえ」

アンデルセンの声がうわずる。彼はディケンズに「ロンドンへ帰ろう」といってほしいのだ。その声が聞こえたのかどうか、ディケンズが大声をあげた。

「よし、決めたぞ」

「何をですか、先生?」

問いかけながら、すでに私は内心でディケンズの返答の内容を予想していた。予想は的中した。

「吾輩は月　蝕　島《ルナ・イクリプス・アイランド》へいく。ついてきたい者は、ついてきなさい!」

第五章

大剣の港《ポート・グレイモア》に到着すること
海辺にて淑女問答のこと

これはディケンズという人の名誉のために、きちんと記しておかねばならないが、彼はけっして、夫人と顔を合わせたくないという理由だけで、月蝕島《ルナ・イクリプス・アイランド》へいくことを決意したわけではない。

弱者を踏みにじって平然としているゴードン大佐に対する義憤《ぎふん》。そのゴードン大佐が月蝕島への立ち入りを厳禁しているのはなぜか。巨大な氷山に封じこめられた帆船の正体は何か。そもそもそんな奇怪なものが、本当に存在しているのか。

多くの疑問と好奇心に駆られ、やむにやまれずの行動だったのだ。単に家に帰りたくないというだけだったら、南海岸の保養地にでも滞在すればよかったのだから。

私たちはレーヴボルグ教授の家へ移動し、いろいろ話を聞いた。それだけでなく、早めの昼食までごちそうになった。ノルウェー人らしく、素朴な魚料理だった。

「グリーンランドに居住していたノルウェーの人たちは、幸福に暮らしていたのでしょうか」

メープルの問いに、レーヴボルグ教授は、かるく首をかしげた。

「そうですな、五百年も住みつづけたのですから、いちおう平和ではあったでしょう。ただ、幸福といいきれるかどうか」

「といいますと?」

「まあ、幸福という言葉の意味にもよりますが、あまり自由ではなかったろうと思われます。遠い本国から孤立して、グリーンランドのような厳しい気候の土地で生きていくのは、ずいぶん苦労があっただろうし」

レーヴボルグ教授がくわしく教えてくれたことを、すべて記すと長くなりすぎる。かいつまんでいえば、グリーンランドに居住したノルウェー人たちは、力をあわせねば生きていけなかった。長く厳しい冬に耐えられるような家を建てるにしても、牛や羊を飼ってバターやチーズをつくるにしても、トナカイやアザラシを狩るにしても、個人の力ではできない。だから、よくいえば全員が団結し、力をあわせて働いただろう。悪くいえば個人の自由や希望など認められず、上の者の命令に、下の者は絶対服従であったろう。

「もしルール違反などして、村から追放されたりしたら、外は雪と氷の世界です。ひとりで生きていくことなどできず、たちまち凍死か餓死という結果になったでしょう。教会の力が強く、聖職者たちはヨーロッパからの輸入品で豊かに暮らしていたようですが、船の便がとだえてからは、そうもいかなかったでしょうしな」

さらにメープルが問いかける。

「それにしても、どうして魚を食べなかったんでしょう?」

教授の目が光ったように見えた。

「まさに、お嬢さん、それが謎なのです。馬の肉を食べることは、当時のキリスト教で禁じられていました。だから馬の骨が出土しない理由はわかるのですが、魚に関してはそんな禁忌《タブー》はないはずなのです。あのあたりの海域は、豊かな漁場でした。魚を食べていれば、すくなくとも餓死はせずにすんだはずです」

それまでだまっていたアンデルセンが、大きな声をあげた。

「ぼくは思うんだけどね、彼らは海に出るのがこわくて、それで漁ができず、魚が食べられなかったんじゃないかなあ」

「海に出るのがこわい？　ノルウェー人がですか？」

「ノルウェー人全部じゃなくて、グリーンランドに住んでいた人たちにかぎってのことだよ。ほら、ホッキョクグマを食べる怪物の話があっただろう？　そんな怪物が海岸をうろついていてごらんよ。海に出られるわけないじゃないか」

これはかなり説得力のある意見のように思われた。ディケンズとレーヴボルグ教授は無言でうなずいただけだったが、メープルと私が口をそろえて賞賛したので、アンデルセンは満足そうだった。ただ、彼の意見が正しいとしても、どんな形の怪物かは、さっぱりわからない。

ディケンズが口を開いた。

「マンモスみたいなやつだろうか」

この当時、マンモス象の存在はもう知られていた。すこし後、一八七二年には、象牙《ぞうげ》細工の材料としてロシアから千本以上もマンモスの牙が輸入されたほどである。

レーヴボルグ教授がメープルに教えた。

「北極圏の先住民たちは、マンモスのことをキリヴパックと呼んでいたらしい」

「あら、マンモスよりすてき」

「そう思うかね。いや、私もお嬢さんと同意見だがね」

レーヴボルグ教授も上機嫌だった。メープルは知的好奇心が強く、質問が的確なので、たいていの文化人や知識人から興味深い話を聞き出すことができた。

私とマクミラン記者は、スコットランド東北鉄道案内書をひろげ、あわただしく旅行の計画を立てた。

「インヴァネスまでは鉄道がありますから、列車でいきましょう。何もなければ、四、五時間で着きます。そこから先は馬車になりますね」

「列車は一日二本しかない。午後二時半発の列車に乗れますか」

「まだ正午をすぎたばかりだ。すぐ荷物をまとめれば充分にあいますよ」

では今夜はインヴァネス泊だ、と決まったところで、ディケンズがいった。

「ところで、ゴードンのやつは、ここではホテルにでも泊まっておるのかな」

「ゴードン大佐はアバディーンの市内に豪邸がありますから、そこに泊まると思いますよ」

マクミラン記者が答えると、ディケンズは身を乗り出した。

「そこがやつの本宅かね？」

「いえ、本宅は西海岸にあります。ミンチ海峡に面して、『大剣の港《ポート・グレイモア》』という港町のはずれです」

ゴードン大佐はその他にも、エジンバラ、グラスゴー、ロンドン、南海岸にも邸宅を持っているそうだ。海外では、パリやアントワープにもあるという。

「ただ広大な領地を持っているだけではなくて、炭鉱にも鉄道にも毛織物工場にも投資してますからね」

「ふん、けっこうなことだ」

「ゴードン大佐に借金している貴族や有力者もたくさんいますよ。彼らはゴードン大佐に頭があがらず、いいように利用されています」

外国人にはよく誤解されることだが、イギリスにおける社会階級は、貧富の差とまったくおなじではない。資本家や実業家は、どれほど巨万の富を持っていても、中流階級と呼ばれる。格式ばかり高くて金銭にこまっている上流階級もいる。彼らはその格式を利用して、借金したり、富豪と縁組《えんぐみ》したりするのだ。とくに十九世紀後半になると、アメリカの成金《なりきん》と縁組する例が増えた。

「これはゴードン大佐本人ではなくて、彼の父親の代ですが、時の国王ジョージ四世陛下にまで金銭《かね》を貸していたくらいですからね」

「へえ、ほんとに借金だらけの王さまだったのね、ジョージ四世って」

メープルがそういうのも、無理はない。ジョージ四世という人は、あまり評判がよくない王さまだった。王太子時代、放蕩《ほうとう》のかぎりをつくし、借金の山をかかえてしまった。しかたなくヨーロッパ各地で持参金つきの花嫁を探しまわり、相手の財産に目がくらんで、一番きらいなタイプの女性と結婚してしまったのだ。

一八二一年のある日、侍従がうやうやしく王さまに告げた。

「国王陛下、おめでとうございます」

「どうした、何ぞ吉《よ》い報《しら》せでもあったのか」

「さようで、陛下の最大の敵が消えました」

「おお、すると女房が死んだのか⁉」

「いえ、セントヘレナ島に流されていたナポレオンが死にましたので……」

「何じゃ、ヌカヨロコビさせおって」

……という話が残っているくらい、イギリス中を騒動に巻きこんだのである……。国王ジョージ四世は王妃キャロラインと仲が悪く、離婚のために裁判をおこして、イギリス中を騒動に巻きこんだのである……。

さて、あとは出発するだけ、というはずだったが、私が駅で六人分の切符を手配し、銀行で小切手の一枚を現金化して一時半ごろもどってみると、居間にレーヴボルグ教授の姿が見えない。残りの四人が困惑の表情である。

「おや、教授はどうなさったんです？」

「じつは階段から落ちたんですよ。どうも足首の骨を折ってしまったらしい。いま二階で医師の診断を受けていいます」

「そいつはまた……」

「まあ運がよかった」

マクミラン記者はそういい、私の表情を見て、あわてたように言葉をついだ。

「いや、急角度の階段で、ひとつまちがえば足ではなく頸《くび》の骨を折っていたところですからね。さいわい生命に別状はないということなので、運がよかった、といったのです」

マクミラン記者のいいたいことはわかったが、当のレーヴボルグ教授にとっては、とても幸運とは思えないだろう。

医者が姿をあらわした。治療が終わったのだという。私たちは二階にあがって、失意のノルウェー人学者を見舞った。

レーヴボルグ教授のうなり声は、英語とノルウェー語が入りまじっていて、半分以上は聞きとれなかった。ベッドのかたわらには三十歳ぐらいのメガネをかけた女性がいて、この人が教授の娘だった。教授は旅行用の大きなトランクを持ち出そうとして、マクミラン記者の手を借りていたのだが、急にバランスをくずし、トランクをかかえたまま階段を転落したという。

「せっかく月蝕島《ルナ・イクリプス・アイランド》にいく機会を得ながら、このざまだ。エルゲン・レーヴボルグ一代の不覚！　死んだほうがあきらめがつくというものだ！」

老学者の目には無念の涙がたまっていて、まことに気の毒ではあったが、全治一カ月の負傷《けが》者を同行させるわけにはいかなかった。列車の出発時刻がせまっている。

教授の手帳をマクミラン記者があずかり、かならず精確《せいかく》な報告を持って帰る、と約束して、私たちはノルウェーの老学者と別れた。

六人めの切符をキャンセルするのにすこし手間どったが、何とか列車に乗りこんで、五人になった一行はインヴァネスへと向かった。

Ⅱ

列車の長旅で乗客をなぐさめるものは、窓外の風景と会話である。マクミラン記者がロンドンのことを聞きたがるので、メープルがさまざまな話をした。

一八五七年に大英図書館ができた、という話も出たが、これこそイギリス最初の図書館で、しかも唯一の図書館だった。イギリス国内のあちこちに公共の図書館ができはじめたのは一八八〇年代にはいってからだ。

じつは「図書館をつくろう」という法律案は、一八五〇年ごろすでに議会に提出されていた。それがなかなか実現しなかったのは、図書館をつくるのに反対する政治家たちがいたからである。

反対派の大物が、シブソープという下院議員だった。私の文章をこれまで読んでくださった方、おぼえておいでだろうか？　ヴィクトリア女王の夫君《ふくん》アルバート殿下に政府が年金をあたえるとき、失礼な意見をいって反対した人々がいたが、そのひとりがシブソープである。彼は議場で目をむき、両手を振りかざして、図書館設立法案に反対した。

「図書館など必要ない！　図書館を建てるなんて、このわしが許さん！」

「なぜあなたはそれほど図書館に反対するのですか、シブソープ議員？」

「なぜだと？　わしは本を読むのがきらいなんだ！」

　このことを新聞で読んだメープルが、あまりのことに腹を立てて、国会議事堂の前を通りかかったとき、拳を振りあげて叫んだものだ。

「地獄に堕ちろ《ゴー・ツー・ヘル》、シブソープ！」

　通りあわせたご婦人がショックのあまり倒れそうになったので、あわてて私は姪の手を引き、人々の非難の視線を背に感じながら逃げ出したのだった。

　まあシブソープ議員は、ある意味では公平な男であった。彼はアルバート殿下の年金や図書館設立に反対しただけではない。鉄道建設に反対し、万国博覧会の開催に反対し、労働者に選挙権をあたえるのに反対し、外国との貿易に反対し、外国人がイギリスにやってくるのにも反対した。要するに保守反動の権化《ごんげ》で、すこしでも世の中を変えることには何でもかんでも反対だったのだが、ここまで極端だとかえって妙な人気が出て、長いこと議員として活動をつづけた。

　マクミラン記者が笑いながらいう。

「シブソープ議員はスコットランドでも有名ですよ。でも、図書館なんてものができたら、貸本屋のビジネスにさしさわりがあるのでは？」

「役割分担すればいいのよ。とにかく読書人口を増やすのが先ですもの」

「なるほど、お嬢さんの意見が正しいかもしれませんね」

それから政治や歴史の話も出て、インドの大叛乱、さらにアヘン戦争にも話題がおよんだ。アヘン戦争についての私の考えは、グラッドストーン議員とまったく同じである。というと何だかえらそうだが、一八四〇年二月、グラッドストーンは議場でつぎのようにアヘン戦争の主戦派を弾劾《だんがい》したのだ。

「この戦争ほど、不正義のためにひきおこされた戦争は他にない。また、これほどイギリスの恥となるようなひどい戦争を、私はかつて見たことも聞いたこともない」

イギリスは中国に麻薬を密輸し、その犯罪行為が取りしまられると、中国に戦争をしかけたのだった！　麻薬商人ウィリアム・ジャーディンが外務大臣パーマストンをけしかけた結果である。かくしてイギリス国旗は麻薬商人の手で東洋の空にひるがえった。何ともはや、お恥ずかしいかぎりである。

偉大《いだい》なるグラッドストーンは、一八九八年に死去した。心から私は願う。グラッドストーンの死が、イギリス議会政治の死につながるということがないように、と。シブソープのような議員も、ひとりなら政界の道化《クラウン》ですむが、過半数にでもなったらイギリスは滅亡だ……。

やがてフォレスという駅名を見たとき、メープルが本の虫ぶりを発揮した。

「マクベスが三人の魔女に逢ったのは、この近くの荒野ですよね」

他の四人は「へえ」と声をそろえて感心する。これは聡明な美少女と四人の魔道士という光景になるのだろうか。

つぎに着いた駅は、Ｎａｉｒｎと書いて「ネアン」と読む。ここでインヴァネス&ネアン鉄道に乗りかえた。いよいよ「北方高原《ハイランド》」にはいったのだ。標準英語だけでなく、古代ゲール語がいまでも生きている世界だ。小さな列車に個室《コンパートメント》などはなく、屋根のない三等車の座席で揺られていると、駅から乗りこんできた客たちの会話が、しだいに聞きとりにくくなる。

線路にはいりこんだ羊をはねたとかで、一時停車したものの、午後七時にはインヴァネスに到着した。駅前で芸人がバグパイプを吹き鳴らし、すぐ近くの北海から飛んできたカモメが、ネス川にかかる橋の上下で踊っている。

駅の窓口でロンドンのミューザー社長あてに電報を打ち、簡単に事情を報告した。ホテルを確保し、翌日の馬車を手配するうち夜になる。

翌日、つまり七月二日。

予約していた四輪馬車《フォーウィラー》をやとって西北へ向かう。ここから先は鉄道も有線電信もない土地だ。

馬車は最初、ネス川にそって上流へ進み、ネス湖にぶつかるとしばらく南岸の道を走った。

さて、一九〇七年現在では、タブロイド紙などでネス湖には恐竜まがいの怪生物がいる、という話がささやかれているようだ。一八五七年には、そのような話は聞かなかった。私の知るかぎり、騒がれるようになったのは一八八〇年ごろからで、それまでは、どんな地域にでもある聖者伝説が語られているにすぎなかった。六世紀の半ばに、聖コランバがネス川で怪物の姿を見つけた、というやつである。湖ではなく、川でだ。

山間《やまあい》の湖というものは、天候ひとつで大きく印象が変わる。とくにネス湖はそうで、七月の太陽の下では青々と水をたたえた細長い湖というだけだが、いったん雲が出て暗くなると、不気味に静まりかえって、怪物でも幽霊でも出てきそうな感じになる。

インヴァネスの街を出たのが午前七時。途中、小さな宿屋兼酒場《イン》で昼食をとって、目的地に着いたのが午後五時だ。北国の長い夏の一日を、私たち五人は馬車に揺られつづけた。文字どおり荒野の旅だ。さほど高くはないがけわしい山々も、広々とした野も、緑におおわれているが樹木ではなく、灌木《ヒース》と苔《こけ》なので、荒涼たる印象がひときわ強い。おなじイギリス国内とは思えないほどだ。メイドのマーサがこの光景を見たら、

「やっぱり地の涯《はて》じゃございませんか」

というにちがいない。

それでも荒野を横断しきって西海岸に近づくと、町らしいものが見えてきた。これが「大剣の港《ポート・グレイモア》」だった。十三世紀の終わりごろ、スコットランド建国の英雄ロバート・ブルース王が敵に追われ、小舟に乗って逃れるとき、愛用の大剣《グレイモア》を岸辺の土に突き刺したのが地名の由来だという。こういっては何だが、りっぱなのは名前だけで、さびれた感じの小さな港だ。

イギリス人である私の目から見ても、スコットランド西北方の海岸と島々は、神秘と幻想に彩《いろど》られている。常識や科学に反した何ごとが生じても不思議ではない、という気がするのだ。

つい最近も、奇怪な事件がおきた。おぼえている方も多いと思うが、私がこの文章を記している七年前のことだ。

一九〇〇年十二月、ヘブリジーズ諸島よりさらに西の小さな島、アイリーン・モア島で、三人の灯台守が忽然《こつぜん》と姿を消した。灯台に灯がともらず、異変が察知されたのは十二月二十六日。その後、荒天つづきで船が出せず、調査隊が島に上陸できたのは十二月十五日。灯台の内部は居住区もきちんとかたづいていたが、灯台守の業務日誌は十五日で終わっていた。なくなっていたのは二着の作業用防水服だけ。冬の高波にさらわれたのだろうか。だが十五日当日は晴れて海もおだやかだった。また、三人が同時に行動しないのは、灯台守の鉄則だった。いったい彼らの身に何がおこったのか、現在もわからないままだ……。

Ⅲ

港を見おろす丘《おか》の上に、巨大な屋敷が黒々とわだかまっている。城館と呼んだほうがよさそうだ。空が暗く、地上でも海上でも灰色の濃霧が渦巻き流れて、何だかこの世ならぬ暗鬱《あんうつ》な雰囲気であった。見えかくれする城館をメープルが指さして尋ねる。

「もしかして、あれがゴードン大佐の本邸？」

「ええ、もともとはスコットランドの旧王家の離宮だったという話もありますがね。このあたりは、どんな小さな城にも、もっともらしい伝説があります」

「いまゴードンめはあの家におるのかな」

「さあ、どうでしょう。いそがしい身ですからね」

ディケンズの声に皮肉っぽく応えて、マクミラン記者は上着の襟を立てた。漁師か農民の妻であろうか、三人づれの貧しげな女性たちが、よそ者の集団に不審げな視線を向ける。通りすぎた後、わざわざ振り返って、何やらささやきあっている。

「排他的な土地ですからね。気にしないでください」

彼女たちと反対方向に、海岸ぞいの道を歩きながら、マクミラン記者は海の方角を指さした。

「この沖に月《ルナ・》蝕《イクリプス・》島《アイランド》があります」

「何にも見えないじゃないか」

と、アンデルセンが文句をいうと、マクミラン記者は苦笑した。

「雲がたれこめていますからね。半マイルか、そのていどの距離で、晴れていれば目の前に島影が見えますよ」

「どのくらいかかるかね？」

とは、ディケンズの問いだ。

「船でいくとすれば、風や潮流の具合にもよりますが、三十分もかかりませんよ。ただ、堂堂と船を出すと、ゴードンの一党に見つかってしまいます。遠まわりしたほうがいいでしょうね」

「例の氷山と帆船だが、晴れてもこちらの岸からは見えんのじゃないかな」

「ええ、ディケンズ先生、島の西北岸だそうですから、ちょうど反対側になります」

「北極からまっすぐ流されれば、そうなるな」

しきりにうなずくディケンズの横から、メープルが問いかける。

「島の人々はどうやって生活しているの？　漁業ですか？」

「もともとは漁業もですが、漁船が古くなっても買いかえることができない貧しい人たちですからね。海草を採《と》るのが重要な産業で……」

「海草？」

私はおどろいた。東洋の人々には海草を食べる風習があるというが、スコットランド西北部の住人たちもそうなのだろうか。

「食べるのではありません。ガラスの原料として工場に売るのです」

「何？　海草がガラスの原料になるのかね。そいつは知らなかった」

ディケンズが目をみはる。

「海草のすべてがどうかは知りませんが、このあたりで採れる海草は、ガラスやタイル、それに石鹼《せっけん》などの材料になります。炉で海草を燃やして灰にし、その灰に薬品を加えてつくるんですよ」

「ほほう」

「以前は、海草を採るだけで、百人の島民が何とか生活できたのですがね」

「いまはちがうのか。海草を採りつくしたのかね」

「いいえ」

「……まさか、またゴードン大佐めが何か？」

　マクミラン記者がうなずく。

「ええ、ゴードン大佐が、島民が海草を採るのを禁止したんです」

　メープルが、あきれたような声をあげた。

「だって、海草は地上じゃなくて海中に生えてるんでしょ？　海の中にまで地主の支配権がおよぶんですか」

「ゴードン大佐や彼の土地管理人《ファクター》は、そう考えてるんです。法律ではそこまで規定されていませんが、どうせこのあたりの法律家はみんなゴードン大佐にさからえません」

　ディケンズは怒りのあまりステッキで激しく石畳を突いた。

「悪辣《あくらつ》な主人には悪辣な部下がいるものだ。その土地管理人の名前は何というんだね？」

「ひとりではないんですよ。何しろ百万エーカーですしね。それにゴードン大佐は、ひとりの部下に権限を集中させるのを好みませんから」

ディケンズのうなり声を聞きながら、私は現実的な問題を口にした。

「ところで、ミスター・マクミラン、この町に宿はありますか。朝食つき民宿《B&B》でもいいんですが」

きちんとしたホテルなど、このような土地では望むべくもないが、ベッドと清潔なシーツぐらいは何とか確保したい。

「小さな宿屋兼酒場《イン》くらいあると思いますよ」

「ゲール語しか通じないんじゃこまるんです。英語が通じる宿でないと」

「それじゃ、まずさがしてみましょう」

ディケンズとアンデルセンの世話をメープルにゆだね、私とマクミラン記者は小さな町の通りを歩いて宿をさがした。旅をしているから当然だが、毎日、宿さがしばかりしているような気がする。

月蝕島《ルナ・イクリプス・アイランド》に上陸することはできても、無事にもどって来ることができるかどうか。つまりそれは、私が文学者の地獄に堕ちて、永劫の炎に焼かれる、ということだ。そう想像すると、私は気が滅入ってきた。

私が賢明な人間であれば、ディケンズとアンデルセンを説得して、月蝕島への上陸を断念させるべきだった。だが私はそうしなかった。あのふたりを断念させるなんて不可能なことである。何日かのつきあいで、たっぷり思い知らされたことだった。

看板をたよりに、三軒ばかり宿屋兼酒屋《イン》をまわった。主人との交渉は私が英語でおこない、要所でマクミラン記者がゲール語を使った。三軒めの「赤鴉亭《レッド・レイブン》」で二部屋が確保できた。マクミラン記者は、「私はロビーのソファーを借りますよ」という。宿の主人はやたらと表情の動く男で、しきりに私たちの顔をうかがうようすが気になったが、まさか盗賊の一味でもないだろう。

もとの場所にもどり、ディケンズら三人をともなって宿にはいった。

「ニーダム君、とりあえず二泊分の料金を支払っておいてくれ。荷物もあずかってもらわなきゃならんしな」

ディケンズの指示で、私は宿の主人と交渉し、二部屋とロビーのソファー代、それに食事代をあわせて一ポンド五シリングを支払った。メープルと私の部屋に荷物を置くと、私は、ずっと考えていたことを姪に告げた。

「メープル、君まで月蝕島《ルナ・イクリプス・アイランド》へいくことはない。危険すぎる。この宿で荷物の番をして、私たちが帰るのを待っておいで」

「いやです」

「メープル!」

「ごめんなさい、おじさま、でも、ここだって安全とはかぎらないわ。ゴードン大佐の領地なんでしょ? ディケンズ先生みたいな有名人だったらともかく、わたしみたいな小娘に遠慮するはずないもの。わたしがひとりでここにいて、人質にでもされたらどうするの?」

メープルの言葉で、私は気がついた。たしかに、ディケンズがいっしょのほうが安全度は高くなるだろう。ゴードン大佐はディケンズに対して無礼な態度をとったが、危害を加えるのは、さすがに躊躇《ちゅうちょ》するにちがいない。ゴードン大佐の権勢はたしかに王侯なみだが、あくまでもスコットランド西北部の地域的なものだ。ディケンズはちがう。女王陛下から貧しい労働者まで、ディケンズの名前を知っている。ロンドン警視庁《スコットランド・ヤード》の幹部や国会議員とも知りあいなのだ。ゴードン大佐がディケンズに危害を加え、そのことがロンドンに知られたら、イギリス中が大騒ぎになるだろう。

さらにアンデルセンがいる。ゴードン大佐が童話なんぞ読むはずはないし、イギリス国内でアンデルセンの名はディケンズほどには知られていない。だが、国際的な知名度では、アンデルセンはディケンズに劣《おと》らない。デンマーク王室から年金を賜《たまわ》っている文化人であり、さらにつけ加えるなら、わがイギリスとデンマークとは、王室どうし関係が深いのだ。ゴードン大佐がディケンズやアンデルセンに危害を加えれば、国際問題になる。ゴードン大佐がそのことに気づかないほど愚《おろ》かなら、気づかせてやればいい。万が一のことがあれば、私は文学者の地獄に堕とされて永劫の炎に焼かれてしまうが、そのときはゴードン大佐を道づれにしてやろう。

紙に記すと長くなるが、実際には三秒ほどで私は計算を立て終えた。姪に向かって、えらそうにうなずいてみせる。

「わかった、メープル。いっしょにおいで」

「いいの、おじさま⁉」

「でも、危険なまねはしないこと。いいね？」

「はい、わかりました」

ここまで来て「危険なまねはしない」もないものだが、そのとき私にはそれ以上の知恵が出なかった。だいたいロンドンにいたときにディケンズがゴードン大佐と「対決」することがわかっていれば、メープルを同行させはしなかったのだが、いまさらいってももう遅い。

宿を出ると、潮や魚の匂いが冷たく流れる港の近くを歩きながら、マクミラン記者が説明する。

「このあたりには古い氏族《クラン》の有力者が多いんですよ。ゴードン家は別格として、あちらの島にはマクロード家、こちらはマクドナルド家。マクニール家にマクリーン家にマクドネル家、マクアスキル家……」

「マクだらけだね」

「そうですよ、アンデルセン先生」

「で、マクミラン家はどのあたり？」

「残念ですが、このあたりにはないんですよ」

姓《せい》の最初に「マク」とつくのはケルト系の家で、ゴードンというのはノルマン系の姓だという。

「あれ、船が出るよ。漁船じゃないな」

アンデルセンが太くて長い指を前方に向ける。たしかに白く塗った小さな船が、老朽化《ろうきゅう》したわびしげな桟橋《さんばし》を離れるところで、形ばかりの屋根の下に七、八人の人影が見える。その中のひとり、頭にスカーフをかぶった老婦人の姿に、どうやら見おぼえがあった。

Ⅳ

ディケンズが意外そうにつぶやいた。

「何だ、カラブー内親王殿下ではないか」

それはたしかに、カラブー内親王ことメアリー・ベイカーだった。私たちには気づかないようすで、船の進行方向を見すえているのだが、その横顔がいかにも寂しげだった。

メープルも私と同じ印象を持ったらしい。

「ミス・ベイカーには家族も家もないのよね」

「そうだね。だけど、これからどこへいくんだろう」

メアリー・ベイカーの乗った船は、海峡を灰色に閉ざす濃霧《ガス》のただ中へはいっていくように見えたのだが。

右から左へ、つまり北から南へ、強い風が吹きわたった。帽子をおさえる私たちの眼前で、みるみる濃霧が流れていく。上空は薄暗《うすぐら》いままだが、地上や海上では視界が開けて、黒々と冷たい水をたたえた海峡の向こうに島影が見えた。なるほど、目の前だ。そそり立つ断崖に、くだける波もはっきり見える。

　たちまちアンデルセンは元気づいた。

「何だ、あんがい近いじゃないか。泳いで渡れそうだね」

「アンデルセン先生、泳げるんですか」

「泳げないけどさ、泳いで渡れそうに見える、といってるんだよ。こんなところに長くいるのはいやだし、さっさと島に渡ってしまったほうが賢明だと思うけどなあ」

　賢明かどうかはあやしいものだが、たしかに、こんな場所に長居する必要もない。

「そうですね、暗くなると海を渡るのも危険になりますし、なるべく早く渡ってしまいましょう」

　メープルが声をあげた。

「月蝕島《ルナ・イクリプス・アイランド》って、けっこう大きな島なんですね」

「そこそこ大きいですよ。面積が五千エーカーぐらい、周囲が十五マイルぐらいはあるはずです。人口も百人ぐらいは……もっとも、何年も前から、ゴードン大佐は、全住民を追い出そうとしていましたがね」

　五千エーカーといっても、ゴードン大佐の領地全体からいえば、二百分の一にすぎないわけだ。面積はともかく、とても豊かな土地には見えない。私と同じことを考えたのか、ディケンズが尋ねた。

「ゴードン大佐は、月蝕島を何に使うつもりなのかな」

「囚人の流刑地にするつもりなんです」

「流刑地？」

「ええ、一万人の犯罪者や浮浪者や娼婦を島に放りこもうというんですよ。生きるなり死ぬなり、かってにしろというわけです」

「ばかな。あの島の人口は、いまだって百人ぐらいしかいないんだろう。一万人もの人間が、あの島で生きていけるわけがない」

「だからですよ」

マクミラン記者の声には、思わず彼の顔を見なおしたくなるようなひびきがあった。

「あの島に送りこまれた一万人は、飢餓と寒気で、ばたばた死んでいくでしょう。ひと冬すぎれば、生きている者は誰もいない。そうしたら、また一万人ばかり送りこむ」

「………」

「それを十回もくりかえせば、イギリス全土から犯罪者や浮浪者や娼婦がいなくなる。社会は浄化され、イギリス人はさらに優秀な民族になる、というわけです」

「正気とは、とても思えんな」

ディケンズは帽子をとって、ステッキを持ったまま左脇にはさみ、右手で髪をかきまわした。私も同感だった。ゴードン大佐は正気をうしなっているにちがいない。

そのとき、ふと思いついたことがある。

「ミスター・マクミラン、ゴードン大佐はそういった囚人たちの中に、自分にとってつごうの悪い人物をひそかにまぎれこませ、まとめて始末しようとしている、という可能性はありませんか?」

「ゴードン大佐が、ですか?」

マクミラン記者は考えるようすだったが、長い時間ではなかった。

「お言葉ですが、まあそういうことはないでしょうね。すでにご存じのことですが、ゴードン大佐は、他人を合法的に破滅させることができる人間なんです。ロンドンではいざ知らず、この土地ではね。秘密にする必要なんてないんですよ」

「ああ、いやだいやだ、おぞましい話だねえ」

アンデルセンが身慄いして胃のあたりをさすった。私はイギリス人としてまことに恥ずかしく、偉大なデンマークの童話作家に何もいえなかった。

「でも、ゴードン大佐の思いどおりにならなかったこともあるでしょう? たとえば大佐の長男のこと。メイドと恋愛して、大佐が激怒したというけど、それはどのていど知られたことなのかしら」

メープルの言葉に、マクミラン記者は無言で首をかしげた。

「おや、メープルは、身分ちがいの恋には興味がなかったんじゃないのかい」

私がからかうと、姪はまじめくさった表情で応じた。

「ええ、わたし個人はね。でも、おじさま、女性読者にとって永遠のテーマではあるのよ。文学的に昇華されたら、『嵐が丘』や『ジェーン・エア』になるわ」

「うーん、ブロンテ姉妹か」

たしかに『嵐が丘』も『ジェーン・エア』も、身分ちがいの恋の話である。ただ、『ジェーン・エア』は刊行されたときから評判のいい作品だったが、『嵐が丘』のほうはそうではなかった。陰惨だとか未熟だとか感情的すぎて下品だとかいわれ、傑作と認められるようになったのは十九世紀も終わりに近づいてからである。この作品を店に置くよう、メープルはずいぶん根気よくミューザー社長を説得したものだ……。

「あれ、ケンカかな」

アンデルセンが足をとめた。

前方は石畳の道がひろがって、海峡に面した広場のようになっていた。そこに人だかりがしている。三、四十人というところだが、この小さな町では大群衆といえるかもしれない。棍棒を持った男が六人、いずれも身なりはよくないが、ひとりの若者をかこんで何かどなっている。

その若者を見て、私はおどろいた。ゴードン大佐の次男ではないか。

「ミスター・マクミラン、あれはクリストル・ゴードンだと思いますが、どうでしょう?」

「そうですね」

と、マクミラン記者の返答は短い。

「私は月蝕島《ルナ・イクリプス・アイランド》へいってくれる船をさがしてきます。すこし待っていてください」

マクミラン記者は足早に立ち去ったようだが、私たちは前方の光景に気をとられていた。

クリストル・ゴードンは帽子や上着を従者らしい男にあずけ、上半身は絹のシャツにチョッキというよそおいだった。手には剣がある。細身のまっすぐな刃といい、四本の鉄棒を曲線状にした鍔《つば》といい、フランス軍の胸甲騎兵《きょうこうきへい》が使う剣のようだった。

男たちはしきりに彼を非難しているらしいが、どうやらゲール語らしいので、私たちには事情がさっぱりわからない。メープルがささやいた。

「おじさま、六対一よ」

「そうらしいね」

「放っておいていいの？」

私の返事が気にいらなかったら、自分が棒でもつかんで飛び出しそうな勢いだ。苦笑して、私は勇敢すぎる姪を制した。

「いよいよ危なくなったら出ていくが、その必要はないと思うよ。ゴードン家の若さまは剣をお持ちだし、従者はどうやら銃を持っているようだ」

「あら……」

「それに、あの余裕たっぷりの態度を見てごらん。恐怖も不安も、かけらほどもありやしない。ま、ようすを見てみよう」

クリストルは金髪を微風《そよかぜ》にそよがせながら、敵対する男たちを見わたした。端整な口もとには、あからさまな嘲笑がきざみこまれている。その姿をかこみながら、六人の男たちのほうが圧倒されているように見えた。

いきなり動きが生じた。クリストルは軽快な足どりで石畳の上を前進した。正面にいる男が、反射的に棒をかまえなおす。いや、かまえなおす、まさに寸前、クリストルの剣が銀色の蛇と化して宙を走った。

「わッ」と悲鳴があがる。

男の右の肘から血がほとばしった。風景全体が蒼《あお》みをおびた灰色に沈みこむ中で、宙に散った血の色が毒々しく赤い。

男が棒を放り出し、血の噴き出る右肘を左手でおさえる。そのときすでにクリストルは身をひるがえしていた。背後から棒を振りかざして突進した赤毛の男は、クリストルの突き出した剣の尖端に、自分から身体をぶつける形になった。剣の尖端が男の右胸に二インチほどもくいこんだ。

第二の悲鳴があがる。

すばやく引きぬかれた剣は、細い血の尾を宙に曳《ひ》きながら、持ち主とともに反転した。三人めの左耳が半分、無残にも斬り落とされる。

その後は、いちいち書いていられない。三分ほどの間、私たちは、クリストル・ゴードンの華麗なる剣の舞いを、たっぷり見せつけられた。見物料をとられなかったのを、幸いと思うべきかもしれない。クリストルが剣の達人であることは疑いようがなかった。

クリストルをおそった男たちは、たちまち全員が傷ついたが、それでも剣の舞いは終わらなかった。クリストルは美しい顔に笑みを浮かべたまま、彼らの腕を斬り、脚を刺し、肩を突き、石畳にしたたる血をブーツで踏みつけながら、楽しそうに舞いをつづけたのだ。

クリストルとは別の足音が石畳をひびかせて、人影が飛び出した。とめる間もない。ディケンズではなかった。両手をひろげて叫んだのはメープルだった。

「もうやめなさいよ！　勝負はとっくについてるじゃないの」

クリストルはメープルを見つめた。傷つき血を流してうめく男たちに目もくれないまま、かろやかな笑い声をたてる。

「よかろう、君がそういうなら、こいつらを解放してあげるよ」

なれなれしいほど親しげな口調だった。この時代、いや、いまでもそうだが、上流社会の男女どうしには、ばかばかしいほど鄭重《ていちょう》な言葉づかいが必要になる。だが、メープルに対してその必要は感じなかったようだ。

それから人々が動き出した。クリストル・ゴードンは従者らしい男を呼んで剣を渡し、服装をととのえる。六人の男は血にまみれた弱々しい姿で、群衆の中へとまぎれこんでいく。この小さな港町には警官などいないのだろう、ついに姿を見せなかった。

「さて、と。あわれな愚か者どもはいなくなったが……」

クリストルはブーツの底を石畳にこすりつけた。血をふきとるつもりだろう。

「まだ見物人がいるようだ。どうやらアバディーンの街で、ぼくの父と友好的な会話をかわしたお歴々《れきれき》らしい」

メープルと、彼女の左右に立つディケンズ、アンデルセン、それに私をながめまわす。

「こんな辺境の地までご足労いただいたのは、ぼくの父にご用がおありと見える」

ディケンズはうなり声をあげた。どう返事していいかわからなかったらしい。クリストルは愉快《ゆかい》そうに言葉をついだ。

「もしそうなら、父にとりなしてやってもいいよ。そうしたら、手間がはぶけるだろう」

「それはありがたいわ」

「ただし条件がある」

これは予想の範囲内だ。ただ、その内容は予想していなかった。クリストル・ゴードンの右手があがって、メープルを指さした。

「この子と話をさせてくれ」

V

メープルが承知したので、ディケンズ、アンデルセン、私の三人はその場を離れた。といっても、五十歩ほど離れただけだが、メープルとクリストル・ゴードンの姿は見えても声は聞こえない。したがって、これから記すふたりの会話は、メープルの証言にもとづいて再構成したものである。

「君の名前は？　お嬢さん」

「メープル・コンウェイよ。念のため確認するけど、あなたはクリストル・ゴードンね」

「さよう。君といっしょの髭面はディケンズ？」

「ええ、あの方がディケンズ先生」

「あとのふたりは？」

「若いほうが私の叔父で、三人めはアンデルセン先生」

「聞いたような気のする名だな」

それ以上は、クリストルは関心がなさそうだった。

「しかし、何だね、ディケンズってやつは評判どおりだな」

それはディケンズの才能や業績についてのことではなかった。

「ディケンズは、しょせん貧困家庭の出身で、言動が下品だし、服装の趣味も悪い。そう聞いていたけど、そのとおりだった。刺繍《ししゆう》つきのシャツにサテンのチョッキとはね。まるで曲《サー》馬団《カス》の団長みたい……」

「ディケンズ先生の悪口はいわないで。ペン一本で何百万人もの読者に喜びをあたえている偉大な人よ」

ぴしゃりと、メープルは、ゴードン家の若殿《ヤングマスター》さまの舌を封じた。

「一対六で勇敢に闘ったのはえらいけど、あれだけ技倆《うでまえ》に差があるのを見せびらかすことないわ。あなたがあの人たちを治療させてあげたら、もっとえらいと思うけど、いかが」

クリストルは優雅な笑みを口もとにたたえた。

「おもしろいことをいうね、気に入った」

クリストルがさりげなく手を伸ばしてメープルの髪に触れようとしたので、彼女もさりげなく半歩しりぞいて非礼な手をかわした。

「あんなやつら、借金が返せなくて父を逆恨《さかうら》みしているだけで、治療なんか受けさせてやる必要はないんだ。そんなことより、どうだい、ミス・コンウェイ、ぼくの愛人《ミストレス》にならないか」

「冗談はやめてよ」

「冗談なんかではないさ。ぼくは気に入ったんだ。残念だけど、正妻にはしてあげられない。ぼくにいわせると、身分ちがいの恋は、まあ笑い話や想い出ですむが、身分ちがいの結婚は、社会秩序に対する挑戦だからね」

青玉《サファイア》色の瞳がメープルを見つめた。

「だから愛人にしかしてあげられないのさ。だけどお手当は充分に渡してあげるよ。いや、かなりの贅沢をさせてあげるとも。君はもう働く必要なんかないんだよ」

「おあいにくさま、わたしは働きたいの」

「だめだよ、メープル。君は手を汚して働くべきじゃない。すてきなドレスを着て舞踏会に出るべきだ。うら若い淑女として、紳士たちの賞賛をあびるべきだよ」

このいい気な若殿《ヤングマスター》さまのご機嫌をとって味方につけたほうがいい。そうメープルは頭で考えてはいた。だが、一秒ごとにその気が失せていく。クリストルをすこしでも喜ばせるようなことは、したくなかった。

「だから、わたしは淑女なんかじゃないの」

「自暴自棄になっちゃいけないよ、メープル・コンウェイ。まだまにあう。働いたりするのをすぐにやめて、淑女としての人生を歩みはじめたまえ」

　この時点で、メープルの忍耐は限界に達しつつあった。平手打ちをくわせてやろうか、それとも蹴とばしてやろうか。そう考えながら、ふと思いついたことがあって質問してみた。

「あなた、そんなに働く女がきらいなの？」

「その表現は不正確だね。働く女なんて、ぼくにとっては女じゃないからね」

　メープルはかろうじて自分をおさえながら、だいじな情報を得ようとした。

「聞くところによると、あなたのお兄さんは、あなたとずいぶんちがうみたいね」

「ぼくには兄はいない」

「いたんでしょ？」

　クリストルが長い睫毛《まつげ》を動かした。

「父の長男ならね。ぼくは、あんなやつ、兄と認めない」

「そう、それで、あなたのお父さまのご長男は、どんな女の人と恋愛したの？」

「メイドだよ」

「名前は？」

　メープルの質問に対して、クリストルは唇の片方だけを吊りあげてみせた。

「メイドはメイドだ。名前なんか要《い》らない。一号、二号、三号とでも呼んでればいいさ」

石畳が、どんと鳴った。メープルが思いきり足をあげて踏みつけたのだ。

「いますぐわたしの前から立ち去りなさい、クリストル・ゴードン。でないと、あなたの思いあがった根性を、生まれたときにまでさかのぼって、たたきなおしてあげるから！」

踵を返したのはメープルが先だった。

「ますます気に入ったよ、メープル・コンウェイ。ぼくは馬でも犬でも、気性の強いやつが大好きだ。飼い慣らす楽しみがあるからね」

男にそういわれるのを喜ぶ女性もいるのだろうが、メープルはそうではなかった。振り向きもせず、肩をいからせながら私たちのところへもどってきて、大きく息を吸って吐き出す。

「おじさま、思いっきり強いスコッチ・ウィスキーはないかしら」

「そんなものどうするんだい？」

「耳を消毒するの。十九世紀で最悪の言葉をさんざん聞かされたから。ああ、不愉快！」

「新機軸だと思うが、耳に悪いと思うよ」

話を聞けば、メープルの怒りは当然だったが、クリストル・ゴードンに月蝕島《ルナ・イクリプス・アイランド》へつれていってもらうという可能性もなくなった。ディケンズも思案に沈んだようすだ。

クリストル・ゴードンは従者をしたがえ、ちらりと私たちを見やると、踵を返して歩き去った。メープルがつぶやいた。

「あの人たち、クリストル・ゴードンにケガさせられて、この後どうするのかしら」

「集団で武器を持って、ひとりをおそったんだ。言い分はあるだろうが、クリストル・ゴードンが証言すれば、牢獄いきはまぬがれないね」

「ケガさせられたのは、あの人たちのほうなのに」

「それは結果だ。六人でひとりを傷つけようとした点では、弁解の余地がないよ」

そういって姪をたしなめはしたものの、私も本意ではなかった。クリストル・ゴードンは、あきらかにやりすぎだった。一匹の巨大なネコが、六匹のネズミをもてあそんだようなものだ。

メープルを怒らせたクリストル・ゴードンの女性観も、私は気にくわなかった。だが、この時代、上流階級の男たちの女性観は、クリストルとたいしてちがわなかったのだ。上流階級の男が身分ちがいの女性と情事におよぶのは苦笑ですまされるが、正式に結婚でも望もうものなら、嵐のような非難と中傷にさらされ、社交界から追放され、家族とは縁を切られることさえ覚悟しなくてはならなかった。

クリストルの兄ラルフ・ゴードンとは、どんな人物だったのだろう。そう思ったとき、メープルが声をあげた。

「マクミランさんだわ」

漁師らしい赤毛の中年男をつれて、マクミラン記者がもどってきたのだった。

「この男が月蝕島《ルナ・イクリプス・アイランド》へいってくれるそうです」

ディケンズがかるく首をかしげた。

「それはけっこうだが、いったいどうやって説得したのかね。その人はゴードンを恐れていないのか」

「一ギニー金貨の威力は絶大ですよ」

「うむ、ま、それで話がついたならいいが……」

ディケンズは指先で髭をつまんだ。

私は漁師を見た。おどろいたことに、顔を蒼白にして慄えている。おどおどして、なるべくマクミラン記者の顔を見ないようにしているのだった。

マクミラン記者は、漁師を手ひどく脅かしたのではないか。そう私は疑った。漁師に、傷つけられたようすは見えないが、なぜああも怯えているのだろう。

このとき私の心に何かが引っかかった。棘《とげ》というほど強いものでも鋭いものでもなかったが、酸《す》っぱいワインを飲まされたような、変な感触が残ったのだ。その正体を突きとめることができないうちに、

「さあ、いきましょう。ぐずぐずしているとゴードン大佐の手下たちに妨害されますよ」

マクミラン記者にいわれて、ディケンズとアンデルセンは歩き出していた。メープルが私の手を引いたので、私も歩き出す。

幅六フィートほど、長さ二十五フィートほど、潮と魚の匂いがしみついた漁船は船《シップ》というよりボートに近かったが、古ぼけた帆に風を受け、意外になめらかな動きで岸を離れた。舷側から手を伸ばして海面にふれてみた。おどろくほどの冷たさだ。海に落ちたら、溺死

する前に凍死してしまうだろう。空気も冷たい。七月だというのに、陽が翳《かげ》ると、吐く息が白いのだ。

漁船は左まわりに月蝕島をまわっている。島に砂浜らしいものは見あたらず、黒っぽい断崖がどこまでもつづいていた。断崖の高さは五十フィート近い。どこまでも不毛で不吉な雰囲気である。

「あら、あれは何？」

メープルが指さした。断崖の下、灰色の水面に大小無数の岩が顔を出し、波に洗われている。そこに黒い毛皮の動物がいた。人間の子どもほどの大きさで、百頭ぐらいはいるようだ。波音の合間に悲しげな音がひびくのは、彼らの鳴き声らしい。

「アザラシですよ」

マクミラン記者に教えられて、メープルが小さく歓声をあげた。

「アザラシ？　わたし、アザラシ見るのはじめて。おじさまは？」

「私もだよ」

夏とはいえ、空は暗く、水平線上には黒雲がわだかまり、冷たい北風が海岸を満たしている。悪魔が噛みくだいて吐き出したような奇怪な形の岩石。その間に白く波がくだけ、アザラシの群れが悲しげな声をあげてうごめいている。

これが月蝕島《ルナ・イクリプス・アイランド》だった。ここに住んでいる人々には申しわけないが、私はこの島が好きになれそうにもなかった。

そう感じてから一分もたたないうち、私は、好きだのきらいだのといっていられない状況に直面することになったのだ。

第六章

怪異の島に上陸すること
謎はまたも謎を呼ぶこと

I

時刻は午後七時をすぎていた。

晴れてさえいれば、太陽は西北の海上にあってなかなか沈まず、十時ごろまで薄明るい。灰色の霧が渦を巻いていたが、漁船が小さな岬《みさき》のひとつをまわりこんだとき、強い風が帆にぶつかって激しい音をたて、霧を吹き散らした。急に視界が開け、岬に抱かれるような小さな湾の全景が見えた。

「ああ、あれは……！」

それが誰の声だったか思い出せない。私自身の声だったかもしれない。あるいは全員が同時に声をあげたのだろうか。

霧の奥の弱々しい太陽が、それでも西北の方角から白っぽい光の箭《や》を海上へ放っていた。その光を受けて、断崖の下で、銀灰色にかがやく巨大な物体があった。

「氷山だ」

「帆船だよ」

ディケンズの大声と、アンデルセンのささやき。二大文豪は、どちらもまちがってはいなかった。ロンドンの名所「水晶宮《クリスタル・パレス》」がすこし小さくなって、海に浮いたかのようだ。帆船を封じこめた氷山。氷山に封じこめられた帆船。見たことも想像したこともない光景は、悪魔が巨大な灰色の画布に描き出したかと思われた。

私の耳にマクミラン記者の声が聞こえた。

「おどろいたな、本当にこんなものがあったとは」

その声があまりに意外そうだったので、私は思わず彼を見やって声をあげてしまった。

「何だ、君は氷山に封じこめられた帆船の記事を書きながら、その存在を信じてなかったのか」

「……ああ、いや」

マクミランはかるく口もとをゆがめたようだ。

「怪事件の大半は、目撃者の思いこみや記憶ちがいによるものだし、それを検証するのが新聞の役目だからね。ニーダム君だって、半信半疑だったんだろう？」

マクミランのいうとおりだった。というより、九割がた信じてはいなかったのだ。

疑問のひとつは解消された。氷山に封じこめられた帆船、あるいは、帆船を封じこめた氷山、呼びかたはどちらでもいいが、それはたしかに実在したのだ。虚報《きょほう》ではなかった。とすると、つぎは船の正体を知りたくなる。

「船を近づけろ」

ディケンズがどなると、マクミラン記者が漁師に何か叫んだ。ゲール語なので正確な意味はわからないが、ディケンズの言葉を通訳したのだろう。漁師の名はアンガスというそうだ。

灰色の波が漁船を揺動させ、飛沫《しぶき》が百万の真珠さながらに飛散する。見た目には美しいが、頭からあびると、たまったものではない。

「何でこんな目にあわなきゃならないのかなあ」

アンデルセンが歎くのも、もっともだった。

「どうやら十六、七世紀のスペイン船のようだ。となると、無敵艦隊《アルマダ》の軍艦であることは、たぶんまちがいないな」

ディケンズは大きく身を乗り出したが、氷山から冷気のかたまりが放出されたので、反射的にしりぞいて盛大なくしゃみをした。

「メープル、寒くないか」

「興奮して、暑いくらいよ」

私たちの会話を背に、ディケンズは船首の近くに強い視線を向けていた。

「ラ・ラタ・コルナダ号……」

船首近くに刻みこまれた大きな文字の列を読んで、ディケンズが歓声をあげた。

「たしかに無敵艦隊の一隻だ。一五八八年の八月から九月にかけて、スコットランドとアイルランドの間の北方海上で行方不明になった十七隻のうちの一隻だ！」

風に吹き飛ばされかけた帽子を手でおさえる。

「ここにあのノルウェー人がいたら、さぞ興奮しただろうて。まったく気の毒だったが、彼の分まで見ておいて報告してやらんとな」

骨折してアバディーンに残留を余儀なくされたレーヴボルグ教授のことだ。まったく気の毒としかいいようがない。

「マクミラン君、きみは絵が描けるんだろう。よくこれを見ておいて、きちんと絵にしてくれよ」

「あ、はい」

アンデルセンが口をはさんだ。

「でも、この船が氷山の中に閉じこめられているかぎり、完全な調査なんてできないよ。どうしたらいいんだろう」

「氷山を砕くためだけなら、軍艦を引っぱってきて砲撃を加えればいい。だが、それでは中の帆船もバラバラになってしまう」

「溶けるのを待つしかないねえ」

「七月に溶けんのだぞ、アンダーソン君。そもそも一五八八年からずっと凍ったままなんだ」

私の肩に、アンデルセンの大きな手が触れた。

「ねえ、いま何か動かなかったかい、ニーダム君」

「え、何かお手にさわりましたか」

あわてて私が船縁《ふなべり》のあたりを見ると、アンデルセンは首を横に振った。

「ちがうよ。氷山の中だ」

太くて長い指がラ・ラタ・コルナダ号をさす。

「何か影みたいなものが動いたんだ。君も見てごらん、マストの下のあたりだけどさ」

私は確認しようとしたが、波の上で漁船は揺動しているし、日光のあたる角度によって氷がきらめき、どうも見づらい。

「氷山の外でも何かが動いたみたい」

メープルがいい、振り向いた私と視線をあわせると、指をあげて示した。

灰色の海面が荒々しく波うつ。その飛沫の中に、船影らしきものが見えた。黒々とした姿が、しだいに大きくなる。

「向こうにもおるぞ」

ディケンズの声で、私は額に手をかざして反対方向を見やった。そちらからもたしかに船影が近づいてくる。マクミラン記者が教えた。

「ゴードン家の船です」

「漁船ではなさそうだな」

「密漁や密貿易を監視する船です。ここは逃げたほうがいいですね」

マクミラン記者がゲール語で指示する。

すでに漁師のアンガスは帆を操作しはじめていた。ゴードン家の船にかかわるのは、よほど恐ろしいことなのだろう。表情がひきつっている。

小さな落雷に似た音がひびきわたった。

「撃ってきたぞ！」

ディケンズがどなる。たしかに、それは銃声だった。反対方角からもたてつづけに銃声がおこって、冷気を引き裂く。距離があるし、撃つほうも撃たれるほうも、波にもまれている。容易に命中するはずはないが、これ以上、接近されるとまずい。乱射されれば、まぐれあたりということもある。

足もとを見ると、船底にオールが二本、投げ出されている。木材を荒削りしただけの代物だが、ないよりましだ。私は一本をマクミラン記者に差し出し、一本を自分でつかんだ。

「漕《こ》がないよりましだろ」

オールを波に突き刺す。マクミラン記者は口を開きかけたが、何もいわないまま閉ざして、私と反対の舷側からオールを海面に突っこんだ。

その間にも、二隻の船は接近し、左右から私たちを挟み撃ちにしようとする。

アンデルセンが、なさけない声をあげた。

「永遠に生きたいとは思わないよ。でも、こんなところでアザラシに食べられて死ぬのはいやだよ！」

「アザラシは人肉を食べませんよ、アンデルセン先生」

「ほんとかい、アザラシがそういったの？」

右前方で大きな波がくだけた。岩の周囲でアザラシの群れがうさんくさそうに私たちをながめている。どうやらアンデルセンの疑問に答える気はなさそうだった。

さすがにいらついて、私は大声をあげた。

「私は巨大ナマズに食べられそうになったことがあります。アザラシなんかで騒がないでください！」

こんな状況ではあったが、メープルがおどろきの視線を向けた。

「いつそんなことがあったの、おじさま？　わたし知らなかった」

「誰にもいったことがないからね」

「いつ、どこで⁉」

「クリミアからイギリスへ帰る途中、ダニューヴ河で……」

ディケンズが声を張りあげた。

「いまはそれどころじゃない！　吾輩も興味はあるが、あとまわしだ。口じゃなくてオールを動かしてくれ！」

ディケンズが全面的に正しい。マクミラン記者と私はオールを握る手に力をこめた。

だが、むなしい努力も、終わりに近づいていた。銃声がかさなりあったかと思うと、私たちの頭上で帆が裂けた。ちょうど縫い目のあたりに銃弾が命中したらしい。

漁師のアンガスは懸命に帆をあやつろうとした。その形相《ぎょうそう》はまさに必死のものだったが、裂けた帆は宙に舞いくるうばかりで、手のほどこしようがなかった。

氷山からの冷気か、北風か、巻きあげられた海水か、よくわからない。とにかく冷たく湿った気体と液体が私たちをつかんで振りまわし、顔も手も服もびしょぬれになった。

ひどい状況だったが、長くはつづかなかった。足もとに衝撃が来て、酷使された船体が悲鳴をあげる。

「船が泣き出したよ」

そういうアンデルセンの声も、泣き出しそうだった。船底が浅瀬の岩に引き裂かれ、海水を吹きあげたのだ。

「やむをえん、船を寄せろ、上陸だ」

髪や髭から海水の滴《しずく》を振りまきながら、ディケンズがどなった。

Ⅱ

海と断崖にはさまれたせまい浜に、私たちは上陸した。泳ぐ必要はなかったが、ブーツの半ばまで冷たい海水に浸り、石だらけの海岸にあがったときには、クリミア戦争の難民たちと、たいして変わらない姿だった。風と波が冷酷に人間たちを追いつめ、アザラシたちは私たちに縄張りを荒らされるとでも思ったのか、不機嫌そうに鳴き立てる。

それでもひと息ついて見わたすと、上陸した者は五人。ひとりたりないではないか。

「マクミラン記者がおらんぞ」

「どこにいったのかしら」

ディケンズとメープルの声を聞きながら、私は周囲を見わたした。たぶん血走った目をしていたことだろう。

「あれは……」

私は声をのみこんだ。断崖には無数の窪《くぼ》みが穿《うが》たれていて、かなり奥が深いものもありそうだったが、そのひとつに、まさに吸いこまれそうな人影があった。

「マクミラン、どこへいく！」

私が大声をあげると、他の四人が視線を集中させた。私は走り出そうとしたが、海水にぬれた石で足がすべる。

鋭く空気が鳴りひびいて、私の足の二フィートほど前方で小石がはねた。

「動くな！　つぎは胴体を撃ちぬくぞ！」

多少ゲール語らしい訛《なま》りがあったが、英語で伝えられて、私は観念した。立ちどまり、かるく両手をあげて振り向く。二隻の船からおりてきた人影は十を算《かぞ》えた。

「ほほう、これはこれは、社会派作家のディケンズ大先生ではないか」

嘲弄する声の主は、わざわざ顔を見るまでもなかった。月蝕島《ルナ・イクリプス・アイランド》の領主《レアド》がおんみずからお出ましというわけだ。

ゴードン大佐はいかにも高価そうな狩猟服をまとっていた。

「ディケンズと愉快な仲間たち、というわけだ。まったくお笑いだな。お前らのみじめな姿を見せてやりたいが、あいにくと鏡までは持ってきておらん」

毒々しく笑いながら、ディケンズに歩み寄る。ディケンズはひるまなかった。

「善良な市民を追いまわし、銃を突きつけて何のまねだ、ゴードン」

「お前らは私有地への不法侵入者だ。歴然たる犯罪者ではないか」

ディケンズの声をわざとらしく無視して、ゴードン大佐は私たち全員を見まわした。

「これだけか、ギャレット、不法侵入者は六人いたはずだろう」

「はあ、どうやら五人しかおらぬようですな」

ギャレットと呼ばれた男は、中年で顔も身体も骨ばっている。手には二連発の猟銃があった。

「見ればわかるわ、役たたずめ。土地管理人《ファクター》の給料をへらしてやろうか」

ゴードン大佐は、他人の誇《ほこ》りを傷つけることでしか、自分の存在を確認することができないようである。

「それにしても、女までおるとはな。この小娘は何者だ」

「ああ、その娘《こ》はぼくにまかせて、父上」

若々しく、どこか浮わついたような声がして、ひとりの男がメープルの前に進み出た。もちろんそれはクリストル・ゴードンだった。いつ見ても、「これから決闘に出かけます」と宣伝するような恰好をしている。左の腰には剣をぶらさげていた。鞘にはどうやら真珠がちりばめられているようだ。そして右の腰には拳銃。

にがにがしげに父親が制した。

「うかつに近づくな、クリストル、こやつら武器を持っとるかもしれんぞ」

「武器なんか誰も持ってないわよ」

メープルが胸を張ると、クリストルが唇の片端だけを吊りあげた。

「へえ、誰も持っていないのかい」

「そうよ」

「そりゃまた、間のぬけた話だ」

嘲弄するクリストルに見向きもせず、ディケンズが弾劾の声をあげた。

「お前は悪党だ、ゴードン」

「悪党はお前だ、ディケンズ、他人の土地に不法侵入したのだからな」

月蝕島《ルナ・イクリプス・アイランド》の領主《レアド》はせせら笑った。

「きさまはわしの神聖な所有地に、その汚い靴をのせる資格などないのだ。ここから海に追い落としてやろうか？　本土まで冷たい水の中を泳いで帰るか？」

ガラス玉のような眼球が動いた。アンデルセンに向けて。

「そのばかでかい靴をはいた、ばかでかい男は何者だ？」

アンデルセンが答えるより早く、ディケンズがいった。

「彼はアンダーソン君だ。英語もろくにしゃべれん外国人だ。関係ないから、帰してやってくれ」

もちろんディケンズはアンデルセンの身を守ろうとしたのだ。あっぱれな心意気だが、残念ながら通用しなかった。

クリストルがかるく叫んだ。

「アンデルセンだ、思い出したよ」

一歩すすみ出て、クリストルは、珍獣をながめる目つきをデンマーク人に向けた。

「たしかドイツかどこかの童話作家だったよねえ。子ども向けの話なんか書いて食える身分なんだから、うらやましい」

「童話だと？」

「アヒルと白鳥がケンカするとか、人魚が赤い靴をはいて踊るとか、そういうばかばかしい話ですよ、父上」

アンデルセンの大きな身体が揺れて、顔が赤く燃えあがった。

「いいかげんにしろ。アンデルセン先生は国際的な大作家だ。デンマークやスウェーデンの王室から年金や勲章を賜っておいでなんだ。うかつなことをしたら、国際問題になるぞ！」

私が叫ぶと、クリストルは鼻先で笑った。

「たしかに国際問題だね。外国人がイギリス人の土地に不法侵入するなんて」

「不法はお前たちのほうだ」

クリストルと私の争論をはばんだのは、ゴードン大佐の威圧的な声だった。

「そんなことより、糾明《きゆうめい》しておくことがあったな。おい、お前！」

大佐の太い指が突きつけられたのは、私たちを船に乗せてくれた漁師だった。

「お前はたしか、ええと……」

「アンガスです」

「わかっとる、ギャレット、よけいな口を出すな、誰が口をきいていいといった?」

暴君ぶりを発揮して土地管理人《ファクター》らしい男を黙らせると、ゴードン大佐はゆっくり右手を持ちあげた。太い黒革の乗馬鞭をつかんでいる。アンガスの顔に恐怖が色濃くせりあがった。

「ゴードン家の領地に、ゴードン家の敵をつれてきた。罪の重さはわかっとるだろうな、アンガス」

「……あ、あ」

「この恩知らずの貧乏人が!」

ゴードン大佐の太い手首がひるがえると、鞭が革の蛇と化してアンガスをおそった。左の首筋から胸にかけて、粗末な服地が音をたてて裂ける。苦痛のうめき声をあげて、アンガスは石だらけの海岸に両ひざをついた。

「やめろ、やめんか、この暴君めが!」

ディケンズはどなったが、暴君をたじろがせることはできなかった。

「やめろといえば、わしがやめると思っておるのか、三文作家《グラブ・ストリート》めが」

ゴードン大佐が嘲弄する。

「きさまがよけいなことをいわなければ、一発だけですんだものを、こいつはどうしても、もう一発くらわせてやらねば気がすまぬわ」

「ゴードン、きさまは二十五年前とすこしも変わっとらんな。いや、ますます性質《たち》が悪くなっとる。誓って、きさまの悪業を白日《はくじつ》のもとにさらし、正当な報いを受けさせてやるぞ」

「二十五年前だと？」

「そうだ。二十五年前、吾輩は『議会の実相《ミラー・オブ・パーラメント》』紙の駆け出し記者だった」

ゴードン大佐をにらみつけるディケンズの眼光は、すさまじいばかりだ。

「お前の買収した工場で、毎日のように労働者が死んでいる。しかも大半が十四歳以下の子どもだ。一日二食、たった半シリングで十五時間も働かせ、過労で倒れても医者にも診《み》せず、すぐに解雇だ。吾輩は工場に潜入して、十何人もの子どもが過労死したという事実をたしかめた」

ディケンズの指が大佐に突きつけられる。

「そしてお前が馬車に乗ろうとするところをつかまえてインタビューした。自分の罪と責任をどう思うのか、と。するときさまはせせら笑ってこう答えた。『過労死するようなやつは体力と根性がないのだ、雇い主のせいではない』となー！」

「……なるほど、思い出した。あのときの生意気な青二才の記者は、きさまだったのか」

ディケンズをにらみ返すゴードン大佐の目に兇悪な光が宿った。

「文豪だの大作家だのと成りあがったものだな。貧困家庭の出身のくせに名士面《づら》しおって、身のほど知らずめ。せめて書斎にこもって駄文でも書きちらしておれば勘弁してやったものを……」

「父上、ちょっとお待ちを」

声の主はクリストルだ。

漁師のアンガスが、倒れたまま口を動かしている。血のまじった泡とともに、ゲール語が洩《も》れ出しているようだった。メープルが胸をさすってやっているが、言葉がわからない。薄笑いを浮かべて耳を寄せたクリストルは、うなずいて立ちあがると、アンガスの言葉を父親の耳にささやいた。

「……といっていますよ、父上」

私は見た。ゴードン大佐の顔から一瞬で血の気が引き、身体がよろめくのを。

何がゴードン大佐をそれほど動揺させたのか。

ゲール語が理解できないのを、これほど残念に思ったことはない。ディケンズも、事態の急変にとまどいつつ大佐を見つめている。

Ⅲ

「ギャレット、こいつらをしばらく見張っておれ。わしは……わしは、すこし考えることがある……」

息まで苦しそうになった父親の姿を、クリストルは皮肉っぽく見やった。

「父上、何をそんなに怯えているんですか。おかしいですよ」

「だまれ！」

ゴードン大佐は怒号《どごう》したが、その声はひびわれて、威厳をうしなっていた。

「クリストル、お前とはきちんと話しあわねばならん。いっしょに来い」

ゴードン大佐は歩き出したが、息子がついてこないことに気づいて足をとめた。

「どうした、何をぐずぐずしておる？」

「父上」

「何だ」

「この娘《こ》をいっしょにつれていってもいいかなあ」

クリストルが指さす必要もなかった。この殺伐とした場所にいる若い女性といえば、メープルただひとりなのだ。

「また悪い病気が出おったな。こまったやつだ」

「いいでしょう、父上？」

「いいわけがないだろう！」

どなったのは、ゴードン大佐ではない。この私、エドモンド・ニーダムである。前へ飛び出そうとして、ゴードン大佐の手下たちに左右の腕をつかまれ、銃口を突きつけられた。

「メープルに手を出してみろ！　きさまを生かしちゃおかんぞ！」

「君は……ああ、メープルの叔父だったな、すっかり忘れていた。印象の薄い男だからね」

クリストルは天才だった。他人を侮辱《ぶじょく》し、傷つける天才だ。私の足の一撃がとどかない距離をとって、メープルと私をかわるがわる見やった。

「いつまで待たせる気だ、クリストル！」

「まあ、まあ、父上、すぐにすみますから」

父親をなだめるというより、すかしておいて、クリストルは私の姪に微笑みかけた。

「どうだい、メープル・コンウェイ、君がぼくと同行してくれるなら、君の叔父さんたちに危害は加えない」

「おい、クリストル、かってなことを……」

「いいでしょう、父上？」

メープルの発した声は静かだった。

「おじさまにも、ディケンズ先生にも、アンデルセン先生にも、危害を加えないと約束する？」

「ああ、約束するよ。いますぐ逃がしてあげるわけにはいかないけど、いずれ無事に帰してあげる」

「紳士として、名誉にかけて？」

「だめだ、メープル、こんなやつの話を聞くな！」

私はもがき、むなしく足で空気を蹴った。私を見るクリストルの、何と愉《たの》しそうなことか。

「君の叔父さんはぼくを信用してないようだけど、まあいいさ。ぼくは紳士として約束するよ。だいたい、ぼくは、君の同行者たちに何の興味もないからね」

　メープルは息を吸って吐き出した。

「だったらいいわ……承知する」

「メープル……」

「だいじょうぶよ、おじさま、心配しないで」

「心配することなんか何もないさ。だからこそ、君の叔父さんたちは武器も持たず、のこのこと、この島へやってきたんだろう？　ちがうのかい」

　クリストルの嘲弄に、私は返す言葉もなかった。ゴードン家の若殿《ヤングマスター》さまに指摘されるまでもない。他の者が白手《すで》でも、私だけは拳銃くらい持参すべきだったのだ。私はディケンズやアンデルセンだけでなく、自分の姪すら守れない、役立たずの愚か者だった。

　私たちはゴードン家の密漁監視船に乗せられ、断崖ぞいに月蝕島《ルナ・イクリプス・アイランド》の沿岸を進んだ。七、八分で船着き場に着くと、あらためてそこで上陸させられた。幅は広いが、急角度の石段を百段ほど上ると、断崖の上に出た。かなりの広さの平地に樹木はなく、灰色の城塞めいた石づくりの館が建っている。

　よほど頑丈に建てられたのだろう。古くて荒廃しきっているが、まだ崩壊には遠い。窓はいずれも小さいが、ふたつほど明るく灯がともっていた。必要に応じて、部分的に使用しているのだろう。月蝕島におけるゴードン家の拠点というわけだろうか。

　クリストルと並んで歩かされながら、臆《おく》することもなくメープルが問いかける。

「あなたのお父さまは、ここをよからぬ目的で使おうとしているみたいね」

「ほう、よく知ってるね。そうだよ、父はこの城館を監獄に転用するつもりなのさ。ぼくは別の、もっとおしゃれな使いかたをしてるけどね」

「クリストル！」

ゴードン大佐がうなり、クリストルは肩をすくめるとメープルに片目をつぶってみせた。

メープルはひややかに応じた。

「まるでアメリカ人みたいなことするのね」

「たまにはいいだろ」

完全武装の騎士が三騎並んで通れそうな玄関の大扉の前で、クリストルは立ちどまった。

「メープル姫はこちらへどうぞ。随従《おとも》の人たちはそちらへ。ギャレット、案内してさしあげろ」

メープルは一瞬、私を見つめ、無言でくるりと背を向けた。私は何年も前のことを思い出した。姫が寄宿学校に入学したときのことを。

「ほら、こっちだ、とっとと歩け」

メープルの姿が見えなくなったとたん、ゴードン大佐の手下どもは、粗暴さをむき出しにして、ディケンズ、アンデルセン、私の三人を引ったてた。私は荒々しく前方に突き飛ばされ、かろうじて転倒をまぬがれた。

このあつかいに文句をいう資格は、私にはなかった。自分の愚かさに対する罰だ。もっと痛い思いをしてもいいくらいだった。

ディケンズもアンデルセンも、それぞれに考えを抱いているのか、ずっと無言である。

それは石づくりの塔であった。日没寸前の空に黒々とそびえ立つ姿は、不吉を絵に描いたかのようだ。ほぼ円筒形で、五層ある。海に面しており、まともに風が吹きつけてくる。敵軍や海賊の襲来を見張り、商船や漁船のための灯台ともなり、沖をゆくクジラの出没を捕鯨船に知らせる役目もはたしたことだろう。

百五十もの階段を上って、私たち三人は最上層の一室に閉じこめられた。厚く重い扉が閉ざされ、ことさら大きな音をたてて錠がおろされる。

室内を見まわすと、石の床には敷物《しきもの》もなく、調度品といえば、スプリングの飛び出したソファーと小さな円卓、それに何年も使われていないような重たげな鋳鉄《ちゅうてつ》製のストーブぐらいだ。このあたりの島々には木も石炭もないから、泥炭を燃やすのだろう。

私は扉をたたいてみた。アンデルセンがとても悲しそうな声を投げかけてきた。

「こ、ここを出られるよね、ニーダム君？」

「もちろんです」

私はアンデルセンだけでなく、ディケンズと私自身にも決意をつたえた。ディケンズは飛び出したスプリングをよけてソファーにすわり、腕を組んだ。

「ディケンズ先生、ゴードン大佐に対面する以前の段階で、先生はおっしゃいました。『あいつはサイクスのような悪党だ』と。ずっとゴードン大佐のことをご存じだったんですね」

「そうなんだ」

ディケンズは重い息をついた。

「だからスコットランドまで出むく機会に、ゴードンめのことを調べたいと思ってはいた。月蝕島《ルナ・イクリプス・アイランド》への立ち入りを禁じておるのは、何かよからぬ魂胆《こんたん》があるにちがいない、と思ってな。まあ、ここまで深入りする気はなかったが……」

ディケンズは組んでいた腕をほどいた。

「マクミラン記者はどうしとるかな」

「ご心配ですか、彼のことが」

「そりゃもちろん……」

言葉をのみこんで、ディケンズは、私の表情をさぐった。

「どうしたんだ、ニーダム君、マクミラン記者について何かいいたいことでもあるのか」

「あります」

「ふむ……」

ディケンズは扉を見た。

「あの扉の厚さだ。よほど大声を出さんかぎり、外のやつらには聞こえんだろう。で、マクミラン記者について、君は吾輩たちに何をいいたいのだ？」

「あの男は、私たちの味方ではないと思います」

「ゴ、ゴードン大佐の手下だっていうのかい」

アンデルセンの声がわななく。

「まだわかりません。ですが、気になることがいくつかあります。彼は港でクリストル・ゴードンを見たとき、ことさらその場を離れました。レーヴボルグ教授が階段から落ちたときには、その場に彼だけがいました」

「マクミランがノルウェー人を突き落としたというのかね」

「証拠はありませんが、私はそう思います」

アンデルセンが首をかしげた。

「ニーダム君、最初からマクミラン記者を疑ってたの？」

「いえ、最初から疑っていたわけではありません。ですが、疑うべきでした。考えてみてください。もしアバディーンでマクミランが私たちをレーヴボルグ教授に引きあわせなかったとしたら、ディケンズ先生は月蝕島《ルナ・イクリプス・アイランド》までいらっしゃらなかったのではありませんか？」

ディケンズが、クモの巣だらけの天井をあおいだ。

「マクミラン記者の弁明を聞きたいところだな。証拠はないが、たしかに妙なことはいくつもある。しかしだぞ、ニーダム君、マクミランが吾輩たちをこの島へ誘いこんだとして、何のためにそんな細工をするのだ？」

「具体的なことはわかりませんが、先生がたを何らかの形で利用する気だったのだと思います」

「ゴードン大佐の長男は、父親によって殺されたのではないでしょうか」

「というと?」

「いずれ、つきとめます。じつは私が抱いている疑惑は、もうひとつあります」

「何らかの形で、か」

Ⅳ

私が口を閉ざすと、沈黙が重いヴェールを三人の頭上に投げかけた。その重さに、まず耐えかねたのはアンデルセンだ。

「だ、だけどさ、ゴードン大佐の長男って人は、恋人といっしょにグラスゴーにいったはずじゃないのかい」

「そういったのは誰です?」

「え……?」

アンデルセンが声をのみこむと、ディケンズがひざをたたいた。

「そうだ、そうだった。自分の兄の姿をグラスゴーで見かけた、というのは、クリストル・ゴードンが語ったことだ。やつが嘘をついていたとすればどうなる? やつ以外に、誰も、長男の姿を見た者はおらんのだからな」

「そうです。しかも私たちはそのことを、クリストル・ゴードン自身の口から聞いたわけですらありません」

「吾輩たちが聞いたのは、マクミラン記者の口からだ」

ディケンズが指摘すると、アンデルセンは小さな目を丸くした。ディケンズと並んでソファーに腰をおろそうとしたが、スプリングが飛び出しているのを見て断念する。

「それだけじゃありませんよ。アバディーンに到着して以来、ゴードン大佐一家に関する情報は、すべてマクミランから聞かされたんです」

「とすると何もかも信用できなくなるねえ」

アンデルセンはソファーの肘かけにあぶなっかしく尻をのせた。

さらに私には心に引っかかっていたことがあった。その正体が、ようやくつかめたところだった。「大剣の港《ポート・グレイモア》」で、つぎのような問答がかわされたのではなかったか。

「どのくらいかかるかね」

というディケンズの問いに対して、マクミランはこう答えたのだ。

「船でいくとすれば……」

あのときは聞き逃した。だが、考えてみれば妙ではないか。ディケンズが島に渡る時間だけを尋ねて、島に渡る方法について言及しなかったのは、あたりまえだ。本土と島との間に橋はかかっていないのだから、船を使うしかない。夏でも冷たいあの海を、泳いで渡れるはずもないのだから。それなのにマクミランはわざわざ「船でいくとすれば」といった。なぜだ？　答えは明白だった。船を使う以外に、島に渡る方法があるからだ。そしてそのことを、マクミランは私たちに知られたくなかったはずだ。知られたくなかったのに、つい口をすべらせたのだ！　一八五七年当時、この世に飛行機というものは存在しなかった。気球は存在したが、実用的とはとてもいえない。マクミランは海岸で忽然と姿を消した。あれは断崖の下の洞穴《どうけつ》にはいっていったのだろうか。だとすれば……。

「結論として、マクミラン記者は、ゴードン大佐のまわし者だったということになるのかな、ニーダム君」

「そこまでは断言できませんが、そもそもマクミランという名前だって、本名とはかぎりませんよ」

アンデルセンがかるく両手を打ちあわせた。

「ああ、あれはそういうことだったのかな」

「何だね、アンダーソン君？」

「いや、ほら、港でさ、このあたりはマクとつく姓の家ばっかりだって、そんな話をしただろ？」

「マクミラン家だけがない、と」

「だからじゃないかな。このあたりに縁者のない姓を選んで偽名に使った、ということじゃないか」

アンデルセンの推理には説得力があった。だがそろそろ八時をすぎ、行動にうつるべき頃《ころ》合《あい》だ。

「とにかく脱出路を見つけるとしよう」

「窓の外を見てみます」

窓はガラスが割れたままで、それを開けるのは、ひと苦労だった。窓枠は腐朽《ふきゅう》し、きしむばかりでしばらくはまったく動かなかった。

それでもようやく顔を出せるようになったが、見ると地上まで五十フィートはある。しかも地面はとがった石だらけのようだ。窓は東側にあるようで、塔の影が大きくひろがっている。うかつに飛びおりれば、生命《いのち》が助かっても足を骨折して動けなくなるのは明白だった。

扉のほうはどうか。重いオークの扉は厚さ二インチもあって、斧でも使わないかぎり破ることはできない。たとえ扉を破っても、外には棍棒と拳銃で武装した監視人がふたりもいる。

「窓から出るしかありません」

「ふむ、出ることはできるだろう。だが、どうやって地上までおりる？　どうも、つかまるところもなさそうだぞ」

このときアンデルセンが声をあげた。

「ロープがあれば、おりられるよ」

「ええ、あればね。でもないものは……」

私は口を閉ざした。アンデルセンが床にすわりこみ、長い脚を無器用に折りまげたからだ。ブーツに手をかけてぬごうとするが、予想どおりうまくいかない。てつだって何とかぬがせると、アンデルセンは、脚にぐるぐる巻きつけていたものをほどき出した。作業をすませると、得意そうに私に差し出した。

「ほら、ロープだよ。使ってくれ」

「……アンデルセン先生、いつもロープなんか持ち歩いてらっしゃるんですか」

「もちろんだよ」

偉大な童話作家は胸をそらした。

「だって、旅行中はホテルに泊まるだろ」

「ええ、普通はそうですね」

「高い階《フロア》の部屋に泊まって、夜中に火事でもおきたらどうするんだい⁉ ロープをつたって、下へおりるしかないじゃないか。旅行者には用心がたいせつだよ、そう思うだろ、君も」

「は、はい、そう思います」

「ほら、ぼくはいつもこんなものを用意してるんだよ」

一枚の紙片を服の内ポケットから取り出して、アンデルセンは私たちに差し出した。子どもみたいな文字が書かれている。

「ぼくは生きています。埋めないで」

沈黙しているディケンズと私に、アンデルセンが説明する。

「ほら、昔からいくつもあるだろ。ただ意識がないだけで、生きているのに、死んだと思われて埋葬された人の話がさ。生きたまま埋められるんだよ！　こんな恐ろしい話があるかい⁉」

「はあ、恐ろしいですね」

「だろ、だろ⁉　だから、ぼくはそんな目にあわないよう用心してるのさ」

するとディケンズがつぶやいた。

「エドガー・アラン・ポオも、そんなことをいっておったな。生き埋めにされる夢を見て、夜中に何度も目をさます、と」

「ポオとお逢いになったことがあるんですか、ディケンズ先生？」

「ああ、アメリカにいったときにな。もう十五年も前の話だ。痩せて、熱っぽい目をして、昼間から酒の匂いをさせていた。だが、酒の匂いといっしょに出てくる言葉は、まさに宝石だったたな」

ディケンズは強く首を横に振った。

「惜しい男を亡くしたものだ。だが、そんな話は後にしよう。ぐずぐずしておると、吾輩たちも皆そろって、惜しまれることになりかねんぞ」

ディケンズやアンデルセンならともかく、私などを惜しんでくれる者はいないだろう。だが、私は助からなくてはならなかった。この牢獄を脱出し、何としてもメープルを救い出す。姪の身に万が一のことがあったら、私は文学者の地獄より先に、ニーダム一族の小さな地獄で炎に焼かれることになるだろう。

何よりもメープルは、たよりない叔父を信頼してくれたのだ。最後に私を見た姪の視線に、私は生命《いのち》がけで応えなくてはならなかった。

「私が最初に降ります。地上の安全を確認してから合図しますから、おふたりは順番に降りていらしてください」

扉の外からゴードン大佐の手下どもが乱入する恐れがある。まず三人がかりでソファーを動かし、扉をふさいだ。多少は時間かせぎになるだろう。

ロープの一端を、鋳鉄製のストーブに巻きつけると、私は塔の外壁にロープを垂らし、窓の外へ身体を押し出した。

「気をつけろよ、ニーダム君」

「ご心配なく」

実際、それほど恐怖や不安は感じなかった。塔の高さとロープの長さとはだいたい同じだし、ロープの強度にしても、アンデルセンは自分の体重をささえられるものを用意していたはずだ。

三十秒ほどかかったが、足の先で地面をまさぐり、何ごともなく着地する。上方へ声をかけようとして、私は、薄闇の中で人影が浮かぶのを見た。こちらへ近づいてくる。力強く、荒々しい足音は男のもので、まったく用心していないようだった。

私は塔の蔭に身をひそめた。垂れたロープをそのままにしておいたのは、一計《いっけい》を案じたからだ。

何度も記したように、私にはゲール語がわからない。だが、塔に近づいた男が、「何だ、これは」といったのは自明《じめい》だった。左手でロープをつかんで塔を見あげ、無防備の背中を私にさらす。

無言のまま、私は男に躍りかかった。背後から前へ、左腕を伸ばして咽喉《のど》をしめあげ、右手で男の棍棒を持つ右手をつかんだ。不意を打たれた男は苦悶《くもん》のうめきを洩らしながら、私を振りほどこうともがく。

男はかなり大柄で、力も強かった。油断も容赦も、してはならない。私は必死に男の咽喉をしめあげながら、右の足をあげて男の太腿《ふともも》やひざの側面を蹴りつけた。男は苦しまぎれに身体を回転させ、左手で空《くう》をかきまわした。何度も振りほどかれそうになりながら、私は声をたてず、ひたすら男から離れなかった。

男の右手から棍棒が落ちて地面にころがった。その瞬間、私は男の望みをかなえてやった。彼の咽喉から腕をはずし、飛び離れたのだ。

男はよろめき、暴風のような呼吸音をたてながら、敵に対して振り向こうとする。

そのときすでに私は棍棒をすくいあげていた。

V

「おふたりとも、降りてきてください。いそいで！」

塔の上では、私が格闘する姿をおぼろげに見て、不安に駆られていたらしい。アンデルセン、ディケンズの順に何とか地上へ降りてくると、倒れた男の姿を確認して歓声をあげた。

「おお、よくやったな、ニーダム君！」

「正面から堂々と、でないのが残念ですがね」

気絶した男は、棍棒だけでなく、猟刀《ハンティング・ナイフ》まで持っていた。刃渡り一フィート半ほどもあるごついやつだ。人間の咽喉《のど》をかき切るぐらい簡単だろう。

私はディケンズに棍棒を渡し、自分は猟刀を手にした。まず実行したのは、塔から地面へ垂らされたロープを、できるだけ高い位置で切断することだった。ゴードン大佐の手下たちがロープをつたって追ってくるとしても、暗い石だらけの地面に八フィート近く飛びおりなくてはならない。足首でも捻挫《ねんざ》してくれれば、もうけものだ。

「切ったロープはどうするの、ニーダム君？」

「こうします」

私は気絶した男の両手を後ろにまわして縛りあげた。ディケンズが喜んだ。

「いい手ぎわだ。貸本屋の社員なんぞさせとくのは惜しいな」

「おそれいります」

男の身体を塔の蔭に隠すと、私たちはいそいでその場を離れた。地理にはまったく無知だが、灯火《あかり》や人声をめあてに行動するしかない。

ディケンズが先頭に立ち、つぎにアンデルセン、最後尾を私が守る形で、城館の壁にそってほんの一分も歩かないうち、左前方で人影が動いた。朽《く》ちかけた木戸が、きしみつつ開いたのだ。

その人物は口に人差し指をあててみせてから、低いがはっきりした声を出した。

「こっちへおいで、こっちへ！」

メアリー・ベイカーだった。

なぜか私たちは彼女をまったく疑う気にならず、誘われるままに木戸をくぐった。ディケンズが、それでもいちおう問いかけた。

「なぜお前さんがこんなところにいるのかね、ええと、ミス・ベイカー？」

「理由を尋《き》きたいのは、あたしのほうだよ。ほら、こっちだ。足もとに気をおつけ」

そこは建物にかこまれた中庭らしかった。石畳を敷いてはあるが、あちらこちらが陥没し、苔やら雑草の間に石がころがっている。

「ここには誰も来ないからね」

壁ぎわに置かれた石のベンチに、ひとまず私たちは腰をおろした。

休んでいる暇などないはずだが、こうも意外な出会いがあった以上、すこしは事情を話しあう必要がある。というより、むしろ、腹の探りあいというほうが正確だろう。

「まったく、おどろいたよ」

と、メアリー・ベイカーのほうから話をはじめた。

「ゴードン大佐と息子が、きれいなお嬢ちゃんをつれてきたと思ったら、アバディーンであんたたちといっしょだった娘《こ》じゃないか」

「メープルを見たのか⁉」

「ああ、あんたの姪御さんだったっけね。何だかゴードン大佐の息子にちやほやされてたようだけど……こりゃ何かあると思って、ちょっとようすを見に来たら、あんたたちが見えたのさ」

メアリー・ベイカーはアバディーンでゴードン家の厨房下働き《スカラリー・メイド》に雇われ、つい先ほど、この島につれてこられたのだという。汚れた食器を洗ったり、生ゴミを処理したり、キッチンを掃除したりする役目だ。

「働かないと食べていけないからね。何年か前にも、ゴードン家で働いていたことがあるから、家政婦長《ハウスキーパー》も知ってるし……それよりあんたたちこそ、ゴードン家の長男と知りあいとは思わなかったね」

「いや、逢ったことはない」

「何いってるんだい」

メアリー・ベイカーはあきれたようだ。

「あんたたちは、ゴードン家の長男にはもう逢ってるじゃないか」

「うん、逢った、クリストル・ゴードンにはな。だか、彼は次男だ。吾輩たちがいっておるのは、ラルフ・ゴードンのことだ。長男のほうだ」

「だから、あたしがいってるのも、その人のことだよ。アバディーンで、あんたたちは彼といっしょに行動してたじゃないか。だから、ここへ乗りこんできたのもいっしょだろ」

ディケンズが舌打ちした。

「どうも話が通じとらんようだな。長男と次男をとりちがえとるんじゃないか」

「ばかなこと、おいいでないよ」

メアリー・ベイカーが反撃する。

「彼は最初からあんたたちといっしょにいたじゃないか」

このあたりで、ようやく私の頭の中でも血が巡りはじめた。

「もしかして……マクミランのことか?」

「マクミラン?」

「我々といっしょにいた男だよ。メガネをかけていたろう?」

「ああ、そうとも、その男だよ」

あっさりとメアリー・ベイカーが肯定した。

「あの男がラルフ・ゴードンだ。以前はメガネなんてかけちゃいなかったし、口髭もはやしてなかった。鼻の形もあんなじゃなかったね……でも、たしかにラルフ・ゴードンにまちがいないよ」

音もなく世界がくだけた。マクミラン記者と名乗っていた男の正体が、ゴードン大佐の長男だって⁉

「すると、ゴードン家の長男は殺されたのではなかったのか？」

「そう思ってたのかい」

「うむ、いや、その、ひとつの可能性としてだな」

ディケンズが口をにごしたのは、私に恥をかかせないようにという気づかいだろう。何しろ私は、ゴードン大佐が長男を殺した、などとえらそうに推理してみせたのだから。

「そりゃ無理もないね。じつは、あたしもそう信じてたのさ。生きているラルフ・ゴードンの姿を、自分の目で見るまではね」

私が必死に頭を整理しているので、ディケンズがさらに質問役をつとめた。

「お前さんが、そう信じたのは、何か理由があってのことだろう？　聞かせてくれんかね」

「理由っていってもね、父子《おやこ》が激しく争って、そのうち口論から格闘にまでなる。それが何度かくりかえされて、急に息子が姿を消す。こりゃ殺されたな、と、誰だって思うさ」

「噂はあったんだな」

「ああ、ゴードン大佐は噂をたたきつぶそうと必死だったけど、むだなことさ。どんな権力よりも、噂のほうが強いからね」

「……そうか！」

私が声をあげたのは、漁師アンガスの態度に思いあたったからだった。アンガスがおどおどしていたのは、死んだと思いこんでいたラルフ・ゴードンから、船を出すよう命じられたからだ。そして、彼は月蝕島《ルナ・イクリプス・アイランド》の海岸でゴードン大佐に鞭でなぐられたとき、ラルフが生きていることを告げたにちがいない。ゲール語でしゃべったから、私たちにはわからなかったのだ。

あわただしく、私は自分の推理をディケンズたちに語った。

「あのときゴードン大佐が激しく動揺したのは、大佐自身、長男は死んだものとこれまで信じていたからですよ」

「なるほどな、ゴードンめは思いあたる節《ふし》があったというわけだ。ふむ、こうなるとマクミラン記者ことラルフ・ゴードンの真意はいったいどこにあるのかな……」

ディケンズとともに私も考えこんでしまったが、ここでアンデルセンが別の質問をメアリー・ベイカーに投げつけた。

「そのゴードン家の長男だけどね、メイドと恋愛してたんだろ？　もしかして、どういう女《ひと》か知ってるんじゃない？」

メアリー・ベイカーは何秒かの間、沈黙していた。手を額にあてたが、その手がわずかに慄《こ》えていたように思えた。

「いい娘だったよ。美人かどうかってことになると、まあ不美人じゃなかった。お若いの、あんたの姫御さんに似て明るい娘《こ》だったよ。あんたの姫御さんのほうが、もっと美人だけどね」

　私はふたたび動揺した。

「そうだ、ラルフ・ゴードンなんてどうでもいい、メープルを助けなきゃ」

「クリストル・ゴードンにつれていかれたんだね？」

「そ、そうなんだ」

「あまり心配ないと思うよ」

「どうしてそういえる⁉」

「おちつきなって。あんたたちもたぶんわかったろうけど、あのクリストル・ゴードンは、とんでもないうぬぼれ屋なのさ」

「それはわかるが……」

「自分は美男子で、身分も富もある。ついでに不良っぽくて、ちょっと悪の匂いもする。だからどんな女でも自分に恋して、女のほうが身を投げ出してくる。そういう女をじらすのが、あの若殿《ヤングマスター》さまの愉しみなのさ。いきなり手荒なことはしない。余裕たっぷりに、紳士らしくふるまってみせるだろう。あんたの賢い姫御さんなら、そこにつけこんで身を守ることができるはずだよ」

　メアリー・ベイカーの観察と分析に、私は舌を巻いた。すこし気分がおちついた、と思ったら、いきなり「わっ」と悲鳴があがった。アンデルセンがメアリー・ベイカーを押しのけたのだ。悲鳴をあげたのはアンデルセンのほうだった。

ディケンズがたしなめた。

「アンダーソン君、ご婦人に乱暴しちゃいかんじゃないか」

「だって、このお婆さん、ぼくの耳に息を吹きかけるんだよ！　気色が悪いじゃないか。誰か場所を替わってよ」

「愛情表現なのに、つれないね」

「そんなのいらない。迷惑だってば！」

「失礼な男だねえ。でも、そうやって、むきになるところが可愛いよ。耳たぶを噛んであげようか」

「わっ、わっ、やめて、やめて」

アンデルセンは狼狽し、ベンチから文字どおり飛びあがった。石畳を踏もうとして、陥没した箇処《かしょ》に足を踏みこむ。よろめき、両腕を振りまわしたが、何の役にも立たない。

あわてて私も立ちあがり、手を伸ばした。アンデルセンはその手をつかもうとしたが、二、三インチの差でとどかない。大きくのけぞってひっくりかえる。

私は手を伸ばしたまま、その場に立ちつくした。アンデルセンには申しわけないが、彼の姿を私は見ていない。

私が見ていたのは、軽快な足音とともに中庭へ駆けこんできた乗馬服の女性の姿だった。

第七章

武勲赫々《かくかく》たるモップのこと
中庭にて激しい攻防のこと

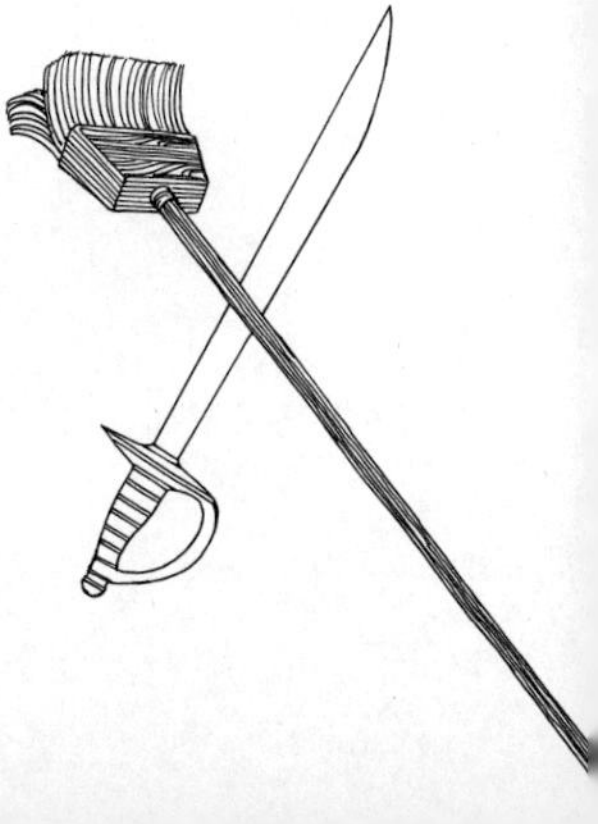

I

　さて、メープルは、私をふくめて三人のたよりない男たちから引き離され、ゴードン父子《おやこ》につれられて城館に足を踏みいれた。ここからしばらく、前例にもとづき、メープルの目を通して話が進む。

「すてきなお城ね」

　そうメープルがいったのは、もちろん皮肉だ。寒々しく陰気で威圧的な建物は、まるで巨大な墓石のようだった。

　一七七三年にあの有名な文学者サミュエル・ジョンソン博士がスコットランド西北方の島島を旅行し、貴重な記録をのこしている。それによると、このあたりの島々に存在する城は、かならず海辺の岬に建てられ、内陸部にはない。また、敵からの防御が唯一最大の目的なので、外見の美しさとか住居としての便利さなど、いっさい考慮されていない。したがって近代になり、イギリス国内で戦乱も起きなくなると、無用の長物として破棄される運命にあったのだ。

「それにこういう城には、かならず井戸と地下牢があるってジョンソン博士は書いてたわ……」

メープルが壁や床や天井へ観察の目を向けていると、クリストル・ゴードンが薄い刃のような笑みを向けた。

「どうやって逃げ出すか、計画を立てているのかい、メープル？」

内心の動揺を、メープルは押し隠した。

「紳士だと自認しているなら、ミス・コンウェイと呼んでくださらない？」

「ぼくとしては親愛の情を優先したいな」

一同が足をとめたのは、ばかでかい広間だった。館の中心にあるらしく、四方へ廊下が延《の》びている。巨大な暖炉に火の気はなく、石を敷いた床の冷たさが、靴底を通して足をはいあがってきた。

「子どものころから遊び場だったんだ。ここを拠点にして、島のあちらこちらへ出かけたものだよ」

「あなたのお兄さんも？」

メープルの問いを、さりげなくクリストルは無視した。

「いろいろなことをしたし、宝さがしもやったっけ。この島は昔からゴードン家の倉庫みたいなものでね……」

ゴードン大佐が振り向き、にがにがしい怒りをこめて息子をにらみつけた。

「クリストル、おしゃべりもほどほどにせんか」

ゴードン大佐の手が、引き立ててきた漁師の襟首をつかんでいる。

「事態がわかっておるのか。このアンガスが、とんでもないことを白状しおったのだぞ」

「わかってますよ、父上。あなたの長男が生きていたってことはね。いや、あなたの長男は、なかなかもって、しぶといしぶとい」

クリストルは「兄」とはいわず、どこまでも「あなたの長男」という呼びかたをする。その徹底ぶりに、メープルは、いっそ感心したほどだ。

クリストルはメープルの前に立って、彼女の顔をのぞきこんだ。

「それにしても、メープル、君たちはどうやって、父の長男と知りあったんだ？　ラルフ・ゴードンと」

「何のことよ。事情がさっぱりわからないわ」

「とぼけるな、小娘！」

大喝《だいかつ》したのはゴードン大佐で、クリストルはわずかに眉を動かしてメープルの表情をさぐった。顔に虫がはうような気味悪さを、メープルは必死にこらえた。

「ああ、なるほど、君たちも知らなかったわけだな。父上、いまさら彼女があなたの長男をかばう理由もないんですから、責めても無益ですよ。で、メープル、尋《き》きなおすけど、君が知っている人物は何者だ？」

「わたしも尋きなおすわ。何のこと？」

「つまりだ、君たちといっしょに、アンガスの船でこの島へやってきて、姿を消した人物がいるだろう？　そいつは何と名乗っていた？」

クリストルの質問の意味に気づき、メープルは愕然とした。

「マクミランさんのこと⁉」

「ふむ、マクミランか。父上、あなたの長男には、あまり偽名のセンスがないようですよ。とにかくメープルから話を聞きましょう」

「マクミラン記者」について知っていることを、メープルはあらかた話した。偽名を使われていたからには、メープルとしても庇《かば》いだてする道徳的な義務はない、と判断したからだ。また、メープルが知るかぎりのことを話したところで、ゴードン大佐やクリストルにとってたいして役に立たないことも明白だった。

「さあ、知っていることはすべて話したわ。帰してくださらない？」

昂然《こうぜん》としてメープルが腕を組んでみせると、クリストルはおどけた表情で両手を拍《う》った。ただし音はたてない。ゴードン大佐が猛悪な眼光をメープルに突き刺した。

「ふざけるな、不法侵入者を無事に帰すとでも思っておるのか」

「おやめなさい、父上、おとなげない」

冷笑をこめてクリストルが制すると、ゴードン大佐は顔を赤黒くして口を閉ざした。

「あなたの長男ラルフが、偽名を使ってこの島へやってきたことが判明したんです。充分でしょう。あとはギャレットたちに命じて、彼を狩りたてればいい。お好きな狩猟ができて、けっこうなことじゃないですか」

「狩りたてるですって？　相手は人間よ」

メープルの声に、クリストルは肩をすくめた。

「お言葉だがね、メープル、彼は人間の皮をかぶった猛獣だよ。だけど、まあ、そんなことはどうでもいい。こちらへおいで」

「どこへ？」

「ぼくのいくところへだよ。よろしいですね、父上」

返答も待たず、クリストルはメープルの肩をかかえるようにして歩き出す。ゴードン大佐は制止せず、手下たちも動こうとしない。

「あのアンガスという人はどうなるの？」

メープルは肩に置かれた若者の手を振り払いたかったが、その手には粘っこい力があった。

「さあ、ぼくには興味ないね。父が決めることだ」

クリストルの声は、北極から流れてきた氷山よりも冷たい。メープルは表面上おとなしく歩いていった。いま逃げ出すのは不可能だ。油断させて機会を待つしかない。

暗く長い廊下の角を二度ほどまがったが、階段は使わなかった。やがて、色あせた獅子の紋章のついた扉の前で、クリストルは立ちどまった。

「さあ、ここだよ、おはいり、メープル」

鍵を使って開かれた扉から室内をのぞきこんで、メープルはひそかに息をのんだ。

そこにあったのは小さな別世界だった。

荒涼とした広間や廊下からは想像もできない。部屋はほぼ正方形で、三十フィート四方ほどの広さがある。天井の高さは二十フィートほどで、大きなシャンデリアがきらめいていた。床にはエジプトかペルシアからの輸入品らしい絨毯《じゅうたん》が敷きつめられている。壁には一角獣《ユニコーン》と乙女を描いたタペストリーがかかっていた。

床の中央部は、ダンスができるようにという意図からか、広く空いている。家具調度品は四方の壁にそって並んでいた。ソファーに寝椅子《ディベッド》、円形のティーテーブルなどだ。ヴィーナスの大理石像も置かれているし、マイセン磁器の大きな花瓶に、銀器を飾ったマホガニーの棚……。

大きな暖炉では黄金色の火が燃えていた。つまりわざわざ本土から薪を運ばせているのだ。

「この部屋は、あなたの専用というわけ?」

メープルがあきれていると、クリストルは得意そうにうなずいた。

「隠れ家と呼んでいるけどね。気に入ってくれるといいんだが」

「せっかくだけど、気に入らないわ」

「へえ、なぜ?」

「本が一冊もないもの」

「淑女には本なんか必要ないよ。必要なのはこれだ」

クリストルが肩から手を離したので、メープルは内心ほっとした。ゴードン家の若殿さま《ヤングマスター》は壁に歩み寄って、その一部を開いた。衣裳小部屋《ウォークイン・クローゼット》の扉になっていたのだ。算《かぞ》えきれないほどの、婦人服の列が見えた。

「何、それ？」

「君のためのものだよ、メープル。君ひとりのために用意したわけじゃないけどね。ぼくが買いととのえたこれらの服を、ぜひ君に着てほしい、ぼくのために」

衣裳小部屋《ウォークイン・クローゼット》の内部は花園みたいだった。あらゆる型、あらゆるサイズ、あらゆる色彩の婦人服が並んでいるように見える。最新流行のものもあれば、古風なものもあったが、いずれにしても高価そうなものばかりではあった。

「さあ、どれを着てくれる、メープル？」

「あなたには妻も愛人も恋人も必要ないのね、クリストル・ゴードン。あなたに必要なのは、生きた着せかえ人形、ただそれだけよ」

何と批判されようと、いっこうにクリストルは動じなかった。

「そうかもしれないね。だとしても、それがどうしたんだい。淑女の条件は、美しいドレスが似あうことであって、本を読んで理屈をこねることじゃないだろ？」

「この変態……！」

とは、メープルはいわなかった。いや、思いきり叫んでやろうとして、寸前で声をのみこんだのである。これ以上、自分の本心をクリストルの前で明らかにするのはまずい。

後になって、メープルは、そのときのことをつぎのように説明した。

「理由はふたつあったのよ、おじさま。ひとつめは、わたしが着替えをすませるまで、クリストルはわたしに手を出さないだろう、ということ。多少なりと時間をかせげるでしょ？

ふたつめは、思いあたって慄然《ぞっ》としたんだけどね、生きた着せ替え人形にした女の子たちを、クリストルはその後どうしたんだろう、ということ。ひざが震えそうになって、それを隠すのに苦労したわ」

決意をかためると、メープルは、心ならずもクリストルに笑顔を向けた。

「着替えてあげてもいいわ」

「いい子だね、メープル」

「ただ、問題は、わたしの気に入った服があるのか、ということだけど」

「きっとあるさ。ロンドンだけでなくパリにまで出かけて買いそろえたんだからね。君がどの服を選ぶか愉しみだよ」

イギリス人としてはいささか残念だが、その当時、世界の芸術とファッションの中心は、まちがいなくパリだった。五十年たってもその地位は不動だ。

「さあ、それじゃ中へはいって着替えたまえ、メープル。着替えたら出してあげる」

それはつまり、着替えないかぎり外へ出してやらない、ということだった。

II

窓のない衣裳小部屋《ウォークイン・クローゼット》に閉じこめられて、灯火《あかり》の下で、メープルはつくづく周囲を見まわした。メープルも女の子だから、パリのおしゃれな香りを充《み》たしたような空間には惹かれるものがあったが、愉しむようなゆとりはない。とにかく着替えなければ外に出してもらえないのだから、メープルは服を選ぶことにした。海水やら霧やらで冷たく濡れた服を替えられるなら、クリストルのゆがんだ嗜好《しこう》を利用するのも一策というものだ。

やがて扉の外からクリストルの声がした。

「まだかい、メープル」

「もうすこし、もうすこしだけ待ってよ」

「いいとも、待つよ」

扉のすぐ外を右へ左へと歩く気配がして、メープルは頸《くび》すじに寒けをおぼえた。

「でも、待つにも限度があるし、期待させておいて失望させられると、ぼくも自分の感情を抑えきれなくなるかもしれないな。君の趣味が高尚であることを望むよ」

「待つだけの価値はあるわよ」

「それは嬉しいね」

「地獄に堕ちろ《ゴー・ツー・ヘル》、クリストル・ゴードン」

最後の台詞は口の中でつぶやいて、メープルは着替えをすませた。ブーツのはき心地をたしかめると、「よし」とつぶやく。淑女というより、少年兵士の表情。扉をたたき、開けてくれるようクリストルにたのんだ。

「やあ、乗馬服か」

扉を開けて、クリストルは目をみはった。

「いやいや、予想外だが魅力的だね」

上半身は男物と変わらないジャケットで、身体にぴったり合っている。青いタータンチェックで、胸に二列の金ボタンがついていた。下半身は乗馬用スカート《ドライビング・エプロン》と呼ばれる巻きスカートで、上とおなじく青いタータンチェック。足にはブーツ。このスタイルはまだイギリスでは一般的ではなく、フランスの最新流行だった。馬に乗るにしても、女性は鞍《くら》にまたがるのではなく、両脚をそろえて横ずわりしていた時代だ。

「これまでの女たちで、乗馬服を選んだ者はいなかった。君がはじめてだ」

「これまでの女たちって?」

「これまでの女たちさ」

「この部屋にこれまで何人ぐらい入れたの?」

「さて、三十人ぐらいかな。どいつもこいつも、自分ひとりが特別に選ばれたと思って喜んでいたっけ」

クリストルの一語ごとに、毒液がしたたり落ちるようだ。

「そういった女どもが何を考えているか、君に教えてあげようか」

「やめてよ、聞きたくないわ」

手きびしくメープルは応じた。メープルにはわかっていた。彼女が拒絶と嫌悪をしめすほど、クリストルがおもしろがって故意にそうする、ということが。メープルがいやがってみせれば、クリストルは得々《とくとく》としてしゃべりつづけるだろう。つまり時間かせぎができるというわけだった。

「そういわず、まあ聞きたまえよ、メープル。あの女どもが、悪党の男に対して抱く幻想は、まずこうだ。『あの人は、本当は悪い人じゃない』。つぎにこう考える、『あの人が、他の人間にどんなに残忍でもかまわない、わたしにだけやさしくしてくれればいい』。つまりあいつらの本心はこうさ、『わたしは真実の愛にふさわしい、ただひとりの存在なんだ』……」

クリストルは高々と笑い、メープルを心底から戦慄させた。この男は正気じゃない、と、メープルは確信した。

「生きている女なんて、うっとうしい。人形のほうがずっとましさ」

「あなたのお父さまの長男はどうなの？　あなたと意見がちがったみたいね？」

クリストルはかるく眉を寄せた。

「あいつもとんだ愚か者さ。なまじケンブリッジ大学なんぞにいくものだから、よからぬ風潮に染まる。同窓生がコーヒー・ハウスの女給《じょきゅう》と駆け落ちなんかしたものだから、自分は帰ってきてメイドに惚れたってわけだ」

このとき想像の翼が、メープルの体内で大きく羽ばいた。

「もしかして、あなた、そのメイドさんを口説《くど》いたんじゃない？　ところが彼女はあなたを拒絶して、お兄さんのほうを受けいれた。だからあなたはお兄さんも彼女も憎んだ。そうじゃないの？」

メープルの声が、ついに震えた。

「も、もしかして、あなたがお兄さんたちを……」

「おや、とうとうそれを口にしたね、メープル」

またも、クリストルは笑ったが、それはこれまででもっとも危険で邪悪な笑いだった。

「そういう質問をしなければ、もうすこし愉しい時間をすごせたのに、しようがない子だね」

「……殺したのね」

「と思ってたのに、しぶとい男さ」

「もしかして、この部屋につれこんだ女性たちも、みんなあなたが殺したの？」

「殺す、なんて言葉を淑女が使っちゃいけないよ」

クリストルはたしなめた。会話が完全に異常なものになっているのを、自覚しているのだろうか。

「ぼくは救済してあげたのだよ、不幸な女たちを」

「救済？」

「そうとも、貧しく生まれて、そのくせすこしばかり美しく生まれたので、身分不相応の欲を出した、不幸な女たちをね。まあ考えてごらんよ、メープル、教養どころか文字もろくに読めないくせに、あの女たちは、自分が身分ちがいの恋を成就《じょうじゅ》させて、上流社会の淑女になれるものと思いこんでいるんだ。なれっこないのにね」

「……それで？」

「彼女たちは平凡な男と平凡な結婚をせざるをえない。そして一生、グチをこぼし、人生を呪うことになる。そうなる前に、ぼくが救済してあげるのさ。若くてそこそこ美しいうちに、永遠にね」

クリストルの視線が微妙に動いて、メープルの背中をのぞこうとした。

「メープル、さっきから君は背中に両手をまわして、何か隠しているのかい」

「ああ、これ……」

「見せてごらん」

メープルは背中に隠していたものを前に出した。クリストルは失笑した。乗馬服姿の美しい少女が、まじめくさって差し出したのは、床掃除用のモップだったのだ。

「何だい、モップなんかどこから持ち出したんだ？」

「衣裳小部屋《ウォークイン・クローゼット》の奥に、掃除用具を入れる箱があったのよ」

「君ひとりで掃除するには、ここは広すぎると思うけどね」

「乗馬服を着たから、鞭がほしかったのよ。でも置いてなかったんだから、しかたがないじゃない」

「そいつは気がつかなかったな。でも、いくら何でもモップは乗馬服に似あわないよ。それは賤しい身分の女が持つものだ」

「わたしは賤しい女よ。何しろ働いてますからね」

クリストルに対して、メープルは激しい恐怖を抱いていた。ところが、クリストルが何かいうたびに、メープルは怒りをかきたてられ、恐怖が中和されるのである。何とも皮肉な効果だった。

「まあいい、それじゃ地下を見せてあげよう。この床の下をね」

クリストルは二、三度かるく床を踏んでみせた。

「きっと君の先輩たちが歓迎してくれるだろう」

「あなたが殺した女の人たちね」

「救済してやった女どもだよ。みんな王女さまのように着飾って、おしゃべりもせず、おとなしく並《なら》んでいる。君もそこで永遠に、沈黙の美徳にしたがうんだよ」

クリストルが手を伸ばす。

メープルは跳《と》びさがった。モップを槍のようにかまえて、月蝕島《ルナ・イクリプス・アイランド》の殺人鬼をにらむ。

くすくす笑いながらクリストルが一歩踏み出した。メープルはモップを振りかざし、クリストルめがけて力いっぱい撃ちおろした。

クリストルの剣が一閃《いっせん》する。

振りおろされたモップは、クリストルの頭部にとどくことなく、宙《ちゅう》で両断された。モップの先端、雑巾の部分が弧《こ》を描いて床に落ちる。柄《え》の部分だけがメープルの手に残った。

「あら、なかなかやるわね」

強がりである。だが、この強がりには、メープルの生命《いのち》と誇りがかかっていた。ほんのすこしでも弱みを見せれば、メープルは恐怖に押しつぶされてしまうだろう。

メープルは棒だけになったモップを右肩にかつぎ、ゆっくり円を描くように歩いてみせた。剣を片手にそれを見つめるクリストルの目には、奇怪な欲情の炎がちらついている。

「ああ、メープル、まさかモップを武器にするつもりだったとはね。嚙みつくとか、ひっかくとかは、いちおう予想していたけど」

「あなたには予想できないことが、この世にはたくさんあるのよ」

「へえ、たとえばどんな?」

「たとえば、こうよ!」

メープルは全身と右手首を、同時にひるがえした。モップの柄が槍のようにクリストルの目をねらって突き出される。

ふたたびクリストルの剣がひらめく。

かわいた音がして、一フィートほどの棒が宙を飛び、壁にぶつかって床にころがる。

いまやメープルの手には、長さ二フィートていどの棒が一本あるだけだった。それでもなお、メープルは短くなった棒をかまえた。

「いいね、いいね、愉しませてくれるねえ、メープル・コンウェイ」

クリストル・ゴードンは上機嫌だった。青い両眼に炎が踊りまわっている。メープルが左へ移動するとクリストルも左へまわり、ふたりはゆるやかに床の上に円を描いた。

「ドレスを着て泣き叫ぶ女もいいが、君みたいに、身のほども知らず徹底的に抵抗する女も、じつにいいよ。このまま、何というか、そう、『別れる』のは惜しい。どうだい、もう一度だけ、君に機会をあたえよう。ぼくの愛人《ミストレス》にならないか。どんな贅沢でもさせてあげる」

「いつまでよ」

「いつ……?」

不審そうな、クリストルの口調だ。彼の使った『別れる』という表現に、メープルは恐怖をそそられていたが、たえまなく湧きおこる怒りが勇気をささえた。

「いったでしょ、あなたに必要なのは生きた女性でなくて着せ替え人形。わがままな幼児は、人形にもいずれ飽きるわ。飽きて放り出し、つぎの人形を探す」

メープルは息を吸いこんで吐き出した。

「あなたは死ぬまで、そのくりかえし。形だけ老人になっても、心は幼児のまま。何ひとつ学ばず、何ひとつ成長せず、ただ年齢《とし》をくっていくだけよ」

クリストルが目を細めた。

「それくらいにしておいたらどうかな。ぼくは寛大な人間だけど、君もちょっと調子に乗りすぎてるよ」

「あなたこそ、生まれてからずっと調子に乗ってるくせに」

「ぼくを誰だと思ってるんだ」

いきなりクリストルの声が高まった。

「ぼくはクリストル・ゴードンだ。ゴードン大佐の息子だぞ」

「それが何よ。わたしは、エドモンド・ニーダムの姪よ！」

短くなったモップの柄を床に立てて、メープルは胸を張った。まるで、「わたしはウェリントン公爵の姪よ」と宣言するかのような口調だった。

クリストルの余裕たっぷりの態度は見せかけにすぎず、片足が限界線上にのっている。そろそろ勝負の機《とき》だ、と、メープルは感じた。

クリストルが舌の先で唇をなめた。

「あの役立たずを、ずいぶん買いかぶってるみたいだね」

「正当に評価してるだけよ」

「それじゃ、君のおじさまとやらの実力を拝見しようじゃないか。ぼくと剣をまじえて、やつが何分間、立っていられるかな」

どん、と音がしたのは、メープルがモップの柄で床を突き鳴らしたからであった。

Ⅲ

「あなたは地に足をつけて働いたこともない。自分より強大な敵と、生命《いのち》がけで闘ったこともない。あなたは父親の権勢をカサに着て弱い者いじめするだけの卑怯者よ！　あなたなんかがネッドおじさまに勝てるわけないわ！」

「いいたいことはそれだけかい」

クリストルはなお余裕を見せようとしたが、もはや笑顔はつくれなくなっていた。瞼《まぶた》と頬がこまかく慄えはじめている。

「まだいくらでもあるわよ。でも、どうせいってもムダだもの」

「ほう、それじゃどうする気だい。まだどうにかなると思ってるなら、お笑いだね」

「すぐ笑えなくなるわよ、ほら！」

つぎの瞬間、クリストル・ゴードンの視界いっぱいに、青い雲がひろがった。反射的に顔だけ動かして、クリストルは避けようとした。だが、青い大きな布は、クリストルの頭部全体を包みこんで、目と鼻と口と耳を一気にふさいだ。

メープルは腰に巻いていた乗馬用スカート《ドライビング・エプロン》をはずすなり、全力をふるって、クリストルの頭部にたたきつけたのだ。

乗馬用スカートは、メープル自身が感心するほどのみごとさで、クリストルの頭部全体に巻きつき、包みこんだ。クリストルは目が見えなくなった。同時に身体の均衡を失い、よろめいた。右手に剣を持ったまま、左手を布にかける。

すかさず、メープルは棒だけになったモップを振りかざし、右上から左下へ思いきり振りおろした。青い布に包まれたクリストル・ゴードンの左側頭部を、したたか一撃する。かわ

いた固い音がひびいた。

くぐもった叫びをあげて、クリストルが体勢をくずした。何とか踏みとどまろうとして成功せず、二、三歩床を鳴らして、ついにどうっとひっくりかえる。メープルは叫んだ。

「どう、思い知った⁉　女とモップを甘く見ると、痛い目にあうのよ！」

クリストルは答えない。頭部に布が巻きついたままなので、呼吸ができず、床の上をころげまわりながら、何とかはずそうとしてもがくばかりだ。

クリストルが自由を回復したら、もちろんメープルはこれ以上、対抗しようがない。いそいで逃げ出すことにした。

メープルが乗馬服を選んで着たのには、重大な理由がある。乗馬用スカート《ドライビング・エプロン》の下にちゃんと白い細身の乗馬ズボンをはいているから、上のスカートをぬいでもそれほどはしたない恰好にはならないし、跳ぶことも走ることもできるのだ。ドレスやペチコートでは、そうはいかない。

クリストルが床に落とした剣を手さぐりでひろいあげると、メープルは扉へ向かって走った。ノブをつかんで前後に揺さぶったりひねったりしたが、鍵がかかっていて、扉は微動だにしない。

振り向いて室内を見まわす。床で半身を起こしたクリストルが、巻きついたスカートをまさにはずそうとしている。そしてロココ調の円卓の上には、銀色に光るものがあった。鍵束だ！

メープルは円卓へ走り寄り、鍵束へ手を伸ばした。同時に、おそろしい声がひびいた。

「メープル……！」

ついにクリストルがスカートをはずしたのだ。

「メープル、悪い子だ、お仕置きしなくちゃいけないな」

メープルは円卓の上から鍵束をすくいあげると、そのまま走る速度をゆるめず、窓へ突進した。

ここでようやく幸運がメープルに味方した。ひとつは、クリストルがすぐには全力で動ける状態ではなかったこと。もうひとつは、この部屋が一階《グランドフロア》にあったことだ。窓は簡単にあいたから、メープルは剣と鍵束を外へ放り出してから窓枠を乗りこえ、五フィート近く下の地面に飛びおりた。追いつきかけたクリストルが腕を伸ばしたが、ほんの二、三インチの差で、彼の指は空をつかんだ。

鍵束と剣は離れた位置に落ちていた。ひろっている間にクリストルに追いつかれる。そう判断したメープルは、白手《すで》のまま必死に走り出した。

建物の角をまわったとき、前方に十人ほどの男たちを見つけた。もちろんゴードン父子の手下たちだ。彼らもメープルを見つけた。メープルは急停止し、左右を見まわした。すぐ左手に、木戸がある。そこへ飛びこむべきだろうか。

そのとき、中年男のなさけない悲鳴が木戸の奥からひびいてきた。

「わっわっ、やめてやめて……！」

あれはアンデルセン先生の声だ！

半ば体あたりするように、メープルは木戸を開けてその奥へ飛びこんだ。そこはまさに私たちがいた中庭だったのだ。

「おじさま！」

「メープル、無事だったか⁉」

こうして、勇敢な姪と役立たずの叔父は、感動の再会をはたした。といいたいところだが、じゃまがはいった。メープルは一年前と同じように私に飛びつこうとする。私もそれを迎えようとしたのだが、ひっくりかえっていたアンデルセンがぴょこんと起きあがったので、メープルは前から、私は後ろから、偉大な童話作家に抱きつく形になってしまったのだ。

「やあ、ミス・コンウェイ、無事でよかったねえ。よかったよかった」

メープルに頬ずりするアンデルセンは、まったく善意のかたまりだった。その姿に感動している場合でもなかったので、私は彼の背中から離れて、ディケンズとともに木戸へ走った。荒々しい男たちの声と足音がせまっている。

「どうする、ニーダム君。十人ぐらいおるぞ」

私は中庭への入口となっている木戸を確認した。幅はせいぜい四フィートで、ふたり以上が並んで攻撃をしかけてくるのは困難だ。

「ご心配なく」

短く答えて、私は猟刀《ハンティング・ナイフ》を握りなおした。

時刻は九時をすぎ、北国の長い長い黄昏がなおつづいている。

「ディケンズ先生、棍棒を貸してください」

左手を伸ばすと、手に棍棒が触れたので、それをつかんで私は指示した。

「さがっていてください。メープルをお願いします」

左右からメープルをはさむ形で、ディケンズとアンデルセンが五、六歩さがる。その後ろに、メアリー・ベイカーがいる。

「もっとさがって、もう十歩ほど」

後方へ跳ぶだけの空間を確保したとき、木戸に敵があらわれた。赤い髪と髭の大男が、蹴破るような勢いで木戸を開けたのだ。正面にたたずむ私を見ると、いきなり右手を振りあげた。棍棒が風を切り、うなりをあげる。

瞬間、私は左手の棍棒をはねあげた。相手の棍棒を払いのけ、同時に右手の猟刀《ハンティング・ナイフ》を低く一閃させる。厚い刃が左ひざのすぐ上を走り、筋肉を断ち切った。

咆《ほ》えるような声をあげて、男の巨体は横転した。地ひびきがおこり、棍棒が地にころがる。

そのときすでに私は、ふたりめの男と渡りあっていた。木戸は広くないし、足もとには最初の男がころがって苦悶している。相手は自由に動けず、窮屈そうな姿勢で猟刀を振りかざした。おかまいなしに私は前進した。最初の男の身体を容赦なく踏みつけ、相手の手もとに踏みこんで、猟刀の尖端を右肩の付根に突き通す。

すさまじい悲鳴があがった。

さらに刃を押しこんで回転させれば、この男は一生、右腕を使えなくなる。だが、そこまではしたくなかった。猟刀《ハンティング・ナイフ》を引き抜くと同時に、私は足をあげて男の腹を蹴った。男が上半身を折りまげると、猟刀の柄であごに一撃をくらわせる。男は血をまきちらしながらあおむけに倒れた。

三人めの男が、事態をよくのみこめず、とりあえず棍棒を振りまわしたとき、私は猟刀を薙《な》ぎあげ、棍棒を両断した。返す一撃、男の左肩に刃をたたきこむ。苦鳴とともに男はくずれ落ちた。

バラクラーヴァの凄惨な死闘。その記憶を私は封じこめ、忘れようとしてきた。だが自己流の不完全な封印は、桂冠詩人アルフレッド・テニスンの言葉の力で、こっぱみじんに粉砕されてしまった。それは同時に、呪縛の鎖を引きちぎることにもなったらしい。過去の幻影でなく、目に見える敵にまっこうから対したとき、私の身体は、腕も足も自由自在に動き、目は相手の動きやその意図まで読みとることができた。かくして私は四人めを棍棒で殴り倒した。

ディケンズが大きく拍手した。

「ミス・コンウェイ、君の叔父さんは、まったくもって、たいしたものだ。貸本屋の社員なんぞにしておくのは、じつに惜しいぞ」

「ありがとうございます、ディケンズ先生、ロンドンへ帰ったら、ミスター・ニーダムの給料をあげるよう、ミューザー社長におっしゃってくださいね！」

私の姪は、私よりずっとしっかり者なのであった。

五人めが血の噴き出る右腕をおさえ、猟刀《ハンティング・ナイフ》を放り出して後退すると、まだ無傷の者たちも目に見えてひるんだ。病人や女性に平然と棍棒を振りおろす卑怯者どもだが、正面から一対一で渡りあうかぎり、私の堅陣《けんじん》を突破することはできない。そのことにようやく気づいたようだ。

「そこをどけよ、役立たずども」

悪意にみちた鋭い声が飛んで、男たちは左右に道を開いた。あらわれたのは、抜き身の剣を手にしたクリストル・ゴードンだった。完璧な伊達《だて》男のよそおいは変わらないが、左目のまわりには青いアザができていたし、表情には猛々《たけだけ》しい敵意があった。彼は倒れてうめいている手下どもを見おろし、頬をゆがめた。

「……これはみんな君がやったことか?」

「お見せするようなものでもないがね」

冷然と私が答えると、クリストルは二度ほどかるく頭を振った。

「おどろいたな、正直なところ」

ゆっくりと一歩、私との距離をちぢめる。

「三文作家《グラブ・ストリート》の使い走りだとばかり思っていたら、どうしてどうして、やってくれるじゃないか」

私の後方で、誇らかに姪が叫んだ。

「おどろくのは、あなたが無知だからよ、クリストル・ゴードン。これまでだまっていたけど、ネッドおじさまはクリミア戦争帰りの勇士なんだから！」

あらたなおどろきの目で、クリストルが私を見た。

「そうなのか」

「バラクラーヴァで騎兵として戦ったよ」

静かに、だが可能なかぎりの迫力をこめて私は答えた。クリストル・ゴードンの青い目が、驚愕にひろがった。

「バラクラーヴァ……あの突撃を敢行した六百騎のひとりなのか」

「生きて還《かえ》った百九十五騎のひとりさ」

えらそうに私はいった。「バラクラーヴァの勇者」なんて称号は、しょせん虚名だ。だがその虚名におそれいるような連中がいることも事実である。クリストル・ゴードンと闘うにあたって、私は、虚名であろうと自慢話であろうと、武器として使うつもりだった。

クリストルは気持ちを整理したらしく、わざとらしい余裕の笑みを浮かべてみせた。

「いいだろう、ここはクリミア半島でなくてスコットランドだ。せっかく生きて還ったのに気の毒だが、君を崇拝している姪の前で、きれいに斬りきざんであげるよ」

その言葉に、私は感想を述べなかった。

「一騎討《う》ちを気どるなら、手下どもに、動かないよう命じろ」

「そのいいかたが気にくわんが、まあよかろう」

振り向きもせず、私が要求したことを命じると、クリストルは木戸から中庭へ歩み入ってきた。優雅な足どりで。対照的に、手下どもは雑然と押しあいながら後退する。

「ところで、君のほうも命令してほしいな」

「誰に何を?」

「君のおてんばな姪に、よけいな手を出さないようにだ。これは紳士どうしの決闘だからな」

「だそうだ、メープル、彼は君が怖いんだとさ。さがっておいで」

「はい、おじさま」

姪の声には、クリストルに対する軽蔑の念がこもっていたかもしれない。

さすがに空の色が上方から濃くなりつつある。クリストルの目は、夕闇の色に憎悪の影をまじえて、異様な色あいになっていた。

猛然とクリストルが突き出した剣を、私は棍棒で払いのけた。同時に大きく踏みこむ。猟《ハン》刀《ティング・ナイフ》が夕闇を斬り裂いたが、クリストルの右肩にとどく寸前、剣に払われた。刀身が激突し、火花が青く散る。

クリストルは優雅に舞いたかったろう。だが足場が悪すぎたし、私は間合《まあい》をとらせなかった。クリストルは右に左に剣尖《けんせん》をくり出し、その速度は非凡だったが、私には通用しなかった。バラクラーヴァで私はロシア兵にかこまれ、四方から同時に突き出される軍刀や銃剣をかわしきったのだ。クリストルがどれほど迅速に、変幻自在に剣をあやつろうと、一本だけだった。その動きは激しく、私の五倍ほどは動きまわったろう。見た目には、私のほうが圧倒されていたにちがいない。だが、鋭い剣尖が私の皮膚にとどくことはなかった。

ついにクリストルが息を切らし、足をとめた。一瞬だけ。一瞬で充分だった。

重く鈍い音がした。私の撃ちこんだ猟刀《ハンティング・ナイフ》がクリストルの右ひざにくいこみ、骨を撃ち砕いたのだ。

Ⅳ

クリストルは叫び声をあげた。それは敗北の叫びであり、ずいぶん多くの要素がふくまれていた。苦痛、驚愕、屈辱、そういったものがすべて。

右ひざを撃ち砕かれたクリストルは、立っていられず、身をよじるように倒れこんだ。そのままなら肩を打っただけですんだろう。だが、なまじ手で身体をささえようとし、そのあたりの石畳が陥没していたので、手首が奇妙な角度にまがった。

たえきれず、クリストルが悲鳴をもらす。私は左足でクリストルの剣を踏みつけた。メープルが叫ぶ。

「やった、おじさま！」

「お前さんの技は完璧だったよ、若殿さま《ヤングマスター》」

過去形で、私はクリストルにいってやった。

「まったく完璧で、剣術の教科書どおりだった。だけど、悪いな、教科書どおりに動く義務は、私にはないんでね、若殿さま《ヤングマスター》」

この文章をお読みの方は、私のことを、「勝ち誇ったいやなやつ」とお思いになるかもしれない。どうかお赦し願いたい。私はクリストル・ゴードンに対して徹底的に腹を立てていたし、メープルがどれほど危険な目にあったかを思えば、とてもとても紳士的にふるまう気になれなかったのだ。

クリストルは私を見あげた。その目には憎悪も敗北感もなかった。奇妙に虚《うつ》ろな、自分自身を見失ったような光が揺れているだけだ。自分が負けたことが信じられない、というより、何ごとがおこったか理解できないのだろう。

左足でクリストルの剣を踏みつけたまま、私は身を低くした。

「バラクラーヴァの戦場で、巧緻《こうち》な剣技をふるっているやつなんて、ひとりもいなかった。剣で殴りつけて、あたった瞬間に思いきり手前に引く。それではじめて斬れる」

私は猟刀《ハンティング・ナイフ》をクリストルの頸《くび》すじにあて、鋭く一喝した。

「息子をそういう目にあわせたくなければ、軽々しく動くんじゃないぞ、ゴードン大佐!」

「えッ、えッ、どこにあいつがいるの?」

奇声を発したのはアンデルセンで、あわてて周囲を見まわした。

「あそこに!」

メープルが指さす先に、ゴードン大佐のうろたえた顔があった。中庭に面した建物の窓がひとつ、いつのまにか開いて、すさまじい形相のゴードン大佐が、私たちに拳銃を向けようとしていたのである。

私はわずかに猟刀《ハンティング・ナイフ》を動かした。クリストルの咽喉《のど》に、赤い線が細く走った。皮膚の表面を傷つけただけだ。我に返ったように、クリストルがあえいだ。

「ち、父上、こいつにさからわないでください」

「そら、息子がこういっとるぞ」

ディケンズの声に、私がつづける。

「手下どもに武器を棄てさせるんだ、ゴードン大佐。いや、お前の拳銃はこちらへ放ってよこせ。ぐずぐずするな！　息子の生命《いのち》が惜しくないのか」

すこしばかり私が暴君の気分を味わったことは事実である。ゴードン大佐は火を噴きそうな目で私たちをにらみつけたが、あきらめたように窓から拳銃を放り出した。

「メープル、拳銃をひろってくれ」

「はい！」

元気よく返事をして、メープルは小鳥がはばたくように拳銃に駆け寄り、ひろいあげた。

私は猟刀をクリストルに突きつけたまま、棍棒をディケンズに返し、メープルから拳銃を受けとった。クリストルの顔には苦痛の汗が噴き出している。早く医者に診せなければ、一生、杖なしでは歩けなくなるだろう。

木戸にひしめいたまま手も足も出せないでいる男たちに、私は、クリストルを運ばせようとした。だが、私の声は口から出た瞬間に、吹き飛ばされてしまった。

百の雷が同時に落ちたかと思われた。地が揺れ、壁がふるえ、すさまじい音がとどろきわたった。

「何ごとだ、何があった⁉」

ややあってゴードン大佐の声がした。質問というより怒号だったが、誰ひとりそれに答えることができなかった。アンデルセンは両耳をおさえたまま右を見、左を見ていたが、メアリー・ベイカーにしがみつかれていることに気づいて、さらに狼狽した。

あらたな音響が黄昏の大気をふるわせ、木戸ごしに爆風が中庭へなだれこんできた。そう、それは何かが大爆発をおこしたことをしめしている。

「この島には火薬庫でもあったのかな」

ディケンズが茫然としたようすでつぶやく。

木戸のあたりに、あらたな人影が出現した。ゴードン大佐の部下ギャレットだ。動転しきったようすで、報告というより絶叫する。

「大佐！　誰かが火薬を使いました。例の、あの氷山を爆破したんです！」

「誰かとは誰だ」

「わかりません」

「この役立たずどもが！　さっさと犯人を捜し出してつかまえろ！」

ゴードン大佐はわめいたが、私は銃口を彼に向けた。

「待て、かってに手下どもを動かしていいと誰がいった」

「し、しかし、これは……」

「火薬とはどういうことだ。説明しろ」

窓枠をにぎりしめたまま、ゴードン大佐は動けない。もう一度、説明を求めようとして、私は異変に気がついた。ゴードン大佐の両眼が何かを見つめている。恐怖に凍《い》てついた目だ。その視線の先に何があるのか。メープルにディケンズ、アンデルセンまで、おなじ方角を見やって、目と口を開けっぱなしにしている。そして私も見た。拳銃をかまえた男が、木戸に近い位置の窓際に立っているのを。

マクミラン記者だった。いや、そう名乗っていた男、ラルフ・ゴードン。月蝕島《ルナ・イクリプス・アイランド》の領主《レアド》の長男だった。メガネをはずしている。深まりゆく黄昏の中でも、その顔には、これまで見たことのない表情があった。

ゴードン大佐があえいだ。

「ラ、ラルフ……か」

「やあ、父上、ひさしぶりですね」

その声音《こわね》は、弟のクリストルによく似ていた。声までが正体をあらわしたのだ。

「五年ぶりになるのかな。あの嵐の夜以来ですね、父上。あなたが私とドロシーを殺してから、二千近くの昼と夜がおとずれた……」

メープルが、問いかけるように私を見あげた。私はうなずいた。

「ああ、メープル、私も知ってるよ、マクミランの正体がゴードン大佐の長男だったということは」

ようやくゴードン大佐がうめき声をあげた。

「お前は死んだはずでは……」

「いやいや、私は生きておりますよ。正確には生き返ったと申しあげましょう。あなたや弟に追いつめられて断崖から落ちたとき、私は頭を打って鼻を折った。意識をとりもどしたとき、横には妻がいた。妻は鼻ではなく頸《くび》を折っていて、それで夫婦のいる場所が別れたというわけだ」

ディケンズや私がおどろいたように、ゴードン大佐もおどろいたらしい。私たちの疑問を、実際に口にした。

「妻だと？　夫婦だと？」

「ええ、そうですよ。ドロシーと私は結婚したんです。秘密結婚というやつですが、ちゃんとインヴァネスの教会で夫婦の誓いを立てましたから。牧師さんの前でね」

「そんな結婚を、わしが認めると思うか⁉」

「あなたに認めてもらう必要はない」

ラルフ・ゴードンは冷然といいはなった。

「私は妻をつれて、永久にこの土地を離れようとした。いかせてくれればそれですんだものを、あなたは手下を引きつれて私たちを追いつめたのだ。私と妻は岩だらけの海岸へ落ちた。あの氷山が流れついたのとおなじ海岸に」

ゴードン大佐は無言だったが、その表情から、私は事情をさとった。

ゴードン大佐が恐れていたのは、長男とその妻を殺したという事実を知られることだったのか！

ラルフ・ゴードンとドロシーは、父や手下たちに追いつめられ、断崖から転落した。その断崖に、よりによって、帆船を封じこめた奇怪な氷山が流れ着いたのだ。

新聞記者に科学者、それに多くの見物人が群らがってくれば、長男夫婦の遺体が発見され、ゴードン大佐の悪業が白日《はくじつ》のもとにさらけ出される。かならずそうなるとはかぎらないが、犯罪者が発覚を恐れるのは当然だ。だから月蝕島《ルナ・イクリプス・アイランド》への立ち入りを、大佐は禁じたのだ。

「私がここへ帰ってきたのは、あなたに、罪をつぐなってほしいからですよ、父上。あなたが人を殺しながら、のうのうと生きていることが、私には許せないのです」

V

最初に「ゴードン大佐のお出ましですよ」と告げたときの、「マクミラン記者」の口調の異様さを、私は思い出した。異様なはずだ。あれは実の父親の殺害を決意した男の声だったのだ。

　ゴードン家の長男がディケンズを見やった。

「ディケンズ先生、私には母方から受けついだ財産がありましてね。無記名の債券《さいけん》で二万ポンドほどでしたが、私はそれを現金化して、復讐の資金にすることにしたんです。まずグラスゴーへいって、強制移住《クリアランス》の犠牲になった貧しい男から名前と身元を買いとりました。たった五十ポンドでしたが、彼にとっては大金です」

「それが本物のマクミランだな。彼はいったいどうなった？　彼をいったいどうした？」

「気の毒に、過労と酒ですっかり身体をこわしていて、その後すぐに死にましたよ。お疑いはごもっともですが、私は手を下していません。そんな必要もなかったんです」

「……それから？」

「エジンバラにいって、つぶれかけた小さな新聞社を買いとりました。社長はそのまま地位を保障してやって、私は新設のアバディーン支局長というわけです」

「『北方通信《ノーザン・コミュニケート》』だな」

「そういうことです。私は父と弟に厳罰をくれてやる機会を待った。十年でも二十年でも待つつもりでしたが、五年でその日が来たわけですよ。さてと、そろそろいいでしょう」

　マクミランと名乗った男は、暗い笑いを父親に向けた。

「さあ、父上、この場でディケンズとアンデルセンを殺しなさい」

「な、何……!?」

「聞こえませんでしたか」

敵も味方も茫然と立ちつくした。ラルフ・ゴードンが発した言葉の意味を、誰も理解できなかったのだ。ようやく私が反応した。

「ふざけるな、マクミラン、いや、ラルフ・ゴードン、私の姪や先生方に手を出したりしたら、弟より痛い目にあわせてやるぞ」

これまでマクミランと名乗っていた男は微笑した。「凄惨な微笑」というものがあるとすれば、まさにそれだった。

「エドモンド・ニーダム、きみに私の気持ちはわからない」

「ああ、わからないね。わかってほしいのか？」

「無理だな、わかるはずがない。きみはクリミア戦争でずいぶんひどい目にあったようだが、故郷に帰れば『お帰りなさい』と迎えてくれる家族がいた。かわいい姪が。私はどうだ？『お帰りなさい』といってくれる者なんて、ひとりもいない。いってくれるはずだった女《ひと》は、五年前に殺された」

マクミランの目を私は見たが、どう返答すればいいかわからない。

私のすぐ横に立ったメープルが声をあげた。

「奥さまを殺されたのはお気の毒です。でも、どうしてディケンズ先生とアンデルセン先生に復讐の矛先《ほこさき》が向くの？　わからないわ」

「わからなくていいから、じゃまするな」

「いいや、じゃまする」

私はラルフ・ゴードンをにらみつけた。

「きさまが父親や弟を殺したいなら、かってにすればいい。結果として世の中のためになるだろうさ。だが、いま姫がいったとおりだ。どうしてディケンズ先生やアンデルセン先生が殺されなきゃならん?」

あまりのことにまだ声を出せずにいるふたりの文豪に、ラルフ・ゴードンは皮肉な目を向けた。

「そのふたりに危害を加えること自体が目的じゃない。だが、必要とあれば、巻きこむのをためらう気はない。そういうことだ」

「どんな必要があるというんだ」

「話してもしょうがない」

ここでようやく文豪たちが声を出した。

「吾輩は聞きたいな」

「そ、そうだよ。ぼくだって知りたいぞ。殺されるのもいやだけど、理由がわからないのは、もっといやだ」

「理由がわかったら、おとなしく死んでもらえますか」

「いやだよ!」

「やれやれ、わがままな人たちだな」

「お前にそんなことをいわれる筋合《すじあい》はないぞ、ラルフ・ゴードン」

たまりかねたようにディケンズがどなる。まったく、そのとおりだ。ラルフ・ゴードンは
このとき、まるで、ききわけのない幼児をさとすような声を出した。

「妥協の産物ですよ」

「何の妥協だ」

「このていどで手を打っておくか、ということです。おふたりの先生方には失礼ですが、私としてはもっと大物を狙っていたんです。たとえば女王陛下ご夫妻とか、パーマストン首相とかね。だけど機会がなかった」

「女王陛下だと……」

啞然《あぜん》として、ディケンズはラルフを見やる。ゴードン家の長男がいうことは、誇大妄想の産物としか思えなかったが、すこしだけ私はラルフの意図を理解した。

「つまり父親に汚名を着せるのが狙いか」

「そんなところだよ、ニーダム君。私はね、父と弟を楽に死なせてやる気なんてないんだ。殺人犯の汚名をかぶって、この世の名誉をすべて失って、絞首台に上ってもらいたい。それが唯一、私の望みだ」

父や弟以上に、ラルフ・ゴードンはとんでもない男だった。妻を殺されて復讐をもくろむのは当然だとしても、そのために有名人の生命《いのち》を狙うなど、これまで聞いたこともない。

「父上、あなたはこれからの一生を、殺人犯としてすごすことになる。そう長くもないでしょうが、すくなくとも、いまここで殺されるよりは長生きできるでしょうよ。逃亡者としての運と才覚があれば、何年かはね」

ラルフは笑った。飢えた虎の笑いだ。

「どうせ逮捕されて絞首台に上るまでのことですが、せいぜい愉しみなさい。ご心配なく、あなたがふたりの文豪を殺した犯人だという証拠は、きちんとそろえてあげますから」

奇怪なまでに愛想よく、ラルフは私にも呼びかけた。

「ニーダム君、弟を殺したければ殺してもかまわんよ。クリストルにとっても、そのほうが幸福だろう。私の手にかかるより、楽な死にかたができるはずだからねえ」

「そんな計画がうまくいくと思っているのか」

「うまくいかないとでも？」

「あたりまえだ。目撃者がこんなにいるんだぞ！」

「ひとりもいなくなるさ」

私は戦慄した。どういう手段によってか、ラルフ・ゴードンは、メープルや私をふくめ、目撃者全員を消してしまうつもりなのだ。

そのとき声がした。

「ラルフ・ゴードン」

年輩の女性の声だ。進み出た老婦人を見て、ラルフは最初いぶかしそうな表情をした。はっとしたように息をのむ。

「君は……」

「メアリー・ベイカーだよ、おぼえていてくれたかい」

「ああ……おぼえている。ドロシーに引きあわせてくれたのは君だからな……だが」

ラルフが言葉をつづけようとしたとき。

誰も想像しないことがおこった。

私たちは、敵も味方も、目に見えないものに殴りつけられたのだ。よろめく者もいたし、悲鳴をあげる者もいた。音をたてるほどの勢いで気温が低下していく。

「何だ、この冷気は……⁉」

石畳の上に、みるみる霜がおり、吐く息が白い雲をつくりはじめた。

巨大な冷気のかたまりだった、私たちをおそったのは。それまでいちおう北国の夏であったはずが、三十秒たらずの間に季節が六カ月も進み、冬になった。さらに気温はさがり、その場を動かないまま私たちは北極へと近づけられていった。雪まじりの風が天と地をおおいはじめた。

ディケンズが白い息のかたまりとともに、ラルフに指を突きつけた。

「マクミラン、いや、ラルフ・ゴードン、お前はいったい何を解き放ったのだ⁉」

ゴードン家の長男は薄い笑いで応じただけだ。その髪がみるみる降雪で白くなっていく。

私は右手の猟刀《ハンティング・ナイフ》を放り出し、メープルの肩を抱いた。姪の全身は寒さとおどろきで慄えている。雪や夕闇とともに肉薄してくる恐怖に耐えながら、私は左手の拳銃をラルフ・ゴードンに向けた。

第八章

島を這いまわる恐怖のこと
壁にかかった記念品のこと

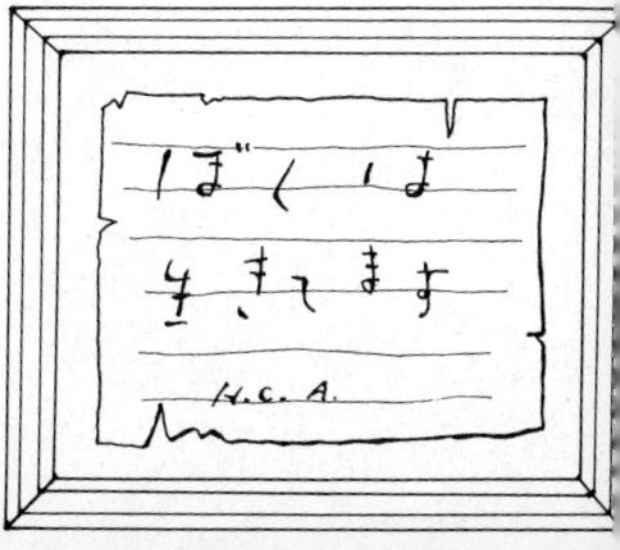

I

一八五二年、月蝕島《ルナ・イクリプス・アイランド》およびその周辺で、いったいどのようなことがおこったのだろうか。

王侯なみの権勢を誇る領主《レアド》ゴードン大佐。その長男ラルフは、ケンブリッジ大学を卒業した後、故郷に帰って父親の事業をてつだっていたが、すっかり嫌気がさし、ロンドンから外国へ出ることを考えていた。

母親はすでに病死している。それ以後、父親の粗暴さはひどくなり、強制移住《クリアランス》を容赦なく押しすすめた。土地を奪い、家を焼き、犬をけしかけて、何万人もの農民を追い出し、人々の憎悪の的になっていた。

家内《ハウス》メイドとしてゴードン家にやとわれたドロシー・ヒギンズは、スコットランドに流れてきた炭鉱労働者の娘だった。蜂蜜色の髪と、黒い瞳。社交界の名花とうたわれる令嬢たちにくらべれば、美女といってもたかが知れていたが、ケガをした使用人の子どもをなぐさめながら薬を塗ってやる姿に、ラルフ・ゴードンは胸を衝《つ》かれた。

最初はどう接したらよいかもわからなかったが、これまたスコットランドに流れて来たメアリー・ベイカーが、ふたりの間をとりもってくれた。彼女は厨房で下働きしていたが、最初はラルフに礼金をせびった。ところがそのうちドロシーに情がうつったらしく、ゴードン大佐に知られぬよう、懸命にふたりを守り、秘密結婚の証人になってくれた。

ゴードン大佐には気づかれなかった。気づいたのは、弟のクリストルである。ドロシーを誘惑して拒絶され、さらには、兄が父の怒りを買って廃嫡《はいちゃく》されれば自分が後嗣《あとつぎ》になれると、考えたのだろう。父に密告し、かつ、そそのかした。

月蝕島《ルナ・イクリプス・アイランド》の城塞で、決定的なあらそいがおこった。ラルフは父から殴打され、反撃して殴り倒した。ドロシーの手を引いて海岸へ向かう。猟銃を手にして、父は息子を追った。クリストルは何頭かの猟犬を放し、薄笑いを浮かべて兄を追いつめた。逆上したゴードン大佐はラルフとドロシーに猟銃を向けた。銃声がとどろき、ふたりの姿は断崖から海へ消えた。

そして五年後、一八五七年。

七月二日は、あと二時間ほどで終わろうとしていた。長い長い昼間がとうとう夜に支配権をゆずろうとしている。だが、夜より一歩はやく、白い冷気の雲と風が流れこみつつあった。ディケンズの詰問《きつもん》に、死んだとばかり思われていたラルフ・ゴードンが答える。

「私はあの氷山を吹き飛ばしてやっただけだ。何が解き放たれたのか、そんなことは知りませんね」

一瞬ごとに濃くなりまさる冷気の中で、ラルフ・ゴードンの両眼には鬼火《おにび》が燃えているように見える。

「クリストル、痛いか。殴られたり斬られたりする痛みが、すこしはわかったか。戦場に出たこともないくせに、天才剣士を気どっていたお前には、いい薬だな。ニーダムには感謝することだ。どうせ長くはないだろうが」

クリストルは答えず、地面に這ったまま兄を見返すだけだ。ラルフは話をつづける。

「お前はどうせ父上をけしかけて、あの氷山やら帆船をよからぬことに利用する気だったんだろう。だから吹き飛ばしてやったんだが、その必要もなかったかな」

私の拳銃はゴードン大佐からとりあげたもので、どうやらフランス製のリボルバー式六連発銃らしかった。ラルフ・ゴードンがかまえているのは、何しろ夕闇と冷気の渦でよく見えないが、もうすこしごつい感じで、どうやらアメリカ製らしい。

どちらにしても、一発撃つごとに撃鉄を起こさないかぎり、つぎの弾丸を放つことはできない。私はラルフ・ゴードンに、そのラルフは父親に、銃口を向けたものの、ふたりともうかつに撃つことができない状態だった。流れ弾《だま》がメープルにあたったりしたら、後悔しても遅い。

「それにしても、ゴードン家のやつらときたら……」

紳士らしからぬことだが、舌打ちしたくなってくる。父親のゴードン大佐より次男のクリストルのほうがさらに悪辣で不気味だと思っていたら、今度は長男だ。いくら事情があるといっても、次男より長男のほうが、さらにさらに、正常ではなかった。

すでに述べたことだが、ディケンズとアンデルセンは国際的な有名人だ。だからうかつに危害を加えられることはないだろう、と、私は考えた。それが常識というものではないだろうか。

ところが、ラルフ・ゴードンときたら、私とおなじ認識から、まったく逆の決意をみちびき出したのだ。ディケンズとアンデルセンは国際的な有名人だ。だから危害を加えて、その罪を父や弟になすりつけてやろうというのだから、想像を絶している。復讐の道具として、関係ない他人を巻きこもうというのだから、そんなもくろみを認めるわけにはいかなかった。何としても阻止しなくてはならない。

「父上、何をしてるのです⁉」

ラルフの声がとがった。ゴードン大佐が、表情をひきつらせて窓際から後退したのだ。それをラルフ・ゴードンが見とがめたのだが、ゴードン大佐には長男の声が聞こえなかったようだった。ひきつった表情のまま、室内で、身体ごと横を向く。

「な、何だ、これは……！」

ゴードン大佐がわめいた。何者かがゴードン大佐のいる部屋にはいりこみ、彼に近づこうとしているらしい。それにしても、「お前は」ではなく「これは」とは、どういうことだろう。

「父上⁉」

いらだったように、ラルフ・ゴードンが大声をあげる。その声をかき消すように、ゴードン大佐が悲鳴をあげた。恐怖と絶望の悲鳴だ。だが、恐怖と絶望の姿を、私たちは見ることができなかった。

ゴードン大佐のいた場所が、一瞬で真っ白になったからだ。

つづいて、耐えがたい白い冷気の暴風が中庭へとなだれこんできた。開いていた窓も蝶《ちょう》番《つがい》ごと吹きとんでしまった。

反射的に、メープルの肩を抱いたまま、私は地面にかがんでいた。頭上を、冷気のハンマーがなぎはらっていく。私はとうに帽子をうしなっていたが、かぶっていたらこのとき吹き飛ばされただろう。

「逃げろ!」

という叫びを、私は聞いた。ゴードン大佐の手下、たぶんギャレットの声だろう。つづいて、銃声が谺《こだま》した。一発、二発、三発。

私の足もとに這いつくばっていたはずのクリストル・ゴードンがいない。白い冷気が渦巻く中、片足をひきずりながら遠ざかる人影が見えた。一瞬で冷たい霧がその姿をつつみこむ。

また銃声。いつのまにか、ラルフ・ゴードンの姿も消えている。

「ディケンズ先生、アンデルセン先生!」

「ぼくはここにいるよ。でも寒いよ、凍死してしまいそうだ」

「ディケンズ先生は⁉」

「ここだ。いや、しかし正直おどろいた。ラルフ・ゴードンは吾輩やアンダーソン君を復讐の道具に使う気だったんだな」

「そのようですね」

「まあ、父親なんてものは、ときどき殺してやりたくなる存在ではあるが……」

物騒なことを、ディケンズは口にした。この文豪が、どれほど父親のために迷惑したか、そのことを思うと、とがめる気にはならなかった。ひとつ咳ばらいすると、気をとりなおしたようにディケンズはいった。

「だからといって、吾輩たちがラルフ・ゴードンに殺されてやる筋合もないからな。ここはひとつ、何とか無事にロンドンへもどるとしよう」

「賢明なご判断です」

私としても、地獄に堕ちるより、ロンドンの小さな家の温かいベッドにもぐりこみたい。メープルが立ちあがり、メアリー・ベイカーの手をとって立たせた。

「親と子は、やっぱり仲よくしなくちゃいけないよ。夫婦だってそうさ」

そういうのはアンデルセンだ。彼はディケンズ以上に貧しい家庭で生まれ育ったのだが、両親からは溺愛され、甘やかされて大きくなったので、家族間の情愛というものを、すなおに信じていた。

「そいつは親のほうの問題さ。子は親を選べんのだからな」

ディケンズが答える。その間にも寒さがつのり、冷霧《れいむ》は濃くなっていくようだ。

「わがイギリスの王室を見ろ。仲のよかった父と子なんて、ひとりでもいたとは思えんぞ」

一七二七年に即位したイギリス国王ジョージ二世は、息子であるフレデリック王太子とたがいに憎みあっていた。「お前は歴史はじまって以来の悪党だ」と息子をののしっていたそうである。フレデリックは父親より先に死去したので、イギリスは、歴史はじまって以来の悪党を国王としていただかずにすんだわけだ。めでたしめでたし、ということにしておこう。

めでたくないのは、私たちが直面している状況だった。寒さと不安に慄えながら、半ば手さぐりで冷霧の中を歩き出す。凍りかかった服地がばりばり音をたて、手がかじかんで、拳銃を持つのさえおぼつかない。

ようやくのことで私たちは木戸の外へ出た。島にとどまっていては、助かりたくとも助からない。船に乗って本土へもどるしかないのだ。

「どちらが船着き場だ?」

ディケンズの声に、あらたな銃声と悲鳴が、いくつもかさなった。

「何を撃ってるんだろうねえ」

不安そうにアンデルセンがいったとき、霧が流れて、すぐ近くに人影があらわれ、私たちをぎょっとさせた。ラルフ・ゴードンだった。髪を乱し、手に拳銃はなかった。弾丸を撃ちつくして、すてたのだろう。

「やあ、みなさん、ご無事で」

ゆがんだ口もとに、笑いが浮かぶ。

「どうも、ちょっと妙な事態になったようですね。私はただ妻の仇《かたき》を討ちたかっただけで、それ以上のことを考えてたわけじゃないんだが……」

Ⅱ

私はラルフ・ゴードンをにらみつけ、吐きすてるように決めつけた。

「嘘だ」

「何⁉」

「お前は妻の復讐を口実にして、人を殺したがっているだけだ。お前は父親や弟を非難するが、お前だってごりっぱなゴードン家の一員じゃないか」

「……私が父や弟と同類だというのか」

「そういってるんだ」

「侮辱だ、取り消せ」

「誰が取り消すか。目的のために手段を選ばない、他人なんかどうなってもいいという点で、お前はゴードン家の嫡子《ちゃくし》そのものさ。ご先祖もさぞ満足だろうよ」

最後まではいえなかった。うなりを生じて、ラルフ・ゴードンの拳がおそいかかってきたからだ。

私の手にまだ拳銃があるのを知りながら。

あるいは撃たれることを望んでのことかもしれない。私は彼の思いどおりに動く気などなかった。右手を引き、左手でラルフの右拳を払いのける。つぎの瞬間、ラルフの身体が大きくよろめいた。均衡をうしない、ひざをくずして地面に両手を突く。横あいから、メープルが思いきりラルフを突きとばしたのだ。

「やめて！　ふたりがあらそったりしたら、クリストルが喜ぶだけよ！」

半身をおこしたラルフ・ゴードンは、あきれたように私の姪を非難した。

「たしかに正論だが、お嬢さん、そういうことは暴力をふるう前にいってくれ」

「いっても聞きわけてくれる状態じゃなかったでしょ！」

「そうだよ、君のおじさんにノックアウトされるところだった」

ラルフ・ゴードンは、いまいましげに吐きすてた。

「立ってもいいか、ニーダム？」

「ゆっくりとだぞ」

どうにか立ちあがって、そのままラルフは動けなくなった。アンデルセンに力いっぱい抱きしめられたのだ。

「気の毒に！　君の奥さんは、とてもとてもいい女《ひと》だったんだね。そんなにも愛してたんだねえ。愛を求めてさすらう人の気持ちは、よくわかるつもりだよ」

ラルフ・ゴードンの表情は、複雑そのものだった。彼が間接的に殺そうとした相手に、抱《ほう》擁《よう》され、頬ずりされ、同情されたのだから。口を開きかけて、何もいわずにまた閉じる。どうだ、まいったか、と私は思ったが、なぜそう思ったのかは説明するのがむずかしい。

「とにかく逃げよう。まったく、あらそっている場合じゃないからな。船をさがすんだ」

ディケンズがいうと、アンデルセンがラルフを抱く力をゆるめ、世にも心細げな声を出した。

「でも、誰が船をあやつるの?」

「そんなことは船を手に入れてから考えるさ」

「ディケンズ先生のおっしゃるとおりです。この際ラルフ・ゴードン氏にも協力してもらいましょう。彼にとっても意外な事態だそうですから」

思いきり嫌みをいってやる。ラルフ・ゴードンはアンデルセンの身体を押しやり、乱れた襟元をととのえると、むっつりと口を開いた。

「この島はゴードン家の、いわば城塞だったんだ」

「城塞?」

「ロンドン塔やバスチーユ要塞を持ち出すのはおおげさだが、要塞にして宮殿、武器庫にして財宝庫、そして監獄というわけさ」

私には、思いあたるところがあったので、確認してみた。

「大量の火薬も備蓄してあったわけだな」

「そういうことだ」

「ごたいそうなことだな。ジャコバイトの乱の教訓か」

イギリス国内で武力叛乱が最後におこったのは一七四五年のこと。イギリス人なら誰でも知っている「ジャコバイトの乱」だ。ジャコバイトとはスコットランド王党派のこと。名誉革命で王位を追われたスチュワート王家の王位回復をめざして兵をあげた。ご存じのとおり失敗に終わったが、戦場となったのはまさにこの一帯だった。

スチュワート家の当主である若きチャールズ・エドワードは、政府軍に追われて各地を逃げまわったが、フローラ・マクドナルドという女性にかくまわれ、女装して脱出に成功し、フランスに亡命したのである。フローラは叛逆者の逃亡を幇助《ほうじょ》した罪で逮捕されたが、結局、裁判もなしに釈放され、牧場主の妻として人生を終えた。スカイ島にりっぱな墓があるということだ。もしフローラが大量の火薬をチャールズ・エドワードに提供していたら、すこし歴史が変わったかもしれない。

私たち六人は、ラルフ・ゴードンを先頭に立てて歩いた。もちろん私はこの男を信用していなかったが、彼がもっとも地理に精通しているわけだし、彼が後ろにいたのでは、いつ攻撃されるか、あるいは逃げられるか、知れたものではない。

「おじさま、右のほうから冷気が流れて来るわ」

「左へいこう」

「そうしたら海岸へはいけないぞ」

ラルフ・ゴードンがあざわらう。ふと思い出したことがあり、私は足を早めて彼に近づくと、手を突き出した。

「手帳を出してもらおうか」

「手帳？　何のことだ？」

「とぼけるな。アバディーンでレーヴボルグ教授からあずかった手帳だ」

「ああ、あれか」

「よこせ。何か対応策が書いてあるかもしれん」

拒絶されたら腕ずくで、と思っていたら、ラルフ・ゴードンは案外すなおに手帳を差し出した。ひったくって、私は手帳を開いたが、すぐに憤然として、ラルフをにらみつけた。

「ノルウェー語じゃないか、これは⁉」

「あたりまえだ。ノルウェー人が書いたものだからな」

「………」

「全世界の人間が英語を使うとでも思っていたのか、イギリス国内でもゲール語しかしゃべれない人間がいるのに」

不機嫌に、私は手帳をポケットに突っこんだ。ラルフよりも、自分のうかつさに腹が立った。メープルが気づかうように私を見たので、苦笑まじりにうなずいてみせる。

突然、一同はそろって足をとめた。霧が流れ、すぐ前方に、人間の死体がいくつかころがっているのが見えた。

バラクラーヴァでも他の戦場でも、私は多くの死体を見てきた。頭のない胴体だけの死体、両腕をうしなった死体、脚を切断された死体、胸の中央に穴のあいた死体、まっ黒にハエがたかった死体……すべてに共通するのは、吐き気をもよおすような血の匂いだ。

だが、このとき私が見たのは、凍結した三つの死体だった。霜におおわれ、一滴の血も流れていない。表情も凍結していた。恐怖に目と口を開いたまま、永遠に凍りついているのだ。メープルが私の腕をつかみ、死体から視線をはずした。

「あ、あれは何なんだろう」

アンデルセンがあえいだ。彼の目は前方に向けられていた。霧の薄い壁の向こうを、何か大きな影が移動している。私たちは粗《あら》く組まれた石垣の蔭に身を隠した。息をころして観察する。

それは海草のかたまりのように見えた。いや、ぬれた毛皮だろうか。ぬらぬらと湿った光沢を持つ物体は、インド象の子どもほどの大きさがあるようだった。形はというと、セイウチかトドのようでもあるが、奇怪に伸縮し、揺れ動いているので、はっきりしない。ときおり薄闇の一角に白い雲がわきおこるのは、巨体のどこかに口か排気孔があって、強烈な冷気を吐き出しているからだろう。そして、冷気をあびたものは、白く凍りつき、怪物の身体に触れると、もろく割れ、砕け散った。

阿片《アヘン》中毒者の妄想にだって出てこないような、醜悪《しゅうあく》な生物だった。ダンテが『神曲《しんきょく》』に記した地獄の最下層の氷を破って、地上に出てきたとしか思えない。

怪物が死体のひとつにおおいかぶさるのが見えた。ぱりぱりと乾いた音がして、私はその意味をさとった。

このグロテスクな緑の毛皮のかたまりは、凍結した死体を食っているのだ!

怒りと嫌悪感が熔岩《ようがん》のようにせりあがってきて、私は吐き気をこらえながらラルフ・ゴードンをにらみつけた。

「どうだ、満足したか。あいつを氷山から解き放ったのはお前だぞ！」

さすがに蒼白になって、ラルフ・ゴードンは答えない。そのとき怪物が顔をあげた。顔だと思ったのは、赤く光る目玉が六つあったからだ。縦に二列、横に三列。それが毒をたたえて人間たちに向けられた。

「逃げろ！」

どなると同時に、私は拳銃をかまえた。赤い目玉めがけて発砲する。引金を引いては撃鉄をおこし、たてつづけに三発、撃ちこんだ。

怪物はよろめきもせず、私に近づこうとする。さらに三発。そこで弾丸が尽きた。私は毒づきながら拳銃を投げつけ、身をひるがえして逃走にかかった。

「おじさま、こっち！」

石垣の端から、メープルが呼ぶ。私はそこへ走りこんだ。石垣に沿ってふたりで走ると、ほどなく先行する人たちに追いついた。

ディケンズ、アンデルセン、メアリー・ベイカーの三人はもともと快足とはいえない。残るひとり、ラルフ・ゴードンも遠くへはいっていなかった。行手《ゆくて》が小高い丘になっており、その先は海に面した断崖だった。

落日の余光《よこう》は消え去ったはずだが、北国の夏の夜は完全な闇にはならない。さらに北方の

白夜《びゃくや》とまではならないが、どこかいらだたしい薄闇がだらだらとつづく。雲の上には月もあるようだ。

崖の下にひろがる光景は、荒涼のきわみだった。ラルフ・ゴードンに爆破された氷山と帆船の残骸が薄暗い海面にただよい、波のくだける海岸でアザラシたちが鳴きさわいでいる。

「船はないな。あっても、この崖は下りられん」

ディケンズが頭を振り、身体の向きを変えた。そのまま立ちつくす。他の五人も動けない。七人めの人影が、いつのまにか私たちの近くに出現していた。

「やあ、兄上、お友だちができたようですね」

冷気ではなく、憎悪にたぎる声だった。そこに立っているのは、クリストル・ゴードンだ。左手はだらりと垂れたままだが、脇に棍棒をはさみこんで、杖がわりに身体をささえている。右手には拳銃があった。先ほどまで私が持っていたのとおなじ型の銃だ。

はじめて私はクリストルに対して感歎の念をおぼえた。砕かれた右ひざも、くじいた左手も、むろん治療などしていない。おそろしい苦痛だろうに、額に脂汗《あぶらあせ》を浮かべながら、なお立って、私たちに危害を加えるつもりなのだ。ゆがんだ悪念のなせる業《わざ》だが、クリストルの気力は非凡だった。正しい方向に用いれば、彼は何がしかの功績を歴史に残すことができただろうに。

「弾丸は六発……ひとりに一発、公平に撃ちこんであげますよ」

邪悪な勝利感にクリストルの顔が上気している。その足もとに、背後から緑の色彩をしたものが、音もなくせりあがってくるのが見えた。

III

「伏せろ！」

叫ぶより早く、私はメープルの肩を抱いて地面へダイビングした。ディケンズもラルフ・ゴードンも私に倣《なら》う。すこし遅れたが、アンデルセンとメアリー・ベイカーもおなじく。

不運なクリストルは、すぐには動けなかった。右手に拳銃をかまえ、左の脇に杖がわりの棍棒をかかえこみ、右脚は深く傷ついているのだ。それでも彼は動くべきだった。拳銃も棍棒もすてて、地面に身体を投げ出していたら、もうすこし長く生きられただろう。

冷気の白い雲が、背後から一気にクリストルの上半身をつつんだ。

その雲が拡散するまで、五秒ほどかかっただろうか。その間に、私はメープルの肩を抱いたまま、地上を這って、必死に冷気から遠ざかった。

私が見たものを、どう表現すればいいのだろうか。クリストルの上半身は白銀色にきらめく氷の彫刻だった。腰のあたりから下は、生死いずれにしても人間のままだったが。

拳銃をかまえた右手は、完全に氷と化していたが、垂れさがった左手は、肩から肘のすぐ下まで氷結し、そこから先は生身のまま残されていた。

低い位置から、声も出せずに私たちは奇怪な氷像を見あげた。その氷像が倒れて無惨に砕けるのと、その後方に緑色の影が盛りあがるのが同時だった。

いやらしい緑色の怪物は、斜面の下からやや上へ向けて冷気を吐き出したので、立っていたクリストルの上半身だけが氷結し、這っていた私たちは助かったのだ。

怪物が、かつてはクリストルだった氷塊《ひょうかい》の上におおいかぶさる。その隙に、私たちは跳び起き、姿勢を低くしたまま走った。海岸との間を怪物にさえぎられてしまったので、城塞のほうへ逃げもどるしかない。クリストルの死にざまに感慨を抱いている余裕などなかった。

ディケンズは息を切らせながらもひとりで走れたが、アンデルセンは私に引っぱられなくては走れなかった。メアリー・ベイカーはメープルに手を引かれていた。ラルフ・ゴードンは私たちを手助けする気はなさそうだったが、妨害する気もなさそうだ。四苦八苦している私たちに、ときおり冷然たる視線を投げつけながら、最初に城塞へ駆けこんだ。

玄関の広間は半ば氷におおわれて、冷たく、ほの白くひろがっていた。一同はひとまず立ちどまって呼吸をととのえた。

「これからどうするの？　怪物が来たら隠れんぼするのかい？」

誰にともなく、アンデルセンが悲しげな問いを発する。私はラルフを見やった。

「マクミラン、いや、ラルフ・ゴードンかな。どちらでもいいが、この窮地を脱するために力をあわせないか」

皮肉な目つきと声が返ってきた。

「なぜ私がそんなことしなくちゃならん？」

「お前の父親も弟も死んだ。楽な死にかただったかどうかはわからん。とにかく、生きたまま絞首台に上ることは、もうない」

「何がいいたい、ニーダム？」

「もうディケンズ先生やアンデルセン先生を殺す意味なんかない、ということだ」

そういわれて、何かに気づいたように、ラルフ・ゴードンはふたりの文豪を見た。アンデルセンは悲しげに、ディケンズは怒ったように、彼を見返す。ラルフ・ゴードンは短く自嘲の笑いを浮かべた。

「ふん、さっきよりさらに妙な事態に立ちいたったことは確かだな。父も弟も死んで、あいつらに有名人殺害の罪を着せる必要もなくなった」

「だろう、だったら……」

「待てよ、ニーダム、だからといって、苦労して君らを助けようとも、私は思わん。こうなったらもう、誰がどうなろうと知ったことじゃない。私自身、無理に助かる気もないし……」

「なさけないね、ラルフ・ゴードン」

きびしい声がして、メアリー・ベイカーが進み出る。ラルフは彼女を見やって、ひるんだようすだった。

「君か、ミス・ベイカー、よけいな口を出すのはやめてくれ」

「あたしの性分で、やめられないね。だからこそ、あんたとドロシーとの逢い引きに協力したし、結婚式の証人にもなったんだよ」

「君には感謝してるよ」

「だったら、ここにいる人たちを助けておやりな。まったく、どこでどうねじまがったか知らないけど、ここにいる人たちを巻きぞえにして、あんた、天国でドロシーに顔向けできるのかい」

「べつに天国にいこうとは思ってない」

「子どもみたいに、何をすねてるんだか。あきれたね。ドロシーが惚れる価値のない男だったよ」

メアリー・ベイカーは私たちに向きなおった。

「新聞を読んだら月蝕島《ルナ・イクリプス・アイランド》の記事が載っていて、気になって五年ぶりにスコットランドへやってきたのさ。生きたラルフ・ゴードンの姿を見たときにはたまげたよ。何を考えているのかと思って島までやってきたら、こんなことだったとはね。さあ、こんなやつにかまっていても時間のむだだ。いこう」

「ちょっと待ってくれ」

私は手をあげて一同をとめた。

「ラルフ・ゴードン、ここで別れてもいいが、ひとつ尋《き》いておきたいことがある」

「何だ」

「月蝕島《ルナ・イクリプス・アイランド》に渡る前、ディケンズ先生に『どのくらいかかる』と尋《き》かれただろう？　あのとき、『船でいくなら』とわざわざいったことをおぼえてるか？」

ラルフ・ゴードンだけでなく、メープルもメアリー・ベイカーも不審そうな表情になった。塔の中での会話を知らないのだから、当然のことだ。かまわず私はつづけた。

「お前は本土と月蝕島とを往《ゆ》き来するのに、船以外の方法を使っていたんだ。だからつい、そんな言葉を口にしたのさ」

わざとらしく、ラルフは溜息をついた。

「まったく妙なところで鋭い男だな。それで、君の結論はどうだ」

「お前はいったろ、この島はゴードン家の城塞だって。城塞だったら、脱出路をそなえているのは当然だろう」

ラルフ・ゴードンが返事をしないので、私は決めつけた。

「月蝕島と本土を結ぶ海底のトンネルがある。そうだな？」

「ああ！」

と叫んだのはメープルで、ラルフ・ゴードンは口もとをゆがめただけだ。だが、その表情が私の確信を深めた。

「その海底トンネルの入口を教えてほしい」

「えらく低姿勢だな、ニーダム」

「この人たちを助けたいからだ。正直、船を手に入れても、帆をあやつる自信はない」

「ふん、海軍にいればよかったのにな」

そのときメープルが口を出した。

「おじさま、わたし心あたりがある」

「君にかい？」

「海底トンネルの出入口は、この城塞の地下にあるのよ。いえ、もっと正確にいうなら、海底トンネルの出入口の真上に、ゴードン家のご先祖は城塞を建てたんだわ」

「ありえることだが、どうしてそう思う？」

「クリストルは、わたしを城塞の地下につれていこうとしたのよ。わたしは必死でさからったけど、彼は本気だったのかしら。むしろわたしが地下にいくのをいやがるように仕向けたのかもしれない。そんな気がしてきたの」

メープルの視線を受けたラルフは、表情を消して考えをめぐらせるようすだったが、急に歩き出した。

「ニーダム、君の姪はいい勘をしている。ついて来い、こっちだ」

彼以外の五人は、たがいに顔を見あわせた。この期《ご》におよんでは、選択の余地がない。例によって私が最後尾を守り、ホールの奥へと向かった。

玄関の扉が外から鳴りひびいた。どおんどおんという音が、広間の天井や壁をゆるがす。何か重いものが扉にぶつかっているのだ。その不吉なひびきは、まるでバラクラーヴァの野をおおうロシア軍の砲声のようだった。

Ⅳ

玄関の広間の一隅《ひとすみ》にある重い樫《かし》の扉を開くと、地下への階段だった。何の装飾もない灰色の石段が、螺旋《らせん》を描きながら下の闇へ消えている。一段ごとの高さが一フィート近くあり、降りるには用心が必要だった。

カンテラを手にして、ラルフ・ゴードンが先頭に立つ。メアリー・ベイカー、アンデルセン、もうひとつのカンテラを持ったディケンズ、メープルの順でつづき、最後尾は私だった。思えば、かなり、珍妙な顔ぶれである。

扉を閉めようとしたとき、音をたてるような勢いで、冷気が流れこんできた。閉める寸前、二インチほどの隙間に、いやらしい緑の色彩がかぶさってくる。あの忌《い》まわしい怪物が、玄関ホールに侵入してきたのだ。

「来たぞ、いそげ！」

扉を閉めて、私は下向きにどなった。あせって足でも踏みはずしたら悲惨なことになるが、そうどならざるをえない。

珍妙な一行は、あたふたと降下をつづけた。いちばん小柄で脚の短いメアリー・ベイカーと、いちばん大柄で脚の長いアンデルセン、このふたりを前後に列《なら》べたのは、階段を下る効率からいうと、あきらかにまちがいだった。だが、下りはじめてからそんなことに気づいても、もう遅い。

私の頭上で激しく重い音がひびき、木片が降りそそいできた。冷風がおそいかかってくる。怪物が扉を破壊し、窮屈な階段室に巨体を押しこんできたのだ。

ふたたび「いそげ」とどなろうとした、まさに寸前、私は階段を下りきった。靴が石ではなく板を鳴らし、同時に水をはねた。

カンテラの光に、六人の影が揺れる。

「この先は、ほぼまっすぐだ。本土までつづいている。何万年も前に自然のいたずらでできた空洞だが、十代ばかり前のご先祖が発見して、ひそかにずっと使ってきた。通路になるよう板が敷かれているから、その上を走っていけばいい」

ラルフ・ゴードンが指をあげて行手を示す。

「どうぞ先にいってください、ディケンズ先生、アンデルセン先生。ご迷惑をおかけしました。手遅れだとは思いますが、おわびいたします」

ラルフ・ゴードンは頭をさげた。紳士らしさをとりもどしたように見えた。ふたりの文豪が顔を見あわせる。ディケンズはゆっくり大きく一度、アンデルセンは小さく三度うなずいた。メアリー・ベイカーは黙って彼を見ている。

「ニーダム、ちょっと君は残ってくれ」

ラルフ・ゴードンの言葉に対して、メープルが何かいおうとするのを、私は制して、先に

いくようながした。ディケンズのカンテラが、闇の奥へと遠ざかっていき、板を踏み鳴らす音がそれにつづく。

ラルフ・ゴードンは私の顔を見ながらカンテラをかかげた。古ぼけた扉が階段のすぐ横にあった。

「ここが火薬庫だ。残った火薬を爆発させて、やつをふせぐから、てつだってくれ」

やつとはもちろん冷気を吐く緑色の怪物のことだ。私たちは大いそぎで三つの火薬樽を階段の下に並べた。導火線を手にしてラルフ・ゴードンが静かに告げる。

「あとは私ひとりでいい。君はもういってくれ、ニーダム」

「残る気か？」

「こんなことになるとは思わなかった。いちおう責任はとらないとな」

「そんなことはやめろ、いっしょに来るんだ」

「私や父や弟が死んだからといって、誰も悲しまん。だが、ニーダム、君はちがうだろう」

「お前は生き残るべきだ、ラルフ・ゴードン。生き残って、父や弟がどんな悪業をかさねてきたか、証言しろ。告白書を出すなら、てつだうから」

「そこまで要求されるのは、ちと辛《つら》いな」

ラルフ・ゴードンは苦笑に似た表情を浮かべた。私は身を慄わせた。冷気が降りそそいでくる。やつが近づいているのだ。

「ゴードン家のやってきたことを白日《はくじつ》のもとに暴《あば》きたて、記録するのは、他人にまかせたい。

わからないことは調査してもらおう。そのていどの苦労はしてほしいし、たぶん調査する価値もあるはずだ」

カンテラを導火線に近づける。

「そら、いかないと、火をつけるぞ」

それでも私はためらっていた。

「おじさま、早く早く！」

メープルの声が近くから聞こえた。私を気づかって、もどって来たのだ。それで私は決心がついた。ラルフ・ゴードンは妻のもとへいきたいのだろうし、メープルを巻きぞえにするわけには絶対にいかない。

「幸運《グッド・ラック》を祈る！」

去る者と残る者が、おなじ言葉を投げあった。一瞬、ラルフ・ゴードンが笑いをひらめかせたように見えた。私は身体をひるがえし、メープルの手をつかんだ。

「走れ！」

私たちは走った。海底トンネルの長さは半マイル。私が全力疾走すれば二分そこそこだが、メアリー・ベイカーもいることだし、五分はかかるかもしれない。

足もとで踏み板が鳴りひびき、頭上からは絶え間なく水が落ちてくる。もちろん雨ではなく、海底の岩盤の微細な割れ目から海水がこぼれ出しているのだ。大量の火薬が爆発すれば、トンネル全体が一気に崩落するだろう。

どれほどの時間が経《た》ったか、カンテラをかざしてディケンズがどなった。

「階段があるぞ」

「上って！」

汗と海水に服をぬらし、息を切らしながら、私たちは階段を上った。下ったときとおなじような石の螺旋階段だ。

上りきると、扉があった。鍵がかかっていたので、男三人で体あたりしなくてはならなかった。一度、二度。三度めに蝶番が飛んで扉がはずれた。その向こうに若い男がいた。銀製の皿をかかえて立ちすくんでいる。

「な、何だ、あんたらは⁉」

お仕着せを着た男は、食料貯蔵室係《パントリー・ボーイ》らしい。彼としては当然の質問だろうが、私としては礼儀にも常識にもこだわってはいられなかった。彼の襟首をつかんで、どなるように質問する。

「ここはどこだ⁉」

「ど、どこって、そんなことを何で……」

「答えろ！」

「ゴードン大佐のお屋敷だよ！　食料貯蔵室《パントリー》だ！」

若い男はわめいた。

「あんたら、こんなことして、ただですむと思ってるのか。ゴードン大佐のお怒りを買ったら……」

「逃げろ！」

「何だって⁉」

「大爆発がおこるぞ。ゴードン大佐はもう死んだ。さっさと逃げるんだ！」

それ以上、くわしく説明する余裕などない。私たち五人の侵入者は、広い厨房を駆けぬけ、通用口を蹴破るように外へころげ出た。半地下から地上へ、六段ほどの石段を駆け上ると、馬車を三十台ほども駐《と》められる横庭《サイドヤード》だ。他の四人の後尾を守りながら、肩ごしに振り返ると、使用人たちが必死に駆け出してくるのが見えた。

石敷きの部分も終わり、土を踏んで十歩ほど走ったとき、私は、地面が赤くかがやいて私自身の影が濃く落ちるのを見た。

一瞬おいて、すさまじい轟音と爆風。

ゴードン邸の近くにいた者は、吹き飛ばされた。遠くにいた者も、風圧でなぎ倒された。両腕をあげて頭をかばいながら、三度四度と地上をころがる。回転がとまってようやく視線をあげると、渦巻く炎と煙がゴードン邸をつつんでいるのが見えた。

このとき、海底トンネルはそれ自体が炎と爆風と轟音の通路になったのだろう。

海峡の対岸でも、炎が宙空に噴きあがっているのが見えた。

濃い灰色に塗りつぶされた巨大な画布《キャンバス》、その中央に深紅の絵具をひとかたまりたたきつけたかのよう。大爆発につづいて、たてつづけに小爆発がおき、そのたびにあらたな炎と轟音がわきおこる。

「月蝕島《ルナ・イクリプス・アイランド》の城塞が崩れ落ちるぞ」

ようやく立ちあがって、ディケンズがうめく。彼を中心として私たち五人は高台に立ちつくし、寒さも忘れて、遠くの火と近くの炎を見やった。

まるで煉獄《れんごく》の縁に立ち、煮えたぎる地獄の熔岩をながめるように。

崖下にひろがる大剣の港《ポート・グレイモア》の小さな街は、黒々と寝静まっていたが、あちこちに灯《とも》が点り、人々が戸外へと飛び出しているようだった。こんな辺境の地では警察だけでなく、近代的な消防の組織もまだ存在しない。絶対的な支配力を持つゴードン大佐父子《おやこ》がいなくなった以上、人々はどうすることもできず、うろたえ騒ぐしかできなかっただろう。

私たち五人、といったが、ひとりで両足を踏んばって立っているのはディケンズだけだった。メープルは私にすがりついていたし、アンデルセンはというと、

「わっ、どさくさにまぎれて何やってるんだ、離れてくれ！」

この悲鳴でわかるとおり、メアリー・ベイカーにしがみつかれていたのだった。

「何だい、あんたのほうから抱きついてきたくせに」

「そ、そんなことするわけないだろ」

「本当さ、悲鳴をあげて」

「してないってば！」

私はそれまでまったく動けずにいた。何樽かの火薬に火をつけたていどで、これほどの大

爆発になるとは、正直、思っていなかったのだ。ようやく気をとりなおして、私はディケンズにささやいた。

「逃げましょう、ディケンズ先生。長居は無用です」

「うむ、それがよさそうだな」

ディケンズと私は他の三人に声をかけ、あたふたと逃げ出した。十人ばかりゴードン邸の使用人たちが近くにいたが、海峡の両岸で展開される火の狂宴に茫然と見入っていて、後を追ってくる者はいなかった。

坂道を炎に照らされながら十分ほど、走ったり歩いたりして町に下りた。あらゆる家から人々が飛び出して月蝕島《ルナ・イクリプス・アイランド》とゴードン邸をながめ、教会の鐘が狂ったように鳴りひびく中、私たちは「赤鴉亭《レッド・レイブン》」に駆けこんだ。

茫然とたたずむ亭主に、「急用ができたんで出発する」と告げ、部屋にはいって荷物を運び出す。メープルは自分の鞄からスカートを引っぱり出し、乗馬ズボンの上にすばやくはいた。

V

月蝕島での大惨事に、ふたりの文豪がかかわっていると知られないほうがいい。どうせ宿帳には偽名を記入しておいたのだが、念には念を入れておこう。まずメープルが宿の亭主に話しかけ、注意をひきつける。その間に、私は何くわぬ顔で宿帳のページを破りとると、そこに一ポンド紙幣をはさみこんだ。

馬車を呼んでもらい、夜道を行くからというので代金をはずんだ。五人の人間が乗りこみ、荷物をつみこんで馬車が走り出す。私は破りとった宿帳のページを細かくちぎり、窓の外へ捨てた。

こうして、一八五七年七月二日の夜に、ディケンズとアンデルセンが大剣の港《ポート・グレイモア》にいた、という証拠は湮滅《いんめつ》された。

結局、二十五マイル離れたスコーリエの町から軍隊が駆けつけて、事態の収拾にあたったのだが、そのときはすでに夜が明けていて、私たちの乗った馬車は東へ三十マイルも走り去っていた。

七月三日午前十時、疲れはててインヴァネスに着く。

そこで馬車を降りると、メアリー・ベイカーは、「あんたたちとはここでお別れだ」といった。

「あたしは長いこと一カ所にいられる性質《たち》じゃないし、他人と群れるのも好きじゃないしね。もし、ちょっとばかり、あたしのことを好いてくれるなら、放っておいてくれないか」

それが本心であることは疑いようもなかったので、私たちは彼女を引きとめなかった。メアリー・ベイカーは、ディケンズの差し出した六シリング銀貨五枚を悪びれずに受けとると、メープルと抱擁しあった。アンデルセンには熱いウィンクを送り、ディケンズと私には手を振ると、背中を向けて歩み去った。貧しげな服装なのに、あんなにも堂々とした老婦人を、現在に至るまで見たことがない。すくなくとも、メープルはそう断言している。

その後、メアリー・ベイカーに再会することはなかった。彼女は放浪生活をつづけ、一八六五年一月にブリストルで死去した。私やメープルがそのことを知ったのは翌年になってからだ。せめて機会を見て墓参りぐらいにはいきたい、と思い、ブリストル市役所に電報で問いあわせたのだが、「市内のどの墓地に埋葬されたか不明」という返事がとどいただけだった。お役所仕事を非難するより、むしろ私とメープルは、「死んでからもミス・ベイカーらしい」と思った。

一九〇七年になっても、私とメープルはメアリー・ベイカーのことをよく憶えており、年に何回かは思い出話をする。それが彼女にふさわしい弔《とむら》いであり、形式には意味がないという気がするからだ。

月蝕島《ルナ・イクリプス・アイランド》の惨劇について、七月三日の段階では、新聞はまだ騒ぎ出していなかった。

結局、一八五七年七月二日の夜に、北スコットランドの有力者ゴードン大佐父子の館が炎上したことは、不幸な事故としてかたづけられた。大惨事ではあったが、父子の遺体は発見されず、一方では大量の火薬を備蓄していたことが判明した。島民の死者はひとりもいなかった。まことに皮肉なことだが、全員がゴードン大佐によって島から追い出されていたからだ。

城塞は吹き飛び、海底トンネルは崩落して、調査のしようもない。軍隊の出動が遅れたことに批判は出たが、ゴードン父子が消えたことを悲しむ者はほとんどいなかった。むしろ歓迎する人たちばかりだったのだ。ディケンズ風にいえば、「人望と無縁の権勢こそ、あわれなもの」ということになりそうな結末だった。

それにしても、メープルがクリストル・ゴードンから聞かされた話は真実だろうか。彼は大量殺人犯だったのだろうか。

その点についてはディケンズと話しあったのだが、おそらくクリストルが三十人もの女性を殺害したというのは誇張だろう。ゆがんだ虚栄心と、メープルを脅かして抵抗を封じる必要から、クリストルはそういったにちがいない。ただ、多くの女性を虐待し、そのうち何人かを死に至らしめたことは、まちがいないと思われる。すこし調べただけでも、ゴードン家の領地では何人かの若い女性が行方不明になっており、強制移住《クリアランス》で土地を去った、という形で処理されているのだ。

父親であるゴードン大佐は、次男の悪業を知りながら、それを制止することも罰することもできなかった。長男とその恋人を死なせた(長男は生きていたが)という、彼自身の忌まわしい秘密があり、そのことを次男ににぎられているのだ。次男は増長し、父親はそれに引きずられた。

ディケンズの意見はこうだ。

「ゴードン大佐はクリストルを擁護するというより、むしろ精神的に支配されておったんだろう。証拠はないが、月　蝕　島《ルナ・イクリプス・アイランド》を流刑地にするなどという計画も、クリストルが考えついたのかもしれん。あの父子の暴走が、極北からの魔物を呼び寄せたという気がするほどだ」

極北からやってきた月蝕島の魔物。その正体については、どうしても語っておかねばならない。

インヴァネスから鉄道に乗って、私たちはアバディーンに着いた。七月三日の夕方だ。ホテルの予約をすませてから、私たちはノルウェー人学者レーヴボルグ教授を訪ね、「ここだけの話」としてすべてを語った。教授は熱心に聞き入り、ときおり歎声をあげた。それにしてもあの冷気を吐く怪物は何だったのだろう、と、メープルに問われて、教授は答えた。

「怪物の名前を特定するのは、容易なことではないのだ。おなじ怪物を、地域によっては別の名で呼んでいたりする。たとえば、カナダ東北部でアドレトと呼ばれているものが、グリーンランドではエロキグドリットと呼ばれておって、これはどちらも毒々しく赤い犬の形をし、人間をおそって血を吸うのだ。いや、ここスコットランドにかぎっても、クジラをのみこむほど巨大な海蛇をキレイン・クロインと呼ぶが、キルタグ・ムホル・アファインともいい、ミアル・ヴォール・アファインとも称し、さらにはウィレ・ベイスド・アチュアインとも……」

話を聞いていた四人が、いっせいに咳ばらいしたので、レーヴボルグ博士は肩をすくめた。

冷《さ》めてしまったコーヒーのカップを手にする。

「そこで、月蝕島《ルナ・イクリプス・アイランド》に出現した怪物だが、ああ、お嬢さん、そこの机の上に地図があるから、取ってきてくださらんか」

教授は大きな地図をテーブルにひろげた。

「これは、フランドルの地図製作者ゲルハルドゥス・メルカトルが一五六九年に作製した地図の一部を模写したものだ。三百年近く昔のものだが、北極に関しては、現在でもたいして知識は増えておらん。ほら、これがイギリス、その西北がアイスランド。さらにその西北に……」

メープルが教授の指先をのぞきこむ。

「Ｇｒｏｅｎｌａｎｔ……これはグリーンランドですね」

「まあそれぐらいはわかってもらわないとこまるな。さてと、さらにその西北、北極により近い海域に島が描かれているだろう？」

「Ｇｒｏｃｌａｎｔ……こんな島があるんですか」

「それをたしかめるために、フランクリン大佐も出かけていったのさ」

一九〇七年現在でも、人類はまだ北極点に到達していないのだ。

黙って聞いていたディケンズが、メープルの横から地図をのぞきこみながら尋ねた。

「で、この謎の島がどうしたと？」

「その島に、赤い六つの目を持つ危険な生物がおると、先住民の伝説がある。その名は

「……」

教授が手帳を開く。私がラルフ・ゴードンから受けとって、教授に返却したものだ。

「Ｋｉｗａｈｋｗ……」

いいにくそうに、メープルが発音する。つづいて教授の指が動いた。

「キワ……コウ？」

「……Ｎｏｏｋｓｉｗａｅ……」

「ヌークシワエ……？」

「キワコウ・ヌークシワエ」

と、ノルウェー人学者がおごそかにいった。

「だいたい『這いまわる恐怖』という意味になる。北極に巨大な穴があって地底深くに通じている、という、これも伝説だが、そこから這い出してくるという。体内に氷雪の巣があって、口からおそろしい冷気を吐き出し、生物を凍らせてそれを喰《くら》う。冷凍された血と内臓が好物だというのだな」

ディケンズが眉をしかめ、アンデルセンが首をすくめ、メープルが小さく身慄いした。私自身はどういう反応をしたか、よくおぼえていない。おぞましい魔物の餌食とならずにすんだ幸運を感謝するばかりだ。

「残念ながら、実物を見ることはできなかったが……」

レーヴボルグ教授は紳士だったが、このときばかりは声にうらめしさがこもった。まあ無理もないことである。

「こうなると、グリーンランドのノルウェー人たちを滅亡に追いこんだ一因として、キワコウ・ヌークシワエが存在したという可能性を考慮してもよかろう。学問的な検証はこれからだが……」

気になっていることがあったので、私は口を出した。

「ただ、実際に体験しても、まだ私には信じられない気がします。キワコウ何とかの存在を、伝説でなく科学的に説明できないものでしょうか」

「科学的にな」

レーヴボルグ博士は、やや皮肉っぽく笑った。

「何でもかんでも科学的に説明しないと気がすまんのが、十九世紀的精神というものかな。それによって得るものは多いが、失うものもすくなくなかろう。私の任じゃないね。まあ理屈をつけたいなら自分で考えてみたまえ」

この三日間、私たちがずっとレーヴボルグ教授の娘の家に滞在していた、ということにしてくれることを約束してもらって、私たちはレーヴボルグ教授のもとを辞去した。ホテルへもどり、翌日、エジンバラへと発《た》った。

事件からちょうど二十年後、一八七七年にフランス人とスイス人の化学者が、空気を冷却して液体化することに成功した。一八九五年にはドイツ人化学者が実用的な空気液化装置を発明した。

それらの事実から私なりに考えたのは、月蝕島《ルナ・イクリプス・アイランド》に出現した極北からの魔物は、いうなれば生きた液体空気ボンベで、体内にいちじるしく低温の液体を満たし、気化させて口から吐き出していたのではないか、ということだ。液化された空気、とくに酸素は、油などと混ざると容易に爆発し、きわめて危険である、という。これもまた、月蝕島の魔物が大爆発をおこして吹き飛んだことと符合《ふごう》する。

そういうわけで、私としては一応の答えが得られたように思ってはいるのだが、ただ、そんな生物がどのような進化の過程を経て地上に出現したのかは、まったくわからない。いまから九年前、一八九八年に、H・G・ウェルズが『宇宙戦争』なる作品を発表して、火星に棲《す》む奇怪な生物を登場させたが、その伝《でん》でいけば、他の寒冷な惑星から飛来した生物なのかもしれない。

いや、正確な知識もないのに、仮定と想像をかさねていいかげんな結論に達するのは、紳士のとるべき方途《みち》ではないから、これぐらいにしておこう。

アバディーンからエジンバラを経由して、七月六日、私たち四人はようやくロンドンへ帰り着いた。とりあえずディケンズとアンデルセンを市内のタヴィストック・ハウスに送りとどけ、報告のためミューザー良書倶楽部《セレクト・ライブラリー》にいく。すでに電報は打っていたので、ミューザー社長は私たちを待ちかまえていた。

「いや、ご苦労さん、どうやら地獄行きはまぬがれたらしいな、ニーダム君」

「入口まではいきましたよ。そこで追い返されました」

ミューザー社長は大笑いした。すぐに給料をあげてはくれなかったが、私とメープルに、八日分の出張手当あわせて三ポンド四シリングを支給してくれた。ありがたかったのは、翌七月七日いっぱい、有給休暇をくれたことだ。

その日の夕方、私とメープルは一八一一年に創業されたイギリス最初のインド料理専門店ですこし贅沢な食事をした後、帰宅して、ひたすら眠った。翌日の午《ひる》すぎ、マーサがたまりかねて起こしに来た。彼女は廊下に立って、私の部屋の扉とメープルの部屋の扉をかわるがわるノックしながら叫んだのだ。

「おふたりとも、いいかげんに起きてください。午後のお茶の時間だからといって人を起こすなんて、マーサははじめてですよ！」

Ⅵ

一八五七年七月十五日。

デンマークの偉大な童話作家ハンス・クリスチァン・アンデルセンはイギリスを離れ、帰国の途についた。

ディケンズとメープルと私は、メイドストーンの駅までアンデルセンを見送った。この駅からドーヴァー近くのフォークストンまで直通の急行列車が出る。アンデルセンはフォークストンから船に乗ってフランスのカレーへ渡るのだ。

アンデルセンは涙と鼻水を流しながらディケンズを抱擁し、額にキスした。私とはかたく握手をかわした。メープルには、駅前の花屋で買ったバラの花束を贈った。紅《あか》と白とピンクの色彩があでやかだ。メープルが礼をいってメープルが頰に感謝のキスをすると、頰に感謝のキスをすると、アンデルセンは小さな目に慈愛の色をたたえた。

「ずっと元気でいるんだよ、イギリスの小さなバラ《リトル・ローズ・オブ・ブリテン》」

「アンデルセン先生も、どうかお元気で」

汽笛が鳴りひびき、列車が走り出す。窓ガラスに押しあてられたアンデルセンの、涙と鼻水にぬれた顔も見えなくなった。

プラットホームを歩き出しながら、私は何気なくいった。

「結局、アンデルセン先生は五週間も滞在なさいましたね」

するとディケンズは、ステッキをあげて自分の肩をたたきつつ、じろりと私を見た。

「五週間だって？　そんなことはなかろう」

「え、ですが……」

「吾輩には五世紀のように思えたよ。やれやれ、これでやっとおだやかな日々がもどる」

私とメープルは無言で視線をかわした。ディケンズは肩をそびやかし、ステッキを振りまわしながら馬車へと歩いていき、私たちはその後につづいた。

メイドストーンからギャズヒル・プレイスまで、エメラルド色にきらめく田園を走る馬車の中で、思いきって私はいってみた。

「今回、ディケンズ先生はスコットランドで、いろんな経験をなさいました。そのことを小説にはなさらないのですか？」

「その気はないな」

即答だった。

「理由はふたつある。ひとつはだ、あったことをそのまま記録するのは、作家の仕事ではない、と思うからだ。月蝕島《ルナ・イクリプス・アイランド》の件は、吾輩が話をつくる余地がない」

私とメープルがうなずくと、ディケンズは窓の外に目をやり、しばらくの沈黙の後に告げた。

「もうひとつは、吾輩は目に見える怪物には興味がないからだ。正確には、作家としての興味だがな」

馬車が到着し、ディケンズ家の子どもたちが父親を出迎えに駆け寄ってきた。

「人の心に棲んで人を害せずにいられない魔物。魔物にあやつられてすべてをうしなう人間。吾輩の興味を惹きつけてやまないのはそれだよ。吾輩が書きたいのは、人の心が引きおこす怪異なのだ。人は自分の裡《うち》に棲む魔物を飼いならさなきゃならんのだ」

私とメープルはディケンズを玄関まで送り、そこで辞去した。三週間にわたって、アンデルセンとディケンズの世話をつとめた私たちの任務も、これで終わった。

さて、ゴードン父子《おやこ》がいなくなって、巨万の富が遺された。百万エーカーの土地に、屋敷に、別荘に、株に、債権に……当然ながら相続あらそいがおこって、遠い血族やら姻戚《いんせき》やら、百二十人もの男女が相続人候補として名乗り出た。カナダやアメリカからもだ。

訴訟に口論、殴りあいに決闘、大昔の証文に偽の家系図。有力候補が裁判所で心臓発作をおこして急死したり、土地管理人《ファクター》が多額の地代を持ち逃げしたり、およそ人の世で考えられるかぎりのトラブルが続出した。

一八七七年に至って、ようやく十六人が相続の権利を認められ、ゴードン家の財産は分割された。もはや王侯のごとき権勢は消えうせたが、ひとりひとりは充分に資産家になれたはずだ。ところが法的な手つづきのさなか、相続人のうちひとりが病死、ひとりが鉄道事故で死亡して、あらたな相続あらそいが生じた。その結果……二十世紀にはいってもまだ完全には終結せず、ときおり小さな記事が新聞に載る。

「まだつづく、ゴードン家の遺産あらそい」

その間に、世の中は変わった。おとなしく忍耐づよい北部スコットランドの農民たちも、ついに怒りを爆発させ、各地で争議や裁判をおこした。一八八六年、強制移住《クリアランス》は非合法となり、農民たちの正当な権利が回復されることになった。イギリスという国は地上の天国ではないが、すこしずつでも道理が通用する国になっていくのは、うれしいことだ。ゴードン大佐以後、北の島々を流刑地にしようなどと、むちゃなことを考える者もいなくなった。

ゴードン父子のうち、父親リチャード・ポールと次男クリストルの死は確実で、うたがう余地はない。では長男ラルフ、最初私たちの前にマクミランと名乗ってあらわれた男の場合はどうなのか。

常識としては、彼も死んだにちがいない。あの大爆発のとき海底トンネルの中にいて、助かるはずがなかった。

ところが、その後、私はいささか気になるものを目撃したのだ。

事件から九年後、一八六六年、私とメープルはパリにいた。パリ支店開設の準備をまかされてのことだ。もともとパリには支店があったのだが、いたって小さなものだったし、セーヌ県知事オスマンのパリ市街大改造政策によって、立ち退《の》かねばならなくなった。しかも翌一八六七年にはパリ万国博覧会が開かれ、多くのイギリス人がパリを訪問する。両国間に平和がつづいて、フランスに居住するイギリス人も増えた。それやこれやで、思いきって大規模な支店が開設されることになり、その調査や交渉が、私たちにゆだねられたのだ。

あたらしい支店の候補地を何カ所か見てまわり、土地を借りる代金やら建物の改装費用やらを交渉し、英語をしゃべれるフランス人社員を募集して面接した。毎日が多忙のきわみで、ようやくパリ市内を見物する余裕ができたのは十日もたってからだった。

エッフェル塔が建設される二十年以上も前のことだ。広々としたパリの秋空の下で、私とメープルはルーヴル美術館やノートルダム寺院を訪ね、シャンゼリゼの大通りをながめながらカフェでくつろいだ。

突然、私たちの視線が窓の外に釘づけになった。ひとりの男がカフェのすぐ外の歩道を足早に歩いていく。顔立ちもそうだが、心に飢えを抱いた表情に見おぼえがあった。私は走ってドアを開けた。すでに男の姿は群衆にまぎれこんでおり、ふたたび発見できなかった。あれは生き残ったラルフ・ゴードンだったのだろうか。それとも、単に外見の似た他人だったのだろうか。

おそらく後者だろう。代金を払ってカフェを出、メープルと並んで歩きながらそのことについて話しあったが、ラルフ・ゴードンが生きているとはとても思えなかった。

それでも私は、たまに思うことがある。ラルフ・ゴードンはあの大爆発から生き残り、異国の大都会で雑踏の中を孤独に歩んでいるのかもしれない、と。それというのも、死んだと思っていた人間がじつは生きていた、という経験をしたことがあるからなのだが。

ディケンズはいった。「人は自分の裡に棲む魔物を飼いならさなくちゃならん」と。もし生きていたとしたら、ラルフ・ゴードンは魔物を飼いならすことができただろうか。ともに魔物を飼いならしてくれる女《ひと》を見つけることができただろうか……。

さて、その後のディケンズだが、アンデルセンが帰国した直後、若い女優エレン・ターナンと出会って恋愛関係になる。翌年、一八五八年にはとうとう夫人と離別する。私生活では波瀾万丈《はらんばんじょう》だったが、一八五九年には『二都物語』を、一八六一年には『大いなる遺産』を発表して、作家としての名声はいや増すばかりだった。

一八六五年に鉄道事故で負傷し、そのころから健康がおとろえはじめた。それでもなお、執筆や講演や自作朗読などの活動をつづけ、一八六九年に病床につく。一八七〇年に死去したとき、五十八歳だった。葬儀はウェストミンスター寺院で盛大におこなわれ、私とメープルも葬列の末端に加わった。

　アンデルセンは、ディケンズよりも長生きした。自分より年下のディケンズが早く死んだと知らされたとき、ぼろぼろ涙をこぼしたといわれる。旅行好きのアンデルセンも老境にはいって、さすがに体調が悪くなっていた。それでも毎年のようにあたらしい童話集を出し、パリの万国博覧会も見物に出かけた。デンマークの国王陛下からは王室顧問官の称号を受け、大富豪メルキオール家のりっぱな別荘の客人となって、おだやかで不自由ない晩年を送った。

　一八七五年、アンデルセンは七十歳で死去した。葬儀はデンマークの国葬をもってとりおこなわれ、王太子も参列した。私とメープルは参列できなかったが、ロンドンでミューザー良書倶楽部《セレクト・ライブラリー》が主催してアンデルセンを偲《しの》ぶ集《つど》いを開き、多くの人に参列してもらった。

　こうして、ふたりの偉大な文豪と、私およびメープルとの縁《えん》は、この世では終わったのである。

　私がつたなく物語ってきた体験談も、そろそろ終わりに近づいた。私はペンを休め、視線を書斎の壁に向ける。そこにはいくつかの額が飾ってあるが、いちばん小さな額には、絵ではなく一枚の黄ばんだ紙片がおさめられている。その紙片には、つぎのように書いてある。

「ぼくは生きています。埋めないで」

　それはアンデルセンが、月蝕島《ルナ・イクリプス・アイランド》の塔の中でディケンズと私に見せてくれた紙片だった。その後すぐ脱出にとりかかったので、私は紙片を上着のポケットに突っこんだまま、アンデルセンに返すのを忘れていたのだ。

マーサが洗濯するときに気づいて私に渡してくれたのだが、またポケットに突っこんだまま忘れてしまい、返す機会をうしなってしまった。弁解するようだが、アンデルセンのほうでも忘れていたことはまちがいない。彼はきっとまたおなじ文面の紙片をあらたにつくって持ち歩いたことだろう。

かくして、その紙片は額におさめられ、ニーダム家の宝物として五十年の月日を閲《けみ》したわけである。

「ぼくは生きています」

その文字に、アンデルセンだけでなく、ディケンズの声と姿もかさなって、年老いた私は、かぎりない懐かしさに誘われる。一九〇七年はディケンズの死後三十七年、アンデルセンの死後三十二年になるが、彼らの名と作品は忘れられることなく、それどころか時代と国境をこえて、さらに広がっていっている。アンデルセンもディケンズも、人々の心になお生きており、その存在が埋もれてしまうことはないのだ。

「おじさま、そろそろお茶にしましょう」

扉の外でメープルの声がする。

「ああ、いまいくよ」

「今日はどこまで書いたか、教えてくださいね」

「おかげさまで順調だよ」

机の上をざっとかたづけて、私は立ちあがる。もう若いころのように、きびきびとは動けない。杖を手にしてゆっくりと扉へ歩み寄り、電灯のスイッチを切る。扉を開けて廊下へ出る。

私の過去は暗闇の中に横たわり、私が姪にすすめられてつぎの体験談を語りはじめるまで、ひっそりと眠りに落ちるのだ。

あとがき（先に読んでもかまいません）

この作品は、エドモンド・ニーダムを語り手とする「ヴィクトリア朝怪奇冒険譚《ヴィクトリアン・ホラー・アドベンチャー》」三部作の第一部にあたります。各作品のタイトルはつぎのようになります。

第一部　月蝕島の魔物
第二部　髑髏城の花嫁
第三部　水晶宮の死神

タイトルはすべて「漢字三字＋の＋漢字二字」で統一しました。花嫁が魔物と死神の間にはさまれているのがミソです（何の？）。他にも、『黒十字の幻影』、『逆賊門の悪霊』、『白骨塔の人狼』などを、考えてありますが、これらはタイトルだけです、いまのところ。自分で自分の首をしめる楽しみは、ほどほどにしておかねばなりません。

さて、この作品はもちろんフィクションですが、背景にはさまざまな歴史上の事実が織りこまれています。

一八五七年にアンデルセンがディケンズ邸に滞在したこと。彼が雑誌で作品を酷評されてディケンズ邸の芝生の上で泣いたこと。ディケンズが「書評なんか気にするな」となぐさめたこと。アンデルセンが豚肉が嫌いだったこと。また彼が旅行中、緊急脱出用のロープと「ぼくは生きています」と記したメモを、つねに持ち歩いていたこと。アンデルセンがコリンズの帽子に花を飾るイタズラをしたこと。アンデルセンが帰った後、ディケンズが「五週間が五世紀に感じられた」とぼやいたこと……。すべて事実です。

ゴードン大佐のモデルになった人物は、実際に、スコットランドの島々を囚人の流刑地にしようとたくらんでいました。メアリー・ベイカーと「カラブー内親王」事件も実在しました。フランクリン探険隊の全滅も、グリーンランドにおけるノルウェー人住民の消滅も。では、それ以外のことはどうか？　気になる方は、どうかご自分で確かめてみてください。ふふふ。

もうひとつ、この作品の背景として重要なのは「単位」です。通貨《おかね》や長さや面積などの単位ですが、現代の日本と比較しておく必要もあるので、すこし説明いたします。

当時イギリスの通貨の基本単位は「ポンド」です。一ポンドは二十シリングになります。一シリングは十二ペンス。つまり一ポンドは二百四十ペンスということになります。ペンスはペニーの複数形ですから、一ペンスとはいわず、一ペニーと呼ばなくてはなりません（あぁ、めんどくさい）。

通貨の価値はどのくらいか、というのも重要な問題です。時代の変化や物価の変動があって、正確にいうのはむずかしいのですが、この作品の中では、一ポンドがだいたい三万円ぐらいと考えていただければ、そうまちがいありません。一シリングが千五百円くらい、一ペニーが百二十五円くらいということになります。一ペニーで新聞が一部、買えるわけですから、まずそれくらいの感覚で、物語を楽しんでいただく分にはさしつかえないと思います。

一ポンドの半分は十シリング、一シリングの半分は六ペンス、ということになりますが、これはイギリスの小説でも「半ポンド《ハーフ》」とか「半シリング」とか書いてありますから、あまり厳密に考える必要はありません。また、六ペンス銀貨五枚ですと、二シリング半になるわけですが、「チップを三十ペンスももらっちゃった」なんて会話も出てきますから、適当に使いわけられていたようです。

つぎに、長さや面積の単位。

もっとも基本的な長さの単位は「インチ」で、二・五四センチ。一フィートは十二インチで、つまり三〇・四八センチ。一ヤードは三フィートで九一・四四センチになります。一マイルはぐっと長くて一・六〇九キロメートルです。

ちなみに、エドモンド・ニーダムの身長は五フィート十一インチ、メープル・コンウェイの身長は五フィート四インチという設定になっております。何センチになるでしょうか?

面積の単位は「エーカー」で、一エーカーは約四〇四七平方メートル。ゴードン大佐の領地は百万エーカーですから、四〇四七平方キロになります。東京都と大阪府をあわせたぐらいの広さですね。それでもイギリス一というわけではありませんでした。ボーフォート公爵という人の領地内には重要な鉄道の路線が走り、公爵家専用の駅が建てられていた、なんて実話もあります。

この作品は歴史の教科書でも受験参考書でもなく、エンターテインメントですが、多少の背景を知っていただくことで、より身近に楽しんでいただければ幸いです。最初、主要な読者対象はいちおう十代の方ということになっていたらしいのですが、執筆にあたってはあまり気にしませんでした。もともと、十歳から八十歳までの方たちに、作品を読んでいただいていますので。登場人物も、メープル・コンウェイは十七歳ですが、エドモンド・ニーダムは三十一歳、あとはたいていオジサンで、オバアサンもいます。どうもオトナゲないオトナが多いようですが、彼らの冒険また冒険、失敗また失敗、危機また危機の物語を楽しんでいただければ幸いです。

今回、この本ができあがるまでに、何人もの方にお力ぞえをいただきました。直接に作者を担当してモチベーションを高め、この上なく楽しく仕事をさせてくださった光森優子さん。愛情あふれる挿画で登場人物たちに生命を吹きこんでくださった後藤啓介さん。宝物のようにすばらしい装幀をしてくださった岩郷重力さん。めんどくさい校正を丹念にしあげてくださった石飛是須さん。心より御礼を申しあげます。第二部以降も、何とぞよろしくお願い致します。

また、翻訳家の金原瑞人先生には温かい励ましのお言葉をいただきまして、おかげさまで何とか完走できました。ありがとうございます。内容が合格点に達しているかどうか、おぼつかないかぎりですが……。

最後に、十代の読者の皆さんにこっそりお教えしますが、オトナになるということは、それほど悪いものじゃありませんよ。心から本が好きな仲間たちといっしょに本をつくるという、この世でいちばん素敵な仕事ができるのも、オトナなればこそなんですから。

エドモンド・ニーダム氏が手記を執筆してからちょうど百年後の四月十九日

田中芳樹　拝

（なお、作品中に登場する『アニーローリー』の歌詞と、『軽騎兵の突撃』および『イノーニー』の詩句の日本語訳は、田中自身の手によります。だいそれたことですが、原作者の方々、とくにテニスン先生、どうかお許しのほどを）

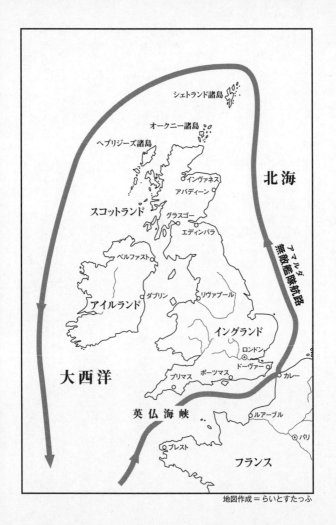

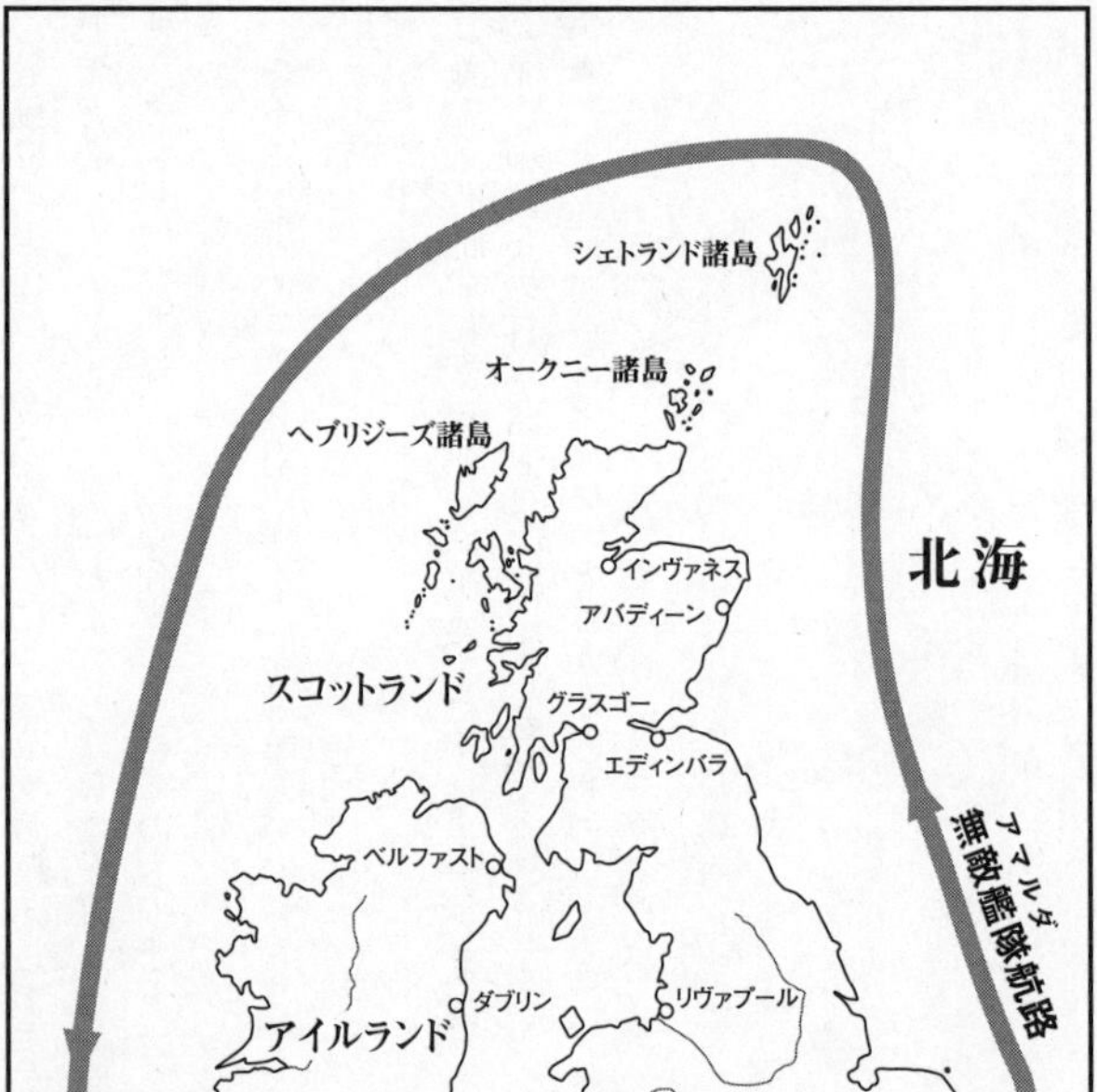

地図作成＝らいとすたっふ

関係年表

一七八九　フランス革命はじまる
一七九三　ルイ一六世とマリー・アントワネット処刑される。フランスでメートル法採用
一七九六　ジェンナー、種痘を発見
一七九七　このころメアリー・ベイカー生まれる
一七九九　エジプトでロゼッタ・ストーン発見。ナポレオン、フランスの独裁者となる
一八〇一　ベートーベン、ピアノ・ソナタ十四番『月光』。ハイドン『四季』。グレートブリテン・アイルランド連合王国が成立（アイルランド併合）。国旗ユニオン・ジャック制定
一八〇三　探険家フリンダース、南太平洋の大陸を「オーストラリア」と命名
一八〇四　ナポレオン、フランス皇帝となる
一八〇五　ハンス・クリスチァン・アンデルセン生まれる。トラファルガー海戦
一八〇七　ロンドンにガス灯がつく。ターナー〝霧の中の日の出〟。フルトン、蒸気船を試運転。奴隷貿易禁止法
一八〇八　ゲーテ『ファウスト』第一部発表。ベートーベン、交響曲第五番『運命』
一八〇九　間宮林蔵、間宮海峡を発見。十返舎一九『東海道中膝栗毛』完結
一八一一　ラトクリフ街道の殺人事件（「切り裂きジャック」以前のもっとも有名な兇悪犯罪）
一八一二　チャールズ・ディケンズ生まれる。バイロン『チャイルド・ハロルドの遍歴』。グリム兄弟の第一童話集刊行。ナポレオン、ロシア遠征失敗。英米戦争はじまる（〜一四）
一八一三　オースティン『自負と偏見』

一八一四　蒸気機関車実用化。ナポレオン、エルバ島へ。ウィーン会議
一八一五　シューベルト『魔王』『野ばら』作曲。ワーテルロー会戦。ナポレオン、セントヘレナ流刑
一八一七　ドイツでドライジーネ式二輪自転車製造。「カラブー内親王事件」でイギリス中が大さわぎ
一八一八　メアリー・シェリー『フランケンシュタイン』
一八一九　スコット『アイバンホー』
一八二〇　メロス島で〝ミロのヴィーナス〟発掘。ジョージ四世即位
一八二一　ナポレオン死す。ウェーバー『魔弾の射手』初演
一八二四　ベートーベン、第九交響曲初演。バイロン、ギリシアで死去
一八二六　エドモンド・ニーダム生まれる。メンデルスゾーン『真夏の夜の夢』序曲
一八二七　ハイネ『歌の本』
一八二八　カスパール・ハウザー出現（三三歿）。日本でシーボルト事件。ロンドン動物園、開園
一八二九　スコットランド・ヤード（ロンドン警視庁）誕生
一八三〇　フランス七月革命。スタンダール『赤と黒』。ドラクロワ〝民衆を導く自由の女神〟。マンチェスターとリバプール間で鉄道の定期運転はじまる
一八三一　ビーグル号、世界周航に出発
一八三二　第一次選挙法改正
一八三三　ディケンズ、処女作発表、作家デビュー。イギリスとその植民地すべてで奴隷制度全面廃止

一八三五　アンデルセン『即興詩人』。マダム・タッソーがメリルボーンに蠟人形館を開く
一八三七　ディケンズ『オリヴァー・ツイスト』。日本で大塩平八郎の乱。ヴィクトリア女王即位。バッキンガム宮殿完成。怪人「ばね足ジャック」ロンドンに出現。モールス、有線電信の実験に成功
一八三八　チャーチスト運動はじまる
一八三九　イギリス軍、アフガン侵攻。フランス政府、写真の発明を公式宣言し技術を一般公開
一八四〇　アヘン戦争（〜四二）。ヴィクトリア女王結婚。一ペニー郵便制度はじまる。メープル・コンウェイ生まれる。上流階級からアフタヌーン・ティーの習慣はじまる
一八四二　ディケンズ、最初のアメリカ渡航。エーテルによる麻酔、はじめて使用（アメリカ）。ゴーゴリ『外套』。著作権法制定
一八四三　ディケンズ『クリスマス・キャロル』。テムズ河に世界最初の河底トンネル開通
一八四五　フランクリン大佐、北極探険に出発。デュマ『モンテ・クリスト伯』。サッカレー『虚栄の市』
一八四六　スコットランドで大飢饉、以後一〇年間に一〇〇万人が餓死。穀物法廃止。殺人理髪師「スウィーニー・トッド」評判となる
一八四七　アンデルセン、はじめてイギリスへいき、ディケンズと会う。海王星発見。エミリ・ブロンテ『嵐が丘』。シャーロット・ブロンテ『ジェーン・エア』。メリメ『カルメン』
一八四八　マルクスおよびエンゲルス『共産党宣言』。フランス二月革命。オーストリア三月革命。メッテルニヒ追放。ドイツで安全マッチ作製
一八四九　イギリスで板チョコ発売。コレラ大流行。ディケンズ『デヴィッド・コッパーフィール

ド』
一八五〇　ホーソン『緋文字』。第一一代桂冠詩人ワーズワース死去、テニスンが第一二代に就任
一八五一　ミシンの生産開始。このころイギリス各地で砒素を使った毒殺事件が続出。ロンドンで万国博覧会、水晶宮建設。中国で太平天国の乱おこる。ジョン万次郎、日本に帰国。オーストラリアで金鉱発見、ゴールドラッシュおこる。メルヴィル『白鯨』
一八五二　ストウ夫人『アンクル・トムの小屋』。ナポレオン三世即位。ウェリントン公爵死去。リビングストン、アフリカにてヴィクトリア滝発見
一八五三　クリミア戦争おこる。ヴェルディ『椿姫』
一八五四　エドモンド・ニーダム、騎兵として出征。ペリー、浦賀に来航。シャーロック・ホームズ生まれる（異説あり）。水晶宮に恐竜展示場オープン
一八五六　アロー号戦争。クリミア戦争終結。エドモンド・ニーダム帰国し、ミューザー良書倶楽部に就職。フローベール『ボヴァリー夫人』。地方警察法制定
一八五七　ミレー〝晩鐘〟。大英図書館開設。アンデルセン、ディケンズ宅に滞在。インド大叛乱（セポイの乱、あるいはインド独立戦争とも）。ボードレール『悪の華』
一八五八　インド統治法制定。東インド会社解散。テムズ河大浄化計画
一八五九　ダーウィン『種の起源』が大論争を巻きおこす。国会議事堂に時計塔（ビッグ・ベン）完成
一八六〇　ナイチンゲール、看護婦訓練学校を設立。桜田門外の変、井伊大老暗殺
一八六一　ユゴー『レ・ミゼラブル』。ヴィクトリア女王の夫君アルバート殿下死去。アメリカで南北戦争はじまる（〜六四）。イタリア王国成立。ロシアで農奴解放令。イギリスで天気予

一八六三　ロンドンで世界最初の地下鉄開通。マネ〝草上の昼食〟

報はじまる

一八六四　万国赤十字社設立。新撰組、池田屋襲撃。イギリス最初の鉄道での殺人事件発生。太平天国滅亡

一八六五　リンカーン暗殺。アメリカの奴隷制廃止。メンデル、遺伝の法則を発表。メアリー・ベイカー死去。グラッドストーン、自由党の指導者となる。トルストイ『戦争と平和』（～六九）。キャロル『不思議の国のアリス』

一八六六　ドストエフスキー『罪と罰』。大西洋に海底電線しかれ、英米間の直接通信が可能となる

一八六七　ジーメンス、発電機を発明。ノーベル、ダイナマイト発明。南アフリカでダイヤモンド鉱発見。徳川慶喜、大政奉還。坂本龍馬暗殺。マルクス『資本論』第一巻。メキシコで皇帝マクシミリアン処刑さる

一八六八　イギリスで公開処刑が廃止される。ウィルキー・コリンズ『月長石』

一八六九　スエズ運河開通

一八七〇　普仏戦争はじまる。ディケンズ死去。初等教育法により公立小学校制度ができる

一八七一　シュリーマン、トロイア発掘開始。ナポレオン三世退位。ドイツ統一。パリ・コミューン

一八七二　メアリー・セレスト号事件（船長以下一〇名が海上で行方不明。無人の船のみ確認される）

一八七四　チャイコフスキー、ピアノ協奏曲第一番。モネ〝日の出〟、これより「印象派」の呼称生まれる

一八七五　アンデルセン死去

一八七六　タイプライター実用化。ワーグナー『ニーベルンゲンの指環』バイロイトにて上演
一八七七　ロンドン警視庁で汚職事件続発、大スキャンダルに発展。ヴィクトリア女王、インド皇帝に。西南の役。露土戦争
一八七八　イギリス軍、アフガン侵攻。ロンドン大学に女性の入学が認められる
一八七九　白熱電灯発明。イギリスに電話機登場。イプセン『人形の家』
一八八〇　エーベルト、チフス菌発見。ラヴラン、マラリア病原体発見。ロダン〝考える人〟制作
一八八一　ロシア皇帝アレクサンドル二世暗殺さる。ディズレーリ死去
一八八二　ダイムラー、自動車発明
一八八三　ジフテリア菌発見。東インド諸島のクラカトア島で世界史上もっとも有名な大噴火、死者三万六千人。ニーチェ『ツァラトゥストラかく語りき』。モーパッサン『女の一生』。スティーブンスン『宝島』
一八八四　マーク・トウェイン『ハックルベリ・フィンの冒険』。スーダンのハルツームで叛乱軍がイギリス軍を包囲。グリニッジ標準時制定
一八八五　ハルツーム陥落
一八八六　バイエルン王ルートヴィヒ二世、謎の死。クロフター法成立、クリアランス禁止
一八八七　コナン・ドイル『緋色の研究』、ホームズ登場。エドモンド・ニーダム、ミューザー良書倶楽部を退職
一八八八　切り裂きジャック事件
一八八九　マイヤーリンク事件（オーストリア皇太子ルドルフ、謎の死をとげる）
一八九〇　コッホ、ツベルクリンをつくる。メープル・コンウェイ、ミューザー良書倶楽部を退職し、

イギリス女性作家連盟の事務局長に就任

一八九一　義務教育無料化。ハーディ『テス』。ワイルド『ドリアン・グレイの肖像』

一八九二　アメリカでリジー・ボーデン事件（歌にまでなった有名な殺人事件）

一八九三　ディーゼル・エンジン発明。チャイコフスキー『新世界』

一八九四　キップリング『ジャングル・ブック』。日清戦争。フランスでドレフュス事件。テムズ河にタワーブリッジ完成。ペスト菌発見

一八九五　リュミエール、映写機発明。マルコーニ、無線電信機発明。オスカー・ワイルド、裁判で敗れ投獄される。ナショナル・トラスト設立

一八九六　チェーホフ『かもめ』

一八九七　ブラム・ストーカー『ドラキュラ』。赤痢菌発見

一八九八　キュリー夫人、ラジウム発見。グラッドストーン死去。米西戦争。アメリカがハワイを併合。オーストリア皇妃エリザベート、暗殺される。ウェルズ『宇宙戦争』。「ツァボの人食いライオン」事件（東アフリカの鉄道建設現場で、労働者一三五人がライオンに食い殺される）

一八九九　ボーア戦争（～一九〇二）

一九〇〇　夏目金之助（漱石）、ロンドン留学（～〇二）。ツェッペリン、硬式飛行船発明。アイリーン・モア島の灯台守失踪事件

一九〇一　トマス・マン『ブッデンブローク一家』。ヴィクトリア女王崩御、エドワード七世即位

一九〇二　ゴーリキー『どん底』。フランスのエミール・ゾラ夫妻怪死事件（右翼による暗殺と推定される）

一九〇三　ロンドン『荒野の呼び声』。ライト兄弟、飛行成功
一九〇四　日露戦争おこる。パナマ運河建設開始。『ピーター・パン』初演
一九〇五　ポーツマス条約。夏目漱石『吾輩は猫である』連載開始。アインシュタイン、特殊相対性理論発表
一九〇七　北京からパリへユーラシア大陸自動車レース開催。エドモンド・ニーダム、手記を執筆

参考文献（書名五十音順）

『アメリカ紀行』（上下）チャールズ・ディケンズ著／伊藤弘之・下笠徳次・隈元貞広訳　岩波文庫
『アンデルセン』ジャッキー・ヴォルシュレガー著／安達まみ訳　岩波書店
『アンデルセンの生涯』山室静著　新潮選書
『イギリス　王妃たちの物語』石井美樹子著　朝日新聞社
『イギリス怪奇探訪──謎とロマンを求めて』出口保夫著　PHP文庫
『イギリス気象情報』ディック・ファイル著／倉嶋厚・高橋早苗訳　河出書房新社
『イギリス貴族』小林章夫著　講談社現代新書
『イギリス近代出版の諸相──コーヒー・ハウスから書評まで』清水一嘉著　世界思想社
『イギリス桂冠詩人』小泉博一著　世界思想社
『イギリス史重要人物101』小池滋・青木康編　新書館
『イギリス社会史2』トレヴェリアン著／松浦高嶺・今井宏訳　みすず書房
『イギリス帝国歴史地図』クリストファー・ベイリ編／中村英勝ほか訳　東京書籍
『イギリスの大貴族』海保眞夫著　平凡社新書
『イギリス文学散歩』和田久士写真／浜なつ子文　小学館
『イギリス歴史地図』マルカム・フォーカス、ジョン・ギリンガム責任編集／中村英勝ほか訳　東京書籍
『イギリスを知るための65章』近藤久雄・細川祐子編著　明石書店
『イングランド社会史』エイザ・ブリッグズ著／今井宏・中野春夫・中野香織訳　筑摩書房
『〈インテリア〉で読むイギリス小説──室内空間の変容』久守和子・中川僚子編著　ミネルヴァ書房

『インドカレー伝』リジー・コリンガム著／東郷えりか訳　河出書房新社
『インド大反乱一八五七年』長崎暢子著　中公新書
『ヴィクトリア女王　上』スタンリー・ワイントラウブ著／平岡緑訳　中央公論社
『ヴィクトリア朝空想科学小説』風間賢二編　筑摩書房
『ヴィクトリア朝の人と思想』リチャード・D・オールティック著／要田圭治・大嶋浩・田中孝信訳　音羽書房鶴見書店
『ヴィクトリア朝万華鏡』高橋裕子・高橋達史著　新潮社
『ヴィクトリアン・サーヴァント――階下の世界』パメラ・ホーン著／子安雅博訳　英宝社
『ウソの歴史博物館』アレックス・バーザ著／小林浩子訳　文春文庫
『英国ヴィクトリア朝のキッチン』ジェニファー・デイヴィーズ著／白井義昭訳　彩流社
『英国王室スキャンダル史』ケネス・ベイカー著／森護監修／樋口幸子訳　河出書房新社
『英国王と愛人たち――英国王室史夜話』森護著　河出書房新社
『英国カントリー・ハウス物語――華麗なイギリス貴族の館』杉恵惇宏著　彩流社
『英国畸人伝』イーディス・シットウェル著／松島正一・橋本槙矩訳　青土社
『英国紅茶の話』出口保夫著　東京書籍
『英国紅茶論争』滝口明子著　講談社選書メチエ
『英国の貴族――遅れてきた公爵』森護著　大修館書店
『英国文化の世紀2――帝国社会の諸相』松村昌家ほか編　研究社出版
『英国文化の世紀3――女王陛下の時代』松村昌家ほか編　研究社出版
『英国文化の世紀4――民衆の文化誌』松村昌家ほか編　研究社出版
『エマ　ヴィクトリアンガイド』森薫・村上リコ著　エンターブレイン
『欧米文芸登場人物事典』クロード・アジザほか

著／中村栄子編訳　大修館書店
『大人のための偉人伝』木原武一著　新潮選書
『女たちの大英帝国』井野瀬久美恵著　講談社現代新書
『怪帝ナポレオン三世――第二帝政全史』鹿島茂著　講談社学術文庫
『会報第8号』東京大学戦史研究会
『鍵穴から覗いたロンドン』スティーブ・ジョーンズ著／友成純一訳　筑摩書房
『奇怪動物百科』ジョン・アシュトン著／高橋宣勝訳　博品社
『貴族の風景――近代英国の広場とエリート』水谷三公著　平凡社
『キャロライン王妃事件――〈虐げられたイギリス王妃〉の生涯をとらえ直す』古賀秀男著　人文書院
『恐怖の都・ロンドン』スティーブ・ジョーンズ著／友成純一訳　筑摩書房
『極北の迷宮――北極探検とヴィクトリア朝文化』谷田博幸著　名古屋大学出版会
『クラカトアの大噴火――世界の歴史を動かした火山』サイモン・ウィンチェスター著／柴田裕之訳　早川書房
『ケルトの残照――ブルターニュ、ハルシュタット、ラ・テーヌ心象紀行』堀淳一文・写真　東京書籍
『ケルト歴史地図』ジョン・ヘイウッド著／井村君江監訳／倉嶋雅人訳　東京書籍
『コーヒーが廻り世界史が廻る――近代市民社会の黒い血液』臼井隆一郎著　中公新書
『国民西洋歴史』柴田親雄著　冨山房
『詐欺とペテンの大百科』カール・シファキス著／鶴田文訳　青土社
『シャーロック・ホームズの生れた家』ロナルド・ピアソール著／小林司・島弘之訳　新潮選書
『19世紀絵入り新聞が伝えるヴィクトリア朝珍事件簿――猟奇事件から幽霊譚まで』レナード・ダヴリース編／仁賀克雄訳　原書房
『十九世紀ロンドン生活の光と影――リージェン

シーからディケンズの時代へ』松村昌家著　世界思想社
『書斎の旅人――イギリス・ミステリ歴史散歩』宮脇孝雄著　早川書房
『女性たちのイギリス小説』メリン・ウィリアムズ著／鮎澤乗光・原公章・大平栄子訳　南雲堂
『水晶宮物語』松村昌家著　筑摩書房
『図解メイド』池上良太著／新紀元社編集部編　新紀元社
『スコットランド王国史話』森護著　大修館書店
『スコットランド「ケルト」紀行――ヘブリディーズ諸島を歩く』武部好伸著　彩流社
『スコットランド西方諸島の旅』サミュエル・ジョンソン著／諏訪部仁ほか訳　中央大学出版部
『スコットランド物語』ナイジェル・トランター著／杉本優訳　大修館書店
『スコットランド・ヤード物語』内藤弘著　晶文社
『図説イギリス手づくりの生活誌――伝統ある道具と暮らし』ジョン・セイモア著／小泉和子監訳／生活史研究所訳　東洋書林
『図説イギリスの歴史』指昭博著　河出書房新社
『図説イングランド海軍の歴史』小林幸雄著　原書房
『図説ヴィクトリア時代イギリスの田園生活誌』デイヴィッド・スーデン著／山森芳郎・山森喜久子訳　東洋書林
『図説・海の怪獣』ジェイムス・B・スィーニ著／日夏響訳　大陸書房
『図説英国貴族の城館――カントリー・ハウスのすべて』田中亮三文／増田彰久写真　河出書房新社
『図説テムズ河物語』ガヴィン・ウェイトマン著／植松靖夫訳　東洋書林
『図説不思議の国のアリス』桑原茂夫著　河出書房新社
『図説ヨーロッパ怪物文化誌事典』蔵持不三也監修／松平俊久著　原書房
『スペイン無敵艦隊』石島晴夫著　原書房
『世紀末のイギリス』出口保夫編　研究社出版

『世界軍船物語』木俣滋郎著　雄山閣出版
『世界古地図』チャールズ・ブリッカー著／矢守一彦訳　日本ブリタニカ
『世界醜聞劇場』コリン・ウィルソン、ドナルド・シーマン著／関口篤訳　青土社
『世界戦争史8　西洋近世篇2』伊藤政之助著　原書房
『世界でいちばん面白い英米文学講義――巨匠たちの知られざる人生』エリオット・エンゲル著／藤岡啓介訳　草思社
『世界伝記大事典』ほるぷ出版
『世界の駅――世界65カ国350駅の〝旅情〟』三浦幹男・杉江弘著　ＪＴＢ
『世界の怪物・神獣事典』キャロル・ローズ著／松村一男監訳　原書房
『世界の都市の物語』文春文庫
『世界の民話24――エスキモー・北米インディアン・コルディリエーラインディアン』小沢俊夫編　ぎょうせい
『世界の名歌――日本語と原語で歌う』野ばら社編集部編　野ばら社
『世界の歴史25　アジアと欧米世界』樺山紘一・礪波護・山内昌之編／加藤祐三・川北稔著　中公文庫
『世界不思議百科』コリン・ウィルソン、ダモン・ウィルソン著／関口篤訳　青土社
『世界不思議物語』日本リーダーズダイジェスト社
『世界文学鑑賞辞典1　イギリス・アメリカ編』鈴木幸夫編　東京堂
『世界未解決事件――闇に葬られた謎と真相』（別冊歴史読本）新人物往来社
『戦場の歴史――コンピュータ・マップによる戦術の研究』ジョン・マクドナルド著／松村赳監訳　河出書房新社
『大英帝国――最盛期イギリスの社会史』長島伸一著　講談社現代新書
『大英帝国のアジア・イメージ』東田雅博著　ミネルヴァ書房
『大英帝国の三文作家たち』ナイジェル・クロス

著／松村昌家・内田憲男訳　研究社出版
『大英図書館――秘蔵コレクションとその歴史』ニコラス・バーカー、大英図書館専門スタッフ著／松田隆美ほか訳　ミュージアム図書
『大世界史20　眠れる獅子』衛藤瀋吉著　文藝春秋
『大都会の夜――パリ、ロンドン、ベルリン　夜の文化史』ヨアヒム・シュレーア著／平田達治・我田広之・近藤直美訳　鳥影社・ロゴス企画部
『対訳テニスン詩集』テニスン著／西前美巳編　岩波文庫
『血の三角形――世界怪奇実話2』牧逸馬著　社会思想社
『チャールズ・ディケンズ研究――ジャーナリストとして、小説家として』植木研介著　南雲堂フェニックス
『チョコレートの歴史』ソフィー・D・コウ、マイケル・D・コウ著／樋口幸子訳　河出書房新社
『ティールームの誕生――〈美覚〉のデザイナーたち』横川善正著　平凡社選書
『ディケンズ小事典』松村昌家編　研究社出版
『ディケンズとアメリカ――19世紀アメリカ事情』川澄英男著　彩流社
『ディケンズとディナーを――ディケンズの小説中の食べもの散歩』セドリック・ディケンズ著／石田敏行・石田洋子訳　モーリス・カンパニー
『天の猟犬――ゴドウィンからドイルに至るイギリス小説のなかの探偵』イーアン・ウーズビー著／小池滋・村田靖子訳　東京図書
『とびきり不埒なロンドン史』ジョン・ファーマン著／尾崎寔訳　筑摩書房
『とびきり愉快なイギリス史』ジョン・ファーマン著／尾崎寔訳　筑摩書房
『ハーディ・エイミスのイギリスの紳士服』ハーディ・エイミス著／森秀樹訳　大修館書店
『馬車の歴史』ラスロー・タール著／野中邦子訳　平凡社

『パックス・ブリタニカ――大英帝国最盛期の群像』（上下）ジャン・モリス著／椋田直子訳　講談社
『パブ・大英帝国の社交場』小林章夫著　講談社現代新書
『パブの看板――イン・サインに英国史を読む』森護著　河出書房新書
『フェノメナ――幻象博物館』J・ミッチェル、R・リカード著／村田薫訳　創林社
『武器――歴史、形、用法、威力』ダイヤグラム・グループ編／田島優・北村孝一共訳　マール社
『ブラッディ・マーダー――探偵小説から犯罪小説への歴史』ジュリアン・シモンズ著／宇野利泰訳　新潮社
『ブロンテ姉妹とその世界』フィリス・ベントリー著／木内信敬訳　新潮文庫
『文明崩壊――滅亡と存続の命運を分けるもの』（上下）ジャレド・ダイアモンド著／楡井浩一訳　草思社
『ボズのスケッチ――短篇小説篇　上』チャールズ・ディケンズ著／藤岡啓介訳　岩波文庫
『マイ・パスポート1　ケルトの旅』JTB
『港の世界史』高見玄一郎著　朝日新聞社
『魅惑の女――ひとつのイギリス近代史』西村孝次著　研究社出版
『物語大英博物館――二五〇年の軌跡』出口保夫著　中公新書
『妖怪と精霊の事典』ローズマリ・エレン・グィリー著／松田幸雄訳　青土社
『妖怪魔神精霊の世界――四次元の幻境にキミを誘う』山室静・山田野理夫・駒田信二ほか著　自由国民社
『ライオンはなぜ「人喰い」になったか』小原秀雄著　ネスコ
『ラトクリフ街道の殺人』P・D・ジェイムズ、T・A・クリッチリー著／森広雅子訳　国書刊行会
『路地裏の大英帝国――イギリス都市生活史』角山榮・川北稔編　平凡社ライブラリー

『ロンドン——ある都市の伝記』クリストファー・ヒバート著／横山徳爾訳　朝日選書
『ロンドン悪の系譜——スコットランド・ヤード』益子政史著　北星堂書店
『ロンドン縦断——ナッシュとソーンが造った街』長谷川堯著　丸善
『ロンドン食の歴史物語——中世から現代までの英国料理』アネット・ホープ著／野中邦子訳　白水社
『ロンドン庶民生活史』R・J・ミッチェル、M・D・R・リーズ著／松村赳訳　みすず書房
『倫敦千夜一夜』ピーター・ブッシェル著／成田成寿・玉井東助訳　原書房
『ロンドンぬきの英国旅行——カントリーサイドの魅力』辻川一徳編　サイマル出版会
『ロンドンの怪奇伝説』仁賀克雄著　メディアファクトリー
『倫敦幽霊紳士録』J・A・ブルックス著／南条竹則・松村伸一訳　リブロポート
『ロンドン歴史地図』ヒュー・クラウト編／中村英勝監訳　東京書籍

本書は二〇一一年に刊行された作品の文庫化です。

検印
廃止

著者紹介　1952年、熊本県生まれ。学習院大学大学院修了。78年「緑の草原に……」で第3回幻影城新人賞を受賞してデビュー。88年『銀河英雄伝説』が第19回星雲賞受賞。《薬師寺涼子の怪奇事件簿》シリーズの他、『創竜伝』『アルスラーン戦記』『マヴァール年代記』など著作多数。

月蝕島の魔物

2020年11月20日　初版

著者　田《た》中《なか》芳《よし》樹《き》

発行所　(株)東京創元社
代表者　渋谷健太郎

162-0814/東京都新宿区新小川町1-5
電話　03・3268・8231-営業部
　　　03・3268・8204-編集部
URL　http://www.tsogen.co.jp
萩原印刷・本間製本

ISBN978-4-488-59202-8　C0193